即將接受最後一次試管嬰兒療程的珈珞．傑羅，但願嬰兒毯能為她和丈夫帶來一絲希望。

酷酷的愛莉絲．湯森則是為了抵銷法官所判的社區服務鐘點才來學織毯子。

古老的編織手工藝讓四個女人湊在一起，得到許多意外的發現，讓她們更瞭解自己和彼此，帶給她們愛、友誼、寬容、歡笑與夢想，這些只有女性才能分享的發現……

黛比．瑪康珀再次證明她明白女人心，再次以獨一無二的手法寫出女人的故事。

1

「毛線結成針目，編織塑造友誼，工藝聯繫世代。」

——凱倫．奧夫克，《超越圖樣》，設計師、編織老師

莉蒂雅．霍夫曼

第一眼看到繁花街上的空店面，讓我想起父親和童年時父親的腳踏車店，連大櫥窗和上方的條紋雨棚都一模一樣。爸爸的店鋪外面擺著花盆，豔紅的鳳仙花在櫥窗下盛放。那是母親的功勞：春夏擺鳳仙花，秋天換菊花，聖誕節則是翠綠的斛寄生。我也打算放花。

父親的生意穩定成長，店面也越換越大，但我最愛的還是第一間。

帶我來看房子的仲介尚未開門，我就宣布：「我租了。」

她好像擔心聽錯了。「妳不想先看看嗎？妳知道樓上有小公寓吧？」

「我知道，妳之前說過。」有公寓正合我意。我的貓咪鬚鬚和我需要一個家。

「妳應該想在簽約前先看一下吧？」她堅持。

我微笑點頭，但其實不必；我的直覺知道這是開毛線舖的最佳地點。也是我理想中的落腳處。

唯一的缺點是西雅圖市這一區正在大翻修，繁花街一頭封閉，交通量大為縮水。對街原本是一棟紅磚三層樓銀行，即將改建成高級公寓，其他建築也會漸漸變成公寓大樓。但建築師保留了老街的風味，這一點讓我很開心。翻修工程還有好幾個月才完工，不過這也表示我的租金暫時不會太高。

我知道前六個月會很困難，小生意總是如此。改建工程將更添障礙，但我好喜歡這裡。這就是我心嚮往的地方。

看屋過後一週，我簽下兩年租約，拿到鑰匙。當天我就搬進新家，心情從未如此興奮，彷彿人生剛起步。在諸多我懶得細數的方面，的確如此。

四月最後一個週二，「佳話編織」(A Good Yarn)開幕了。我站在店面中央環視四周繽紛的色彩，不禁感到自豪與期盼。我無法想像姊姊知道我獨力打點這一切會怎麼說。我沒有找她商量，因為我猜得到瑪嘉莉的反應——委婉地說，她不太會鼓勵人。

我請木匠幫我做了三排純白色方格櫃。大部分的線材週五就到了，我用週末的時間依顏色和磅重分類後一一排進櫃中。我買了一台二手收銀機、整修櫃檯、擺好編織用具，準備好開門做生意。

這該是歡欣鼓舞的時刻，我卻好不容易才忍住淚水。爸看到我的成就一定會很欣慰。他一直是我的支柱、力量的來源，及指引方向的明燈。他過世時我無比震驚。

要知道，我向來以為我會比父親早死。

大多數的人避談生死，但我長年活在死亡陰影下，早已不以為意。過去十四年，死亡伴隨我的人生，我談起死亡就像聊天氣一樣自在。

十六歲那年夏天，我第一次罹癌。八月裡的一天我出門領駕照，母親要我從監理所開車去眼科診所。那應該只是一般的檢查，趁高一開學之前檢查視力。我那天有很精彩的計畫，看完醫生我要和貝琪開車去海邊。那將是我第一次獨自開車上路，終於不用在爸媽或姊姊的監護下開車讓我非常興奮。

我記得對於母親安排我一領完駕照立刻去看醫生，我其實很生氣。我一直頭痛暈眩，爸認為我該配眼鏡。我萬分不願意以四眼田雞的模樣進高中，希望爸媽答應我戴隱形眼鏡。結果發現近視只是微不足道的小毛病。

眼科醫生是爸媽的朋友，他在刺眼的燈光下盯著我的眼角看了好久，問了一堆跟頭痛有關的事。將近十五年了，但我永遠忘不了他和媽說話時的神情。那樣的嚴肅、沉重與……憂心。

「我希望莉蒂雅去華盛頓大學醫院掛號，立刻去。」

媽和我都嚇呆了。「還好吧？」媽來回看著我和醫生。「有什麼問題嗎？」

他點頭。「我覺得狀況不對，最好請威爾森醫生看看。」

唉，威爾森醫生不只看看，他鑽開我的頭骨摘除一個惡性腫瘤。我說得輕鬆，其實過程漫長又艱辛。我住院好幾星期，不斷地劇烈頭痛。手術後，我歷經化療及連串的放射治療。有些日子裡就算微光也讓我頭痛欲裂，差點忍不住哀嚎。我數著每一次呼吸奮力活著，但不管如何努力，我還是感到生命正在流逝。有時我清早醒來再也無法忍受如此煎熬，一心求死。要不是父親，我一定早就死了。

那時我剃了個大光頭，頭髮就算長出來也立刻脫落。我高一休學，重回校園時一切都變了。所有人都對我側目而視。我沒有參加迎新舞會，因為沒人邀請我。幾個女同學要我一起去，但無謂的自尊讓我拒絕了。當初的煩惱現在想來真是無聊，如今我好希望自己去了。

最難過的是，當我開始相信生活就要回復正常，相信藥物和折磨的效用，新的腫瘤又長了出來。

我永遠忘不了威爾森醫生告訴我們癌症復發的那天。但我記得的不是他的表情，而是父親眼中的痛。媽不擅於面對疾病，所以爸是我情感上唯一的倚靠。他比任何人都清楚第一次治療時我承受的痛苦，也知道無力幫我減輕第二次的煎熬。那年我二十四歲，還在上大學。我拚命想湊齊學分，但最後還是沒拿到文憑。

熬過兩次癌症，我再也不是當年無憂無慮的女孩。我珍惜、重視每一天，因為我明白生命有多可貴。大部分的人都以為我活不到三十歲，但都覺得我比同齡女性更認真。罹癌的經驗讓我絕不輕忽生命中的一切，更不會虛擲人生。我再也不把每一天的來臨視為理所當然。我瞭解到痛苦帶來許多收穫，如果沒有癌症，我可能會是完全不同的人。爸總說我贏得一種冷靜的智慧，我想他說得對。但我在許多方面仍相當無知，特別是異性和男女關係。

在眾多收穫中，我最感謝癌症讓我學會編織。

我兩度打敗癌症，但父親卻沒能熬過。我姊姊瑪嘉莉認為是我的癌症復發害死了他。雖然她沒有說出口，但我知道她的想法。其實我多少也這麼想。他因心臟病過世，當我再次被診斷罹癌後，他老了好多，我相信這一定影響了他的健康。我知道要是能和我交換，他一定非常樂意代替我生病。

他盡量在病床邊陪著我。在這場磨難中，爸爸給我的時間與奉獻，是瑪嘉莉最無法遺忘或諒解的。媽也盡她所能陪伴我。

那時瑪嘉莉已經結婚，有了兩個孩子，但她依然覺得我的癌症害她受到不公平的待遇。直到現在，她還是認為我故意生病、裝可憐，不肯好好過日子。

不用說，我和姊姊關係很緊張。爸過世之後，為了母親我盡量和瑪嘉莉和好。但她不肯放過我，過了這麼多年還是非常怨恨我。

瑪嘉莉反對我開編織舖，不管我想做什麼她都打擊我。我敢發誓，若能看我失敗，她的眼神絕對會發亮。根據統計，新店鋪常在一年後關門大吉，但我還是覺得該給編織舖一個機會。

我有資金。我十二歲那年外婆過世留下一些遺產。爸很有投資眼光，於是我有一小筆積蓄。我知道該把錢存起來，像媽說的「未雨綢繆」。但我的世界從十六歲起便每天都在下雨，我懶得再綢繆了。我心底知道爸會贊同。

先前說過，我在做化療時學會編織。幾年下來，我成為箇中好手。爸常取笑說我的毛線夠開一家店了，最近我開始認真思考這件事。

我熱愛編織。編織有一種說不出來的慰藉，重複將線繞在針上構成針目帶來使命感、成就感，以及事情有在進步的感覺。當世界天翻地覆，人總想找回秩序，而我在編織中找到了。事實上，我從文獻中讀到：編織比藥物更能有效減輕壓力。而且我覺得，這種有成果可供展示的方法更適合我，也可能是因為編織讓我覺得自己有用。我不知道明天會如何，但一對棒針在手，加上一球毛線，我就有信心迎戰一切。每一個針目都是成就，在我心中它意義非凡。

這些年我教過不少人編織，最早的學生是一起做化療的癌友。我們在西雅圖腫瘤醫學中心認識，很快地我開始帶大家編織棉線小方巾（譯註：wash cloth毛巾組尺寸最小的那一條，塗上肥皂擦澡用），其中包括不少男性。我相信那一陣子所有醫護人員都收到一輩子也用不完的小方巾！繼小方巾之後，這群編織新手挑戰小毯子。當然也有失敗的，但大多很成功。只要病友和我一樣從編織中得到安寧，我的耐心就算有了回報。

現在我有了自己的店，我認為招攬客人最好的方法就是開編織班。如果教小方巾，賣出的毛線恐怕不夠成本，於是我選了簡單的嬰兒毯作為入門。我選了我最欣賞的設計師安．諾林的圖樣，用到的只有基本的平針和反針。

我不知道新事業會有什麼成果，但我抱著希望。對癌症病患或得過癌症的人來說，「希望」比藥物更有療效。我們靠希望活著，更要實現希望。我們這些學會把握每一天的人，都對希望上了癮。

我正在做入門班招生的廣告，門上的鈴鐺響起。第一位客人上門了，我帶著微笑抬頭，但雀躍的心立刻涼了半截，進來的是瑪嘉莉。

「嗨！」我盡力裝出開心的語調。我不希望開店第一個早晨姊姊就來打擊士氣。

「媽說妳決定一意孤行。我剛好經過附近，想順路來看看。」

明知不該我還是問：「妳覺得如何？」我沒有點破她絕不可能順路經過繁花街。

「妳怎麼會取『佳話編織』這種店名？」

我考慮過幾十個店名，有些太可愛，有些又太平凡。我喜歡「編織一段佳話」（spinning a yarn）這句話，意思是創造出一段美好的故事。我很重視與人分享故事，聆聽他們的經驗，這應該也是住院的收穫吧！「佳話編織」是個溫馨親切的好名字。但我沒解釋這麼多。「我想讓客人知道我賣的毛線品質都很好。」

瑪嘉莉聳肩，再次四下打量。「不錯，比我預料的好。」

這已經是很大的讚美了。「我進的貨不多，但我希望能用一年左右的時間補齊。當然啦！我訂的線還沒全到。我還計畫從愛爾蘭和澳洲進口一些很棒的毛線，一切都要時間和金錢。」我一時忘情脫口而出。

「妳指望媽和我幫妳？」這個問題很直。

我搖頭。「不用擔心，我全靠自己。」原來她不請自來就是為了這個。瑪嘉莉以為我會佔媽的便宜。我絕不會。她的問題很侮辱人，但我嚥下憤怒，沒有回嘴。

瑪嘉莉瞥我一眼，好像以為我在說謊。

「我賣了微軟的股票。」我坦承。

和我極相似的深棕色眼睛，驚愕地睜得快兩倍大。「不會吧!?」

不然她以為怎樣？我的抽屜裡藏有大筆現金？「我不得不賣。」因為我的病史，沒有銀行願意貸款給我。儘管我擺脫癌症已經四年，但很多領域仍視我為高風險對象。

「那是妳的錢，我管不了。」瑪嘉莉的語氣彷彿我做了天大的錯事。「但我不認為爸會贊成。」

「他絕對會是第一個鼓勵我的人。」我就是閉不上這張大嘴巴。

「反正妳永遠對，」瑪嘉莉每次說話都是這種刻薄的語氣。「爸什麼事都順著妳。」

「那筆錢是給我的。」我挑明，她的那份想必還在生股利。

姊姊在店裡走了一圈，挑剔地看著。瑪嘉莉顯然很討厭我，但我不知為何還是這麼重視和她的關係。媽的身體很弱，失去父親之後還無法適應。我擔心很快就會只剩我和瑪嘉莉，沒有家人的想法讓我很害怕。

我很慶幸無法預見未來。我曾經問過父親，神為什麼不讓我們預知明天。他說那其實是一種福份，否則我們就不會對自己的生命和幸福負起責任。

「妳的經營計畫是什麼？」瑪嘉莉問。

「我在電話簿登了廣告，創造客源。」我沒說那還要兩個月才刊出，我也在附近發了傳單，但不知效果如何。我冀望以口耳相傳的方式引起客人興趣而來光顧。這些我都沒說。

姊姊冷哼一聲。我向來很討厭那種聲音，咬著牙藏起厭惡。

「我正要擺招牌，宣傳第一期的編織班。」

「妳真以為在櫥窗貼一張手寫廣告，就會有客人上門？」瑪嘉莉質問：「這裡很難停車，就算路通了，會經過建築工地的車也很少。」

「沒錯，只是——」

「我是好意，但——」

「是嗎？」我打斷她的話。我氣得手直抖，走到櫥窗前貼好編織班的廣告。

「妳是什麼意思？」

我轉身面對姊姊。她足足比我高三吋、重二十多磅，可能誰都看不出我們是姊妹，但我們小時候長得很像。

「我認為妳想看我失敗，」我直說。

「怎麼會！我來這裡是因為……因為我想知道妳在做什麼。」她昂起下巴彷彿挑釁我再次頂撞。「妳幾歲了？二十九、三十？」

「三十。」

「妳也該斷奶了吧？」

這話實在太過份。「我正在努力。我離開老家，搬到店面的樓上。我也開始自己做生意，要是妳能給一點支持，我會十分感激。」

她雙手一翻。「妳要我買毛線是嗎？妳明知道我不會打毛線也不想學，我寧願學鉤蕾絲。而且——」

「只要一次，」我再度打斷她。「妳能不能說句好聽的話？」我等著，無聲懇求她找得到一句至少有點鼓勵的話。

我的要求似乎太嚴苛。她猶豫了半晌終於說：「妳對色彩很有眼光。」她比著我放在門邊桌上展示的毛線。

「謝謝！」我希望語氣夠誠摯。我沒說出那是照色卡排的，難得瑪嘉莉給我一句稱讚，我絕不給她機會收回。

如果我們夠親，我會告訴她開這家毛線舖真正的理由。這家店代表我對生命的信念。我願意投注一切以求成功。如同登陸後就燒燬船隻的維京征服者，我不讓自己有退路，不論成敗我都要勇往直前。

父親可能會說，我已為無法預期的未來負起責任。

鈴鐺再度響起，顧客上門了！第一位「真正的」顧客。

2

賈桂琳．唐諾

和兒子大吵一架後，賈桂琳．唐諾心情很差。她一直努力忍住對媳婦的負面看法，但保羅打電話來說譚美已懷孕五個半月時，賈桂琳終於失控，一時衝動說了不該說的話。吵到一半，保羅掛她電話。

她丈夫又雪上加霜，打電話要她送繁花街的建築藍圖過去。她因為心情沉重而說出與保羅的爭執，這下連瑞斯也生她的氣。說實話，她不太在意丈夫的想法，但獨子則另當別論。

賈桂琳煩躁憂鬱地開車去工地，找停車位又浪費了二十分鐘，結果依然停得很遠。她抱著藍圖小心穿過工地，一面暗自嘀咕。可惡的瑞斯毀了她整天的計畫！

「藍圖帶來了？」她結縭三十三年的丈夫從拖車走出來。賈桂琳跨過鋼管，真擔心名牌高跟鞋給污損了。她丈夫的建築師事務所負責這裡的改建工程。瑞斯穿著手工西裝、戴著安全帽，雖然五十九歲了還是很英挺。

賈桂琳把他的寶貝藍圖交給他。瑞斯很少要求她幫忙，這正合她意。他將藍圖放進拖車後轉身站在門口和她說話。

「我很擔心保羅。」她力持鎮定說。瑞斯疲憊地聳肩。他工作時間很長，賈桂琳假裝相信他不在家的時候真的都在工作。她沒那麼傻，所以就算他再累，她也不會同情他。

他們在兒子和朋友面前裝出融洽的假象，其實瑞斯和她早已各過各的。十二年前保羅離家上大學後他們就分房了。現在除了對兒子的愛，他們幾乎毫無共通之處。

「看來，譚美懷孕了。」她丈夫不理會她的憂心。

賈桂琳點頭。「我早料到譚美像母豬一樣會生。」

瑞斯蹙眉，她對媳婦的猜忌讓保羅不悅。但他們對她的家世毫無所悉，已知的那些親戚已經令她很受不了。

吊車的聲音讓瑞斯分心了一下，他重新看著她時又皺起眉頭。「妳怎麼不太高興的樣子。」

「拜託，瑞斯！你覺得我該有什麼感覺？」

「和第一次當祖母的女人一樣的感覺。」

賈桂琳雙手抱胸。「不是所有人都會很高興，至少我不會。」

她的幾個手帕交初當祖母都很開心，但賈桂琳恐怕無法那麼順利便適應過來。

「賈姬，那是我們的孫子啊！」

「我早就知道跟你說什麼都沒用。」她憤慨地說。要不是和保羅吵架，賈桂琳根本不會說。她和兒子一向很親，守著有名無實的婚姻也是為了他。兒子符合她所有期望：英俊、聰明、事業有成，還有數不盡的好。他進入銀行界，一路順利晉升，但去年他做了一件有違本性的事：他娶了個來路不明的女人。

「妳根本沒有給譚美任何機會。」瑞斯堅持。

「少冤枉人！」賈桂琳驚恐地發現她激動得聲音發抖。儘管和媳婦不投緣，她還是很努力經營婆媳關係。賈桂琳想破頭也不懂，她理智的兒子怎麼會娶這個陌生人，這個……這個沼澤裡爬出來的丫頭，明明她那麼多朋友的女兒都看上他。保羅說譚美是他的南方佳麗，但在賈桂琳眼中，她不過是個鄉巴佬。「我帶她去鄉村俱樂部午餐，她把我的臉都丟光了。我介紹她認識瑪莉．詹姆斯，結果她竟然和婦女會主席聊起醃豬腳之類的怪食譜。」賈桂琳躲了好幾個星期才鼓起勇氣面對朋友。

「瑪莉不是負責編輯食譜嗎？她們自然會聊到——」

「我不想聽你也來嫌我。」賈桂琳打斷他。她完全無法對瑞斯解釋，他們已經連好好說句話也不行了。而且工地的灰塵快毀了她的妝，風吹亂了她精心盤好的頭髮，但瑞斯哪裡會在乎。外表很重要，而他根本不知道完美的妝容和髮型要花她多少工夫。她五十多歲了，得煞費苦心才藏得住歲月的痕跡。

他略微提高音量。「妳到底對保羅說了什麼？」

賈桂琳挺起背脊，維護尊嚴。「我只說不希望他這麼快有孩子。」

她丈夫伸手想扶她進拖車。「進來。」

賈桂琳不用他幫忙逕自登上拖車。瑞斯常巡視各處工地，但這還是她第一次進這些拖車。她四處張望，到處都是藍圖、空咖啡杯、各種雜物，和豬窩沒兩樣。

「妳最好全部說給我聽。」瑞斯倒了咖啡遞給她。她揮手拒絕，害怕那杯子好久沒洗。

「你為什麼覺得我不只表達失望？」她問。

「因為我瞭解妳。」

「喔，真多謝。」她喉嚨一緊，但不肯讓他看出這句話傷她多深。「最糟的是譚美懷孕快六個月了。保羅當然有一堆藉口不告訴我們，說什麼在胎兒穩定前不想驚動我們。」

「妳不相信他？」瑞斯雙手抱胸倚在門邊。

「當然不相信。一般人等三個月就會宣布『好消息』，」她帶刺地說：「但拖到六個月？我們都很清楚他早就知道我的想法，才會隱瞞到現在。我一開始就說過，現在還要再說一次，我認為這段婚姻是天大的錯誤。」

「聽著，賈姬……」

「我還能怎麼想？保羅不過去紐奧良出差一趟，就在酒吧認識這個丫頭。」

「他們參加同一場金融會議，之後才約出去喝一杯。」

瑞斯何必扯這些無謂的細節？「他們交往不過三天，接下來我就聽他說娶了一個我們都不認識的女孩。」

「我也希望保羅先通知我們，」瑞斯讓步。「但都快一年了。」

兒子沒照她期盼在教會盛大舉行婚禮，她到現在還不能釋懷。保羅——還有她都該享有那樣的風光，但她甚至沒有受邀參加婚禮。

這件事她不想再提了。兒子唯一的藉口是他愛譚美，想和她共度一生，無法忍受與她分離。但賈桂琳自有想法。保羅一定知道她會不高興——也知道親家上不了檯面。想也知道譚美的家人辦不了像樣的婚禮，婚宴的菜色八成是甘藍菜、粗麵粉，搞不好還用油炸小蛋糕當婚禮蛋糕。

「譚美結婚不到半年就懷孕了。」她毫不掩飾心中的輕蔑。

「保羅都三十多了，賈桂琳。」瑞斯又露出不滿的眼神，她最討厭他這樣。

「都這麼大了更該知道避孕。」她怒不可扼。保羅宣布結婚時也是這樣，透過電話毫無預警地轟炸。

「他說過想要孩子。」瑞斯低聲說。

「但絕不是這麼快。」她脫口而出。和瑞斯簡直有理說不清。他好像一點都不在乎保羅娶了出身低下的女人。她完全沒想過會有這種媳婦。賈桂琳真心想接納譚美，但實在無法和她多相處。她受不了故做甜美、虛情假意的南方調調。

「但保羅很高興有孩子吧？」

賈桂琳靠在桌上點頭。「他很興奮，」她抱怨。「至少他這麼說……」

「那還有什麼問題？」

「他……他好像覺得我不會是個好祖母。」

瑞斯瞇起眼睛。「是否因為妳又說了什麼？」

「噢，瑞斯，」她開始懊惱了。「我就是忍不住。我說他娶譚美是天大的錯誤，有了小孩更麻煩。」她原本以為過個一、兩年保羅會認清錯誤，優雅地告別這段婚姻。但有孩子就難了。

「妳該不會真的對保羅說這種話吧？」瑞斯憤怒的語氣讓賈桂琳更想辯解。

「我知道不該說，但你能怪我嗎？我才剛接受我們的獨生子偷偷娶了個陌生女人，他緊接著又爆出懷孕的消息。」

「那該是可喜可賀的消息。」

「可惜不是。」

瑞斯的眼神好像才剛注意到她。「妳為何這麼生氣？」

「因為我怕失去兒子。」這份親近的母子關係是她人生中唯一的安慰，僅有的小小喜悅。現在她做的蠢事惹兒子生氣了。

「打電話跟他道歉。」

「我會。」她說。

「還要訂花給譚美。」

「好吧！」但她是為了兒子而不是他的甜心。

「繁花街上有一家花店。」

賈桂琳點頭。「我還打算做點別的表示。」她祈求這樣能讓兒子明白她努力想接納他的妻子。「我剛才在新開的一家編織店櫥窗上看到廣告。我要去報名編織班，廣告上說入門班要教嬰兒毯。」

瑞斯很少對她表示讚賞，這回他溫暖的微笑深入她的心。

「雖然我不喜歡譚美，但我要作最棒的祖母。」總要有人給保羅的孩子正確的影響，否則她的孫子很可能吃油炸酸黃瓜長大，或一輩子背著布巴·唐諾這種名字（譯註：Bubba有貶意，指鄉下老粗）。

3

珈珞·傑羅

珈珞·傑羅沒想過懷孕這麼難。她母親顯然毫無困難，她和哥哥瑞克只差兩歲。

珈珞和道格在婚前就討論過生孩子的事。因為她在證券交易所的工作繁重，他想先確認她也想要孩子，以及將來是否願意暫時放下工作準備懷孕，她非常願意。她一直想當媽媽，期望生命中的重要時刻都有孩子參與，而道格一定會是好爸爸。她與丈夫的愛情深刻而熱烈，她想要他的孩子。

珈珞把午餐放進微波爐，轉頭環顧公寓的廚房，她家位於十六樓、鳥瞰普捷灣。她上個月才辭掉工作，現在已開始覺得煩悶焦躁。她離職就是為了讓身體從繁忙的工作中放鬆開來。道格相信龐大的工作壓力使她難以受孕，婦產科醫生也認為不無可能。她和道格接受了一長串屈辱的檢驗，終於發現問題除了她的三十七歲高齡之外，她的身體還對道格的精子產生抗體。

電話鈴聲嚇她一跳，她趕在第二聲鈴響之前抓起話筒。

「喂？」她輕快地說，她太想找人說話，就算是電話推銷也好。

「嗨，甜心。我還擔心妳出門了呢！」

她一陣慌張。「我有要上哪去嗎？」

道格輕笑。「妳不是說下午要去散步？」

那是一本書上的建議。珈珞決定要多運動，既然她白天都在家，有很多時間出外走走。他們討論過她辭職後的計畫，這也是其中之一。

「對了，我正要出門。」她看看微波爐，放棄了午餐。

「珈珞，妳還好吧？」

他感覺得出她的情緒、憂鬱與煩躁。聽道格的建議辭職是對的。他們都很怕她可能永遠無法懷孕到足月，更別說他們只剩一次作試管嬰兒的機會。道格任職的保險公司總部在伊利諾州，該州法律規定員工保險必須涵蓋三次做試管嬰兒的機會；他們頭兩次都失敗了。試管嬰兒是不孕治療最終極的技術，也是不孕夫妻擁有親生骨肉的最後手段。七月是他們最後一次機會，之後他們就得自費了。一開始他們就說好只做三次試管嬰兒，若她到時還無法懷孕就改為收養。現在看來真是明智的決定。前兩次失敗造成的情感重創，證明她沒有能力無止盡地試下去。兩次受精卵都順利著床，但兩次都流產。任誰也受不了反覆面對這種心痛。

珈珞和道格都沒提起第三次試管嬰兒是他們最後的希望，但現實的陰影揮之不去。她這次說什麼都要懷孕，而且不能流產。

珈珞願意犧牲一切。願意放棄心愛的工作，願意接受戳刺與屈辱。她願意忍受質疑，面對嘗試生育的苦樂，一切都為了要有孩子。道格的孩子。

「我愛妳，甜心。」

「我知道。」雖然語氣輕率，但珈珞真的知道。道格一路陪伴她，歷經看診、檢驗、淚水與挫折、憤怒和哀傷。「等孩子抱在懷裡，我們就會知道一切都值得。」他們連名字都想好了。男生叫卡邁隆，女生叫可琳。她可以栩栩如生地想像孩子的長相，抱在懷中的感覺，以及丈夫眼中的喜悅。

珈珞懷抱著夢想，一想到能抱孩子，她就熬得過做試管嬰兒的種種艱苦。

「你幾點回家？」她以前從不過問，但現在她依照丈夫的作息生活，他回家的時刻是一天的高潮。她每到下午就不停看時間，算著道格還有多久到家。

「和平常一樣。」他保證。

他們結婚七年了，道格在保險公司上班。珈珞的薪水高得多，靠她的收入他們才買得起這間公寓。剛結婚時，她明智而儉樸的丈夫就堅持以他的收入為生活標準。他擔心萬一養成倚賴她養家的習慣，說不定會延誤生兒育女。婚後他們等了三年，想先累積存款，也幸虧如此，因為即使有保險補助，試管嬰兒的費用還是很嚇人，加上她現在又沒上班……

「我有沒有說過，白天的電視超難看？」她問。

「關掉電視散步去。」

「是，長官。」

道格笑了。「我沒那麼兇吧？」

「沒有，只是待在家裡和我的想像很不一樣。」待在家裡怎麼這麼無聊，她得拚命找事情打發時間等道格回家。她習慣整天開會，在腎上腺素的驅使下做出決策，整天忙個不停。一個人待在家是全新的體驗，而她一點都不喜歡。

「要我稍後再打來嗎？」

「不用了，我很好。你說得對，我得出去走走，下午天氣很好。」陽光燦爛的西雅圖是全世界最美的地方。這是個美好的五月天，她遙望白雪靄靄的奧林匹克山，普捷灣青藍的海水在她腳下。

「五點半見。」道格說。

「我等你。」珈珞離職前都是道格先到家，煮飯、看地方新聞。珈珞並不介意顛倒的角色又顛倒回來。目前這是她生活中的少數樂趣之一。

她把午餐放回冰箱，拿了顆蘋果走向門口。他們在這裡住四年了，她卻不認識任何鄰居。大家都跟她與道格一樣忙於衝刺事業，大樓裡沒幾個孩子，而且通常一大早就被送去超昂貴的托兒所。

珈珞搭著空空的電梯下樓出門走上人行道，啃著蘋果輕快地走向濱水區，心想起碼有件事她不必害怕。

公司女同事聽說她要離職都警告她，家庭主婦很容易發福。她們說主婦整天待在廚房被食物圍繞，很難維持身材。但這對珈珞並不構成問題，她的食物從未如此健康。飲食控制是新生活的一部份，維持好身材可謂輕而易舉。

海灣吹來涼風，她沿著平時散步的路線走著，臨時起意往東轉，爬上皮爾丘，維吉尼亞．梅森醫院和瑞典醫院都在山丘上。她爬上階梯時有點喘，接著繼續走了幾條街，欣賞陌生的社區，終於來到繁花街。

幾棟建築在整修，但人行道還可以走。有一邊好像已經完工了，店鋪都有嶄新的門面，花店上有白綠相間的條紋雨棚，門口擺著一桶桶鬱金香與百合。

雖然工地很吵，珈珞還是走了過去。街道盡頭有一家錄影帶店和一棟灰暗的紅磚公寓，對面則是一家叫安妮咖啡館的餐廳。新舊對比很是強烈。尚未翻修的部分有著六0年代的老街風情，溫馨宜人。很難想像高樓林立的西雅圖市區離這裡不到一英里。

花店旁邊有家意想不到的店：毛線鋪。應該是新開的，門上還掛著新開幕的海報。有位年齡和她差不多的女人坐在店裡的搖椅上，雙手舞著一對棒針，膝上有好大一個鮮綠色的毛線球。

反正沒事可做，珈珞推開店門，一陣悅耳鈴聲響起。「妳好！」她盡量表現出開朗、有興趣的樣子。她不知道是什麼吸引她進來，她不會編織，對手工藝也不特別感興趣。

那個嬌小的女子露出羞怯的笑容迎接她。「妳好，歡迎光臨佳話編織鋪。」

「這家店是新開的吧？」

對方點頭。「昨天才開幕，妳是今天的第一位客人。」她輕笑。

「妳在織什麼？」珈珞有點內疚地問，因為她根本不是顧客。

「幫我外甥女打毛衣。」她拿起作品給珈珞看。

好鮮豔的色彩，鮮綠、亮橘、土耳其藍，勾起珈珞的笑容。「真可愛。」

「妳會編織嗎？」

還是逃不過。「不會，但我哪天可能想學。」

「那妳來對地方了。下星期五我要開編織入門班，報名上課的同學買毛線有八折優待喔！」

「抱歉，我恐怕不是編織的料。」珈珞真心感到遺憾，但她真的不是巧手的女人，計算複利、年金、共同基金才是她的專長。

「不試永遠不知道。對了，我是莉蒂雅。」

「我是珈珞。」她伸出手，莉蒂雅放下作品熱忱地握住。她的棕眸聰慧有神，珈珞很快便對她有好感。

「入門班的作品很簡單。」莉蒂雅繼續說。

「要讓我學會，恐怕得非常簡單。」

「我想教嬰兒毯。」

珈珞一怔，淚水湧上眼眶。她趁莉蒂雅沒留意時轉過身。平時她並不多愁善感，但注射荷爾蒙後情緒很難控制。不過這麼巧也太詭異了。

「看來報個入門班也不錯。」她戳弄著一球鮮黃的毛線。

「太好了。」莉蒂雅到櫃檯後面拿出報名表。

最近珈珞四處尋找預兆，而且常和上帝說話。她確信一定是上帝送她來這家店，讓她知道祂將實現她的祈求。這次，第三次也是最後一次的受孕過程一定會成功。在不太遙遠的未來，嬰兒毯就要派上用場。

愛莉絲．湯森

愛莉絲．湯森穿黑色戰鬥長靴的腳在龜裂的人行道上踩熄菸蒂。「繁花街錄影帶出租店」的店長不喜歡員工在休息室抽菸，與其被嘲弄，她寧願出來街上。那傢伙很愛挑剔，動不動就抱怨員工、經濟與人生。

不過店長至少說對了一件事，改建工程把生意都趕跑了。愛莉絲知道她住的公寓遲早會賣掉，她也會被趕出去。難免的，這一帶改變太多，房租即將暴漲。多謝啦！市長大人。

她把雙手插進黑色皮夾克的口袋，望著街上的灰塵瓦礫。不管氣候如何，她都穿著黑色皮夾克，這件夾克很貴，她怕被人順手牽羊，例如她的室友，肥胖的洛荔。不過愛莉絲的衣服她應該穿不下。

對面的店面都已重新油漆。新的花店和美容院也已開始營業。這兩家店帶來不少便利，不過都和她沒關係。夾在這兩家中間的那家店卻還是個謎。佳話編織？應該是毛線舖吧？在這一帶恐怕生存不了多久，住在她那棟樓的人都不可能打毛線。

不過編織舖倒是有點意思。休息時間還有五分鐘，愛莉絲跑到對街。她在櫥窗前張望，看到一張手寫的編織班招生廣告。如果她去學編織，能當成社區服務嗎？

「嗨！」愛莉絲走進店門大聲說，她喜歡華麗的登場。

「妳好。」

看店的是個嬌小的女子，外型很柔弱，有雙棕色大眼睛和滿面笑容。

「妳是老闆？」愛莉絲冷冷瞥她一眼。她倆的年紀應該差不多。

「這是我的店。」她從搖椅上站起來。「很樂意為妳服務。」

「我想打聽一下編織班的事。」她的社工曾建議，學編織有助於情緒管裡。說不定真的能。而如果能折抵社區服務的鐘點，就更棒了……

「妳想知道什麼呢？」

愛莉絲雙手插在口袋，緩緩在店裡逛著。她敢打賭，這位編織女士大概很少有她這種客人。愛莉絲最近在法院看到一張海報，為家暴兒童募集手工百納被和織毯。「妳聽過奈勒斯計畫嗎？」毛線姑娘這輩子八成沒進過法院一步（譯註：奈勒斯計畫，名稱源自漫畫「史努比」中一個毯子不離身的小孩）。

「當然。」老闆雙手交握跟著愛莉絲，好像怕她偷毛線。「那是警方贊助的活動，為受虐兒編織毯子。」

愛莉絲漫不在乎地聳肩。「聽說是這樣。」

「對了，我是莉蒂雅。」

「我是愛莉絲，A-L-I-X。」她沒想到會和老闆以名字相稱，不過無所謂。

「妳好，愛莉絲，歡迎光臨佳話編織。妳想為奈勒斯計畫編織毯子嗎？」

「呃……」那只是個模糊的念頭。「要是我會編織，也許吧！」她支吾地說。

「編織班就是要把妳教會呀！」

愛莉絲乾笑一聲。「我不是那塊料。」

「想學學看嗎？並不難喔！」

她冷哼。說實話，愛莉絲不知道她怎會來這裡。也許是因為童年記憶的片段或感覺。

小時候的事情她幾乎都想不起來，法院指派的醫生說，她有童年失憶症。隨他們說。三不五時，消失的記憶會閃過腦海，她大都分不清真假。她確實記得父母常吵架。他們一吵起來，她就躲進臥房的衣櫥。關上門、閉起眼睛，讓自己相信外面沒有吼叫與暴力。她在衣櫥裡有另一個家，來自想像世界的父母很相愛，不會咆哮動粗。想像世界裡的家，冰箱裡沒有一堆啤酒，她放學時會有餅乾和牛奶當點心。長年下來，想像和現實在愛莉絲的記憶中佔了同等份量。她鮮明地記得，想像中那個很愛她的媽媽會編織。

愛莉絲小時候老是躲在衣櫥裡……

「有興趣的話，下星期五要開入門班。」

這句話把她從思緒中喚醒。愛莉絲苦笑。「妳當真以為能教會我這種人編織？」

「當然，」莉蒂雅毫不猶豫地回答：「我教過很多學生，而且現在只有兩位女同學報名，我有很多時間可以教妳。」

「我是左撇子。」

「沒問題。」

這女的八成太想賺錢了。莉蒂雅最終一定會找個藉口放棄她。就算要學，她也沒錢買毛線。

「妳之前提過奈勒斯計畫，何不幫他們織條毯子？」莉蒂雅問。

愛莉絲栽進自己挖的洞。

莉蒂雅接著說：「我也幫奈勒斯計畫織過幾條毯子。」

「真的？」看來這女人有點良心。

莉蒂雅點頭。「反正編織的對象本來就不多，而且這是善事。」

編織的對象……衣櫥裡的媽媽會編織。她會唱歌給愛莉絲聽，而且身上有薰衣草和花香。愛莉絲夢想有一天能像那個媽媽，然而人生的道路卻帶她走往不同的方向。也許她可以，或者應該，來上編織課。

「試試也好，」她聳起一邊肩膀說。要是被洛荔發現，一定會被取笑，但那又怎樣？她早已習慣受人奚落和揶揄。

莉蒂雅溫和地微笑。「太好了。」

「幫奈勒斯計畫織的毯子不漂亮也無所謂，反正又沒人知道是我織的。」

莉蒂雅的笑容慢慢褪去。「但妳知道啊！愛莉絲，這才最重要。」

「是啊，但……呃，我在想，妳的課或許有雙重功效，」這個說法不錯，愛莉絲很滿意。「我可以學編織，織毯子的時間還可以抵銷我欠的鐘點。」

「妳欠的鐘點？」

「我被抓到持有毒品，法官判我一百小時的社區服務。毒品不是我的！我沒那麼蠢，他也知道。」她死命握緊拳頭。她對判決仍很不爽，大麻明明是洛茘的。「吸毒很蠢。」她頓了一下，「我哥就是被毒品害死的，我還不想那麼早死。」

莉蒂雅挺直背脊。「我好像沒弄懂。妳想報名編織課，把毯子捐給奈勒斯計畫？」

「對。」

「而織毯子的時間，」她略微猶豫，「妳想用來抵銷法院判的社區服務鐘點？」

愛莉絲覺得莉蒂雅態度惡劣，但要比態度差她從不輸人。「怎麼，妳有意見嗎？」

莉蒂雅躊躇著。「只要妳能尊重其他同學就可以。」

「沒問題。」愛莉絲看看錶。「我得回去上班了。有事找我的話，我大多都在錄影帶店。」

「好。」莉蒂雅忽然間不像先前那麼有信心。

愛莉絲回去時店裡很忙，她匆匆跑進櫃檯。

「怎麼這麼晚才回來？」洛茘質問。「店長在問妳去哪了，我說妳在廁所。」

「對不起，我出去抽菸。」根據勞工法，她有十五分鐘的休息時間。

「妳有碰到建築工嗎？」

愛莉絲搖頭走到收銀機後。「一個也沒有，四點一到他們跑得比賽馬更快。」

「我們得組個工會。」洛茘悄悄說。

「爭取福利。」愛莉絲知道她又在作夢了。有一天她一定能找到像樣的工作，不再拿基本工資，那時她就不必再和洛荔分租了。洛荔生活在墮落邊緣，遲早會完全陷下去。愛莉絲很怕洛荔把她拖下水。

5

「學會平針、反針，遵循說明，就能千變萬化。」

——琳達．強生，《琳達的編織書》

莉蒂雅．霍夫曼

恐怕真要被瑪嘉莉說中了，佳話編織還來不及起步就會關門。到現在編織班只有三個學生，而最後一個報名的愛莉絲看來像個太妹。看到戴著狗項圈、留著紫色刺蝟頭的同學，不知賈桂琳和珈珞將作何感想。我鼓勵愛莉絲報名，但她一走出店門我立刻有點後悔。我在想什麼？我到底在想什麼？

建築噪音稍微減輕雖然讓人鬆了口氣，但生意並未因此好轉。往好處想，幾個月來第一次沒人打擾我專心編織。我該看光明面，但我實在太擔心沒有生意。

開店前我問過很多人，大家都建議我至少要準備六個月的開銷。我的錢夠，但我祈求繼承到的財產能留住一些。如今真的面對風險了，懷疑與恐懼開始不斷地轟炸我。

瑪嘉莉總是讓我變成這樣。我真希望多瞭解姊姊一些，有時候我覺得她恨我。我隱約知道問題何在：我得到爸媽全部的關注，但我是真的很需要他們。我不願相信姊姊認為我為了爭寵，不惜得癌症。

瑪嘉莉恨我，但我更恨癌症。我多想要健康正常的人生。我依然生活在黑雲之下，生怕厄運隨時會降臨。我唯一的手足應該體諒我的處境，支持我獨立自主的努力！

星期三早上，我正在織展示用的襪子，全神貫注在腳踝的部分，鈴鐺響起。我以為有客人，或報名上課的人，滿心歡喜地起身微笑迎接。

「妳好。」快遞員推著五個大紙箱走進店裡。「我負責送這一區的貨，特地過來自我介紹。」他放開推車伸出手。「我是布萊德．高茲。」

「我是莉蒂雅．霍夫曼。」我們握了手。

他把電子簽收板遞給我。「生意好嗎？」我簽名時，布萊德問。

「我才剛開幕兩星期。」我不願承認生意不好，迂迴地回答。

「改建工程就要完成了，妳的店裡很快就會擠滿客人。」他微笑著說，我立刻覺得很感激，而且有些動心（真不可思議）。我太需要鼓勵，會有這種反應似乎也很自然，但我感受到有如天空對鳥兒那麼強的吸引力。我好久沒有這種感覺了。我厚著臉皮瞄一下他的手，他沒有戴婚戒。

說來有點不好意思，我的性經驗侷限於大學時和男友在車上生澀的摸索。接著癌症復發。第二次腦部手術時，羅傑還和我在一起，但開始化療後，我的頭髮掉光了，他也不再打電話或探病。不管他怎麼找藉口，光頭的女人很難有魅力吧！但我想更主要的原因是，他認為我隨時會死，不值得繼續投資感情。他到底是學商的。

我中學時的男友柏恩的反應和羅傑一樣，陪我一陣後漸漸淡出。我不怪他們。

羅傑離開後，我和幾個人有過短暫交往，但都不長久。之前的經驗告訴我，男人不會對兩度罹癌的女人動心。我不是自憐，我明白他們的感覺。何苦和隨時會死的女人交往？我甚至不知道我能不能、或該不該生小孩。這個問題我寧願不想。

「我奶奶以前也會打毛線，」布萊德說。「聽說這兩年又開始流行了。」

不只兩年，但我沒有糾正他。他長得真好看，尤其笑起來的時候，而且他隨時都滿臉笑容。他的眼睛是深藍色的，女人大老遠就會看到這雙眼睛。他不太高，正合我意。我才五呎三吋，站在身高六呎以上的人身邊，落差很嚇人。布萊德恰到好處，而這是個大問題。我不想注意他，不想注意他黑髮垂落前額的稚氣迷人模樣，或是寬肩撐起棕色制服有多英挺。但我都注意到了……而且還不只這些。

「妳在織什麼？」他指著我的作品問，沒有等我回答就說：「好像是襪子。」

「沒錯。」

「可是妳只用兩支針，我奶奶織襪子好像都要用上五六支。」

「我用的是輪針。這是比較新的織法，」我拿起來給他看。他似乎真的有興趣，於是我繼續聊下去，說著一些他可能想知道的事情。「幾年前襪子還是用五針織法。但現在用兩根輪針就可以了，甚至可以只用一根，不過那種針有四十吋長。毛線也多了許多花樣，」我喋喋不休地說：「我並沒有換色，這些條紋是毛線本身的花色。」

他摸摸毛線，似乎真的很讚嘆。「妳打毛線很久了嗎？」

「快十年了。」

「妳看起來像高中生，一點都不像毛線店的老闆。」

這種話我聽過太多了。我隨和地笑笑，其實並不覺得這是稱讚。

我沒有接話，於是布萊德說他該回去工作了。我不介意多聊幾分鐘，但他應該還有事。

「要不要先幫妳把箱子放好？它們挺重的。」

「我搬得動，謝謝。」布萊德的友善造訪讓我分了心，幾乎忘了他送來的線。開毛線舖的樂趣之一就是能用批發價買線材。因為不清楚客人的喜好，各色各樣的線我都訂了一些。我下的第一批訂單是優質堅固的羊毛線，一共二十四種顏色。羊毛線是必備商品，而且毛氈又開始流行了。毛氈就是把圖樣放大織好後放進熱水縮小，毛線會連成一片而看不見針目。接著是棉線，那是我最愛的線種之一。細絨線和歐洲進口襪線也越來越熱門。我認為客人最常買的線應該會是羊毛壓克力混紡，於是所有基本色都進了貨，加上編織雜誌介紹的今年流行色。大部分的貨品開幕前都到了，但每天還是會有零星貨物送來。

「妳住在附近嗎？」布萊德把簽收板夾在腋下，拉過推車。

「我住在店樓上。」

「真不錯，這附近很難停車。」

我知道。但不知他的貨車停哪，想必相當遠。客人要上門買毛線肯定得把車停在一、兩條街外，恐怕沒人願意費這種力氣。後巷可以通，但我絕不想一個人走那條路，白天晚上都一樣。

「謝謝你了，布萊德。」他開門時我說。

他開朗地揮手離開。剎那間彷佛陽光全消失了。我認得那種感覺：幾近悲慘邊緣的懊悔。我堅定地告訴自己，此時此地不適合難過。要沉溺在自憐之中，老歌必不可少，而且還要準備一兩部悲劇電影。冰淇淋向來有效，但只有最嚴重的狀況才能動用。

沒人說我不准談戀愛，唯一的障礙是我自身的恐懼。真可悲，我都三十歲了。好吧！我招認是我不想冒險，因為感情很可能無疾而終。我有過好幾次經驗，一說出我得過癌症，而且是兩次，對方眼中就出現那種可憐與後悔、失望與同情交織的謹慎神情，我最討厭那種眼神。

通常對方的態度會立刻改變，之前看似有發展的感情，很快就煙消雲散。就連女性朋友和我在一起也很不自在。我盡力不去想。值得感恩的事情很多，為了我的心理健康，我盡量只想好事。

簡單地說，我不善於經營感情。我以前不是這樣。罹癌前，我有很多朋友，男女都有。但我生命中所有的男人最後都逃走了，但女性朋友是我自己斷絕來往的。我知道很傻，但我無法忍受聽她們描述歡樂的生活。現在回頭看，我知道那是嫉妒。我多想像她們一樣，歡笑、徹夜談心、約會、發掘生命。然而我的日常生活只有醫生、醫院、實驗藥物。癌症奪走的東西再也找不回來。重點是，我沒有好朋友，而且我三十歲了，交朋友的本領恐怕早已消失。

我把布萊德逐出腦海。

我剛拆箱整理寶貝毛線，一個穿著棕色制服的人影從櫥窗前閃過。不管我之前多嘴硬，還是伸長脖子希望能再看布萊德一眼。我沒有失望，他推開門匆匆進來。

「莉蒂雅，妳今天下班後有事嗎？」

我極度震驚地發現嘴巴很乾。「有事？」我重複。

「我知道不該臨時邀約，但我可以請妳吃晚餐嗎？」

我又開始猶豫了，我很想答應，但我知道最後一定會只剩傷痛與懊悔。

「抱歉，」我希望語氣不會傷人，「但我今晚有事。」其實我只是要把襪子織完，但他不必知道。

「那明天呢？我兒子這兩天在我前妻的家，所以我想，我們說不定可以聚聚——」

趁決心還沒動搖，我搖頭說：「抱歉，我不行。」

布萊德的笑容消失了，他大概很少被女人拒絕。「那下次見嘍！」

「好，」我緊抓著一球黃色毛紗低語。「下次見。」

賈桂琳・唐諾

賈桂琳躺在滿是泡泡的浴缸裡讀著最新的暢銷推理小說，聽到大門的聲音抬起頭。

每逢星期二，瑞斯都很晚回家，通常她都已經睡了。賈桂琳曾經很在意他晚歸，總不斷猜想他在哪裡。妻子不可以把丈夫養情婦的事說破。幾年前，她就已經接受丈夫有外遇的事實。不只一個朋友打小報告說看到瑞斯和一個金髮女人在一起，仔細對過支票和信用卡帳單後，更證實了臆測。

金髮。男人真好猜。

賈桂琳選擇視而不見，假裝婚姻和人生一切美好。但這並不代表她不難過。瑞斯不忠傷她很深，但賈桂琳夠成熟，不願追究這些不愉快。老天為證，丈夫已經好幾年沒上過她的床，看來他的情婦很討他歡心。

其實分房是雙方同意的選擇。結婚沒多久她就生了個很棒的兒子，他們努力了兩年想再生一個，但兩次流產的哀傷讓賈桂琳放棄希望。

保羅長得太快，幾乎一夜之間就去上大學了。兒子搬進宿舍後，賈桂琳淡淡地建議瑞斯搬去客房。第二天他就搬過去了。他這麼爽快地搬走，她雖然有點懊惱，但也鬆了口氣。

說實在的，她開始覺得性愛很煩。那樣汗流浹背、氣喘吁吁的苦工，還得裝出投入的樣子，真傻。噢！做愛其實相當愉快，甚至算得上享受，至少剛結婚時和保羅出生後一陣子還不錯。她很肯定，要是有第二個孩子，他們之間一定不一樣。賈桂琳很想要個女兒，但一直生不出來。回想過去二十年，她明白自己對性愛沒有興趣應是因為焦慮和內疚。但現在都無所謂了，她一點也不想找心理醫生分析。

沒有女兒是賈桂琳一生的遺憾。幾年前她的心情特別沮喪時，瑞斯說等保羅結婚她就會有女兒了。那算哪門子安慰！

賈桂琳本能地蜷起身體。譚美和她心目中的媳婦差太遠，比都不用比。

「賈姬，妳在家嗎？」瑞斯在臥房外的走廊大聲問。

「我在浴室，」她放下書大聲回答。七點剛過，看來他也厭倦另外那個女人了。她站起來，芬芳的熱水和泡沫流下。轉念一想，說不定出事了，但她想不出會有什麼事。她從保暖架上拿起大浴巾。「沒事吧？」

瑞斯敲了一下門，沒等她回答就開門進來。他瞪大眼睛看著她，她剛泡過熱水有點喘而且全身紅潤，身上只圍著一條浴巾。

「你進來做什麼？」她質問，因被他撞見一絲不掛的樣子而心慌。她的身體也曾光滑美麗，但歲月不饒人。她的小腹鬆弛，胸部就是五十歲女人的樣子。她把毛巾拉緊。

「妳連浴室都不讓我進了嗎？」

「我想有點隱私。」

他的眼神似乎冷了一下，平板的表情又回到臉上。「妳若有空，我有事想和妳談。」

「好，」她低聲說。

瑞斯離開浴室關上門。

賈桂琳跨出浴缸時發現自己在發抖。她按住洗手檯穩住，深吸一口氣冷靜下來，接著擦乾身體，穿上絲睡衣和睡袍，繫緊腰帶，花了點時間平定亂跳的心之後才去找丈夫。

瑞斯在廚房，站在敞開的冰箱前。他拿出賈桂琳兩天前午餐帶回家的剩菜。她很少煮飯了，反正他們的管家瑪莎很愛煮。賈桂琳有更重要的事，早已不為三餐煩心。瑞斯通常一個人吃飯，因為他很晚才下班。至少這是他的說法。

「什麼事？」

他沒有回答，打開蓋子看了看鮮蝦凱薩沙拉。顯然不合他的胃口，他重新蓋上放回冰箱。「家裡有蛋嗎？」

「應該有吧，」她走到冰箱前面。「要我幫你煎個蛋捲嗎？」

「真的嗎？」他一副意外的樣子。

賈桂琳有點不高興，從冰箱拿出蛋和一塊起司。

「你怎麼這麼早回家？」她都幫他煮飯了，他至少該回答她的問題。

他在吧檯前的高腳凳坐下，看著她拿出小平底鍋放在爐子上。「有蘑菇嗎？」

「沒有，快回答我。」

瑞斯重重嘆口氣。

「好吧！愛說不說隨你，」她嘀咕著走開。她在蔬菜格裡找到一個還沒壞的青椒、半個洋蔥，順手把一棵不能吃的節瓜扔進垃圾桶。

「妳送花給保羅和譚美了沒？」

「我說過會送，」她煩躁地說。她不習慣凡事都得向丈夫報告。她什麼時候歸他管了？而且她討厭他不斷拿媳婦的事嘮叨。

「保羅有打電話來嗎？」

賈桂琳抿嘴掩飾不快。「沒有，但譚美打來謝謝我們送的玫瑰，」她的口氣有點衝。事實上，譚美謝了半天，活像從沒見過一打玫瑰。

「就這樣？」

「還要怎樣？」她大聲說。賈桂琳要他知道她討厭被人審問。

瑞斯轉開視線。「不知道，和她講電話的人是妳。」

「她說對懷孕感到很興奮，宣稱那是意外驚喜。」賈桂琳等不及想知道俱樂部的朋友聽到譚美懷孕會說什麼。大家都知道她對媳婦的看法，而且一直期待保羅能認清錯誤。

「我覺得她是故意的。」賈桂琳一提起來就生氣。譚美早就策劃好了。這個孩子才不是意外，珍珠港事變是意外嗎？

「那是保羅的人生。」

「同樣的事吵過太多次，不要再說了。」鍋熱了，她切下小塊奶油放進鍋裡，再放進切好的蔬菜，在大碗用力打蛋成了她出氣的方式。

「妳去報名編織班了嗎？」

瑞斯哪來這麼多問題？她專心作事不想回答。他絕口不提他的生活瑣事，要是換她發問，不知他會怎樣。例如他明明該去找情婦的晚上怎麼會回家？或是，他怎會突然對她的事這麼好奇？她決定不回答。

賈桂琳以為瑞斯會生氣，他反而笑了。

「有什麼好笑？」

「妳呀！很難想像妳打毛線。」

她決定不予理會，她才不會讓他稱心如意，惹她生意。

「妳一點都不像要當祖母的人，尤其是剛才在浴缸裡，全身通紅好漂亮。」

賈桂琳再次裝作沒聽見。她把蛋倒進炒到半熟的蔬菜上，加進一把磨好的起司。她熟練地把蛋翻個面。等煎到瑞斯喜歡的熟度，她把蛋捲倒進盤子交給丈夫。

「你還沒說怎會這麼早回家。」他之前不肯回答，這次會說嗎？

「我餓了，」他簡潔說完埋頭吃著。

不管到底怎麼回事，瑞斯顯然不想說。她看著他一會兒，接著說：「我要回房看書了。」她把鍋子放進洗碗槽等瑪莎明早清洗，準備離開廚房。

瑞斯叫住她。「賈桂琳？」

「什麼事？」她認命地說。

「謝謝妳幫我弄晚餐。」

她大聲嘆氣搖頭。「不客氣。」說完走進房間。她脫掉睡袍，掀開被子鑽進去，堆好枕頭靠著看書。

她聽見瑞斯沖盤子放進洗碗機。不久電視響起；她正要出聲抱怨，他就先把音量調小了。

賈桂琳看了十分鐘的書，沒來由的眼淚讓她視線模糊。她不懂怎麼會哭，伸手到床頭桌上從裝飾華麗的面紙盒抽了張面紙。

一定是因為一下子發生了太多事。來得不是時候的嬰兒，她和保羅昨天的吵架，加上瑞斯莫名其妙提早回家。她的生活一團亂。她會變成朋友的笑柄，她苦澀地想。唐諾太太和她的鄉巴佬媳婦。她懷孕的媳婦，被愛沖昏頭的傻兒子，加上外遇的丈夫。

不過她決心向瑞斯和保羅證明她是個好祖母，即使拚了老命都要做到。

7

珈珞·傑羅

星期四晚上，珈珞興致高昂地準備晚餐。道格快到家了，她有好多話想告訴他。她用醬油醃雞肉，準備做他最愛的炒雞丁。

她微笑聽著丈夫開門。「嗨，甜心，」他掛好外套來廚房找她。珈珞撲進他懷裡，嘴唇迫不及待地貼上去。這個吻又長又纏綿，傳達出她想做愛的急切。

「這麼熱情的迎接我，有什麼好事嗎？」道格稍微退後慵懶眷戀地看著她。

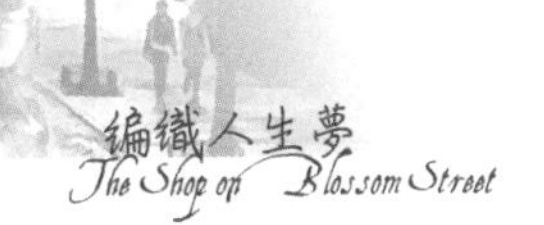

「我今天很開心。」

「告訴我妳今天做了什麼，」他放開她的腰，開始翻閱廚房桌上的郵件。

「我又散步去星期二去過的毛線店，我挑了織嬰兒毯用的棒針和毛線。我拿圖片給你看，好可愛喔！」珈珞跑去拿來圖樣和一球米白毛線。「很棒對吧？」

道格望著毛線的神情有點懷疑，她怎會因為這點平凡小事興奮成這樣。

「你不懂嗎？」她說：「道格，我們快有寶寶了！我覺得很有信心，這一次一定不一樣。星期一時，我覺得快熬不下去。但現在我有了希望，真正的希望。噢，道格、道格，我們快有寶寶了。」

她看出她的熱情終於感染到他了。「寶寶，」她激動得連聲音都在顫抖，拉過他空著的手放在平坦的腹部。

道格凝視著她，眼眸中醞釀著慾望。他鬆手讓信件掉在地上，將她拉進懷中。熱烈興奮的吻了幾分鐘後，他略微退後咬著她的下唇。熟悉丈夫的慾求，珈珞的臀部緩緩律動，撫弄他的賁張。她呢喃著挑逗的話語，耳語訴說專屬於他的歡愉。

道格輕聲呻吟，再次吻她。「妳知道妳這樣說話會讓我把持不住。」

「我只知道你讓我把持不住，」她回嘴。

他們踉蹌進到客廳時她的上衣已經脫了一半。他們擁抱著跌在沙發上，嘻笑著急急地繼續。

「都老夫老妻了還這麼瘋，」道格扯下領帶、解開襯衫。

「那你想等到晚上嗎？」

「不想，」他大聲說。

珈珞也不想等，這樣隨興的感覺和平常算好時間的性愛很不一樣。原本兩情相悅的自然過程變成照表操課，有如掛號看診那般枯燥。他們算著時間，努力配合她的排卵期，一心只想懷孕。幾年來第一次，他們的性愛掙脫束縛，感受到前所未有的解放。他脫掉西裝褲，珈珞踢開休閒褲躺在沙發上，伸長雙手迎接丈夫。

結束後他們擁抱了許久，細細品嚐每一刻。兩個人都沒有說話，生怕驚擾了這身心交融的一刻。他們的結合證明了他們的深情愛戀，以及毫不動搖的信念：他們一定會當上父母。珈珞很肯定。那天一走進毛線舖、聽到初級班的作品是嬰兒毯，她就確信那是老天給她的好兆頭。

片刻之後，道格抬起頭親吻她的前額。「我愛妳。」

她滿足地對老公微笑。「我也愛你，小卡邁隆一定會很愛爸爸。」

「妳是說小可琳吧！」

「也可能是雙胞胎啊！你知道。」

「好，越多越好。」

他們凝視著對方，直到無法繼續維持同樣的姿勢。整理好服裝後，珈珞撿起毛線。光是拿著毛線球就讓她安心。她會用心編織這條嬰兒毯，一針一線都要讓即將出生的孩子感受到她的愛。

珈珞剛把碗盤放進洗碗機，電話就響了。道格坐在電視機前面，邊聽新聞邊看報。他放下體育版，看著珈珞在廚房接起電話。

來電顯示是她哥哥瑞克的手機。他是阿拉斯加航空的飛行員，與前妻愛麗住在阿拉斯加。他常飛到西雅圖，但很少有空見她。

「嗨，哥，」珈珞很開心地說。

「珈珞，妳好像很高興。是不是……」他遲疑著，但珈珞知道他要問什麼。

「還沒。不過我和道格一直在努力，不分晝夜。」她對老公拋個媚眼，但他在看報紙沒注意她。「你要在西雅圖待多久？」

「到明天這個時候。可不可以見個面？如果妳沒空，不一定要這一次，不過希望能快點。」

珈珞看看日曆。「沒問題。」他很少約她見面，她願意配合哥哥的時間。「一起吃早餐，好嗎？」

「妳知道我早上起不來。」

珈珞記得以前唸書時他早上起床都很痛苦。「沒錯！」她說。

「你們最近在做什麼？」他閒聊著。

「沒什麼。道格和我一個月去三次健身房，明天下午我要開始上編織班。」

「編織？妳？」

「對呀，要是你對我好一點，等我學會，就幫你織件毛衣。」

「那種圖案很複雜的愛爾蘭毛衣？」

「啊……我想的是圖案簡單的套頭毛衣。」

哥哥輕笑一聲。「很難想像打理二百萬共同基金的女強人打毛線。」

「哼，努力想像吧！我很快就能學會。」她想著他是否有什麼煩惱。「你要見我有什麼特別的事嗎？」

瑞克沒有立刻回答。「我們很久沒說話了，」他說：「我只想找個機會聚聚。」

「太好了。明天應該沒有辦法，你下次什麼時候來？」她聽到紙張翻動的聲音，瑞克在查班表。「來家裡晚餐好嗎？」

「我下個星期會再來。妳和道格方便嗎？」珈珞把他說出的日期記在日曆上。手裡還拿著鉛筆，珈珞忽然覺得不對，哥哥打電話來不稀奇，不過他很少堅持要見面。

「你沒事吧，瑞克？」他離婚一年多，雖然一副坦然接受的模樣，但珈珞感覺離婚讓他很痛苦。她不知道愛麗為何提出離婚，但珈珞猜想應該和瑞克的工作有關。丈夫一天到晚不在家很難維持感情。大嫂曾暗示他不忠，但珈珞不相信，她哥哥不會有外遇。

「嗯……沒什麼啦，只是我不想現在談。妳不用擔心，」他補上一句之後清清嗓子。「下星期晚餐時再說。」

「我很期待，」珈珞說。「你最近有去看爸媽嗎？」她問。

「我上星期去過，他們很好。」

珈珞和哥哥繼續閒話家常了一陣。她皺眉掛上電話，不知道瑞克到底有什麼事。

「是瑞克？」道格在客廳問。

「他下星期要來家裡晚餐。」珈珞走到客廳坐在道格的座位扶手上。

他抬頭看她。「怎麼回事？」

她搖頭。「我也想知道，但我哥怪怪的。」珈珞把手臂搭在椅背上，低頭吻道格的頭頂。

「答應我要永遠愛我。」

「我發過誓了，」他舉起左手亮出婚戒。「不管妳想不想要我，妳是我的。」

珈珞安心倚在丈夫肩上。「此時此刻，我覺得比以前更愛你。」

「當老公的就愛聽這種話。」他摟著她的腰把珈珞拉到腿上。她窩在他懷裡，無比感激哥哥介紹道格給她認識，也感謝道格的愛。但瑞克的電話還是讓她很介意，她甩不掉那種不對勁的感覺。他雖然叫她別擔心，但她怎能不擔心？

8

愛莉絲·湯森

愛莉絲很後悔報了編織班，但已經來不及了，剛拿到週薪就繳了學費。她太衝動了，平白把錢浪費在沒用的編織班，她越想越氣。童年幻想出來的完美媽媽把她沖昏了頭，她現實中的媽媽與完美絕對無緣。

「約翰來了！」洛荔在愛莉絲背後悄悄說。她的室友和一位常客交往快六個月了，但愛莉絲看出那傢伙不是好東西。儘管他長得不錯，但她看過他的租片紀錄，全是色情片，而且越變態他越愛。

之前約翰曾對愛莉絲示好，但她不假辭色。洛荔卻一開始就滿頭熱，以為世界繞著他

轉。洛荔對賣二手車的約翰百依百順，但愛莉絲很想告訴室友，她值得更好的對象。愛莉絲覺得問題在於洛荔的體型。因為體重遠超過兩百磅，洛荔總覺得沒有男人會要她。更別說洛荔還留了一頭稀疏的長直金髮，因為不愛洗頭而黏成一束束。她的衣櫥裡都是牛仔褲、印著蠢話或髒話的T恤。愛莉絲說破嘴她也不肯穿皮外套和黑長褲。然而，不管她多肥、多不會打扮，約翰都不該對她這麼惡劣。

就算約翰是好人，愛莉絲也不會看上他。她有喜歡的人了。她故意在他來店裡時站櫃檯，知道他的名字叫喬登・透納。他的外型並不搶眼，只算一般、爽朗而已，但他的笑容很可愛，還有溫暖的棕色眼睛。他從不租洛荔的變態男友愛看的片，也不看太暴力的片子。上次他借了《魔鬼大帝真實謊言》和《阿瓜與阿呆》，比約翰挑的片溫和太多了。她以前認識一個同名同姓的人，不過那是小學六年級的事。她真的很喜歡他。他爸是牧師，因喬登的邀請，她還去了幾次教會。所以嘍，可以說她第一次約會就在教會。真是笑掉大牙了！

「罩我一下。」洛荔在背後說。

「洛荔！」愛莉絲抗議，但忍住不出聲告誡，因為她知道洛荔和約翰躲到辦公室去做什麼。

約翰看完變態色情片後急色色地跑來店裡，賞洛荔寶貴的十分鐘。他虛情假意說要帶她出去約會但很少做到，付出的時間剛好吊著洛荔。那傢伙很差勁，但洛荔看不透，愛莉絲說什麼也沒用。

「我很快就回來，」洛荔保證，傻笑地握住約翰的手到後面去了。

幸好現在不忙。晚上九點，想租片的人早就租好了，只剩四、五個客人還在瀏覽。

太專心於胡思亂想，使愛莉絲一抬頭看到心裡在想的人，反而嚇了一跳。喬丹．透納站在櫃檯前。

「不好意思，」他說：「我不是故意嚇妳。」

愛莉絲花了點時間鎮定下來，聳聳肩，盡可能自然地問：「需要什麼服務？」

「可以幫我查一下有沒有《駭客任務》嗎？」

「沒問題。」愛莉絲在電腦上輸入片名。雖然沒人看得出來，其實她的心跳得好快。她沒想到會在星期四見到喬登，他總是星期二來。

「全租出去了，」愛莉絲看著電腦螢幕告訴他。「要我推薦類似的影片嗎？」

他考慮一下之後搖頭。「不用了，謝謝。」他把一卷《神鬼交鋒》放在櫃檯上付了錢。她還來不及想出藉口拖延，他已經走了。

洛荔回到櫃檯，約翰跟著出來。她的脖子上被種了顆草莓，釦子也扣錯了。愛莉絲瞪了約翰一眼，他也瞪她，接著對洛荔咬耳朵。愛莉絲聽不見他說什麼，但她猜得到。洛荔堅定地搖頭。

約翰幾分鐘後離開店裡，但愛莉絲還嫌他待太久。

「我下班要和他見面，」洛荔趾高氣昂地說：「他要請我吃晚餐。」她用眼神挑釁，但愛莉絲沒上當。

「他好像心情不錯，」她帶刺地說。

「的確，」洛荔說：「他今天賣了一輛車，我們要去慶祝。」

「離開前最好把襯衫扣好。」

「噢，」洛荔低頭看，連忙把最下面三顆鈕釦扣好。「謝謝。」

愛莉絲搖頭，提起一籃錄影帶去上架。

「我今晚可能不會回家，」洛荔說，「別等我了。」

愛莉絲從不等門。「我又不是妳媽，不必擔心。」

「我媽也不會在意。我才十歲她就把我扔給舅舅。我舅舅是個色鬼，妳該知道是什麼意思。」

洛荔的家庭比愛莉絲的好不到哪去。她們一年前認識的時候都住在低級旅館，房租付一天算一天。基本薪資根本不夠付押金，她們花了六個月才搬進現在的地方。找到這間公寓時她們樂得像住進城堡。她們勉強分擔房租，但拆建工程很快就會讓她們流落街頭。聽說買下舊銀行的同一家公司買了那棟公寓。

那間公寓很破，地板凹陷，浴缸永遠洗不乾淨，天花板有裂縫。但那是愛莉絲第一次有真正的家，即使家具是連慈善團體都不收的破爛。

她們兩個都和父母失去聯絡。愛莉絲最後一次聽到爸爸的消息時，他住在加州某個地方，她並不想打聽他的下落。她母親則因為偽造支票在坐牢。沒人知道這件事，她只有一次心情不好時告訴過洛荔。愛莉絲曾寫信給母親，但每次回信她都跟愛莉絲要錢，有時還要一些不該要的東西。

愛莉絲除了父母只有哥哥，但湯姆跑去混幫派，五年前吸毒過量而死。他的死對她造成很大的打擊，現在還沒恢復。湯姆是她唯一的親人，他卻……拋棄她走了。她剛聽到噩耗時非常氣他竟然這樣對她，氣得想殺了他。接著她倒在地上縮成一團，希望回到八歲，可以躲在衣櫥裡假裝她的世界安全而有保障。

失去哥哥之後，她也開始沉淪，越來越放縱，惹出不少麻煩。雖然花了一段時間，但她還是走回正道。現在愛莉絲決心不犯同樣的錯。她十六歲就開始自立，自認為做得還不錯，沒毒癮也沒發瘋。當然，她有幾次也惹上條子，還被指派了社工，但她很自豪沒有惹上真正的麻煩，也沒有領社會救濟金。

「下午有人打電話找妳，」洛荔關門前才告訴她。「我忘記告訴妳了。」

她們沒錢裝電話，聯絡都用店裡的電話，店長對這件事很不爽。「是誰？」

「一個歐戴爾小姐。」

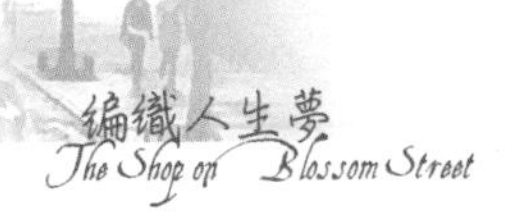

自從被臨檢抓到毒品後，社工就常來煩她。警察在愛莉絲身上找到洛荔的大麻。她還沒原諒洛荔，不只浪費錢買這種玩意，竟然還塞進愛莉絲的皮包。她沒有吸毒，她吵著說她是清白的，但沒人肯聽，她只好閉嘴乖乖背黑鍋。

「她想幹嘛？」愛莉絲問，想起歐戴爾其實是回她電話。愛莉絲想先弄清楚織嬰兒毯的時間能不能抵社區服務，以免白花時間、力氣和金錢。

「她說沒問題，而且能幫妳控制情緒。我不懂那是什麼意思。」

「喔。」幸好那女的沒說出編織班的事，愛莉絲就不必告訴洛荔她報名了。

「妳要告訴我是怎麼回事嗎？」

愛莉絲抿著嘴唇。「不。」

「我們是室友，愛莉絲，妳可以相信我。」

「是喔！」她冷笑。「就像我相信妳會對警察說出實話？」她絕不會讓洛荔忘記替她頂罪的事。

「好啦！」洛荔舉起雙手大聲說。「隨妳。」

愛莉絲正有此意。

9

「我們交織在一起。編織讓我結識許多女性，她們讓我的生命更豐盛。」

——安．諾林，設計師

莉蒂雅．霍夫曼

我教編織這麼多年，第一次碰到這麼天差地遠的一群人。她們完全沒有交集，三個人僵硬地坐在店面後半部的桌子旁，沒有寒暄。

「先自我介紹吧！請說明參加動機。」我揮手請賈桂琳先開始。她是我最擔心的一個。賈桂琳顯然是老派的貴婦，看到愛莉絲幾乎掩不住震驚。從她瞥過來的眼神，她隨時可能編個理由逃之夭夭。我不知道她何以留下來，但我很感激她沒走。

「大家好，」賈桂琳對坐在對面的兩位女性點頭，裝腔作勢地說：「我是賈桂琳．唐諾。我丈夫的建築事務所負責繁花街的改建工程，我想學編織是因為我快有第一個孫子

了。」

愛莉絲猛抬起頭瞪著賈桂琳。「原來這團亂就是妳老公搞出來的？叫他別碰我的公寓，瞭嗎？」

「妳怎麼可以這樣對我說話！」

她們彼此互瞪。愛莉絲就快站起來動手了，我實在佩服賈桂琳，她竟然眉毛也沒動一下。我連忙看向珈珞，「請妳接下去好嗎？」我的聲音八成很緊張。

我和珈珞已經有點熟了，她來過店裡兩次，還買了毛線。我知道她為什麼加入，也希望能和她成為朋友。

「好。嗨！」珈珞和我一樣不安。

愛莉絲還在瞪賈桂琳，但後者以高超的熟練裝作沒看見。我早知道會這樣，但無力阻止。那兩人是兩個極端。

「我是珈珞．傑羅，我丈夫和我一直想生小孩，我正在接受不孕治療，七月要作IVF。我來這裡是想幫還沒受孕的嬰兒織一張毯子。」

我從愛莉絲臉上看出來她聽不懂。

「IVF就是試管嬰兒，」珈珞解說。

「我在《新聞週刊》看過一篇報導，」賈桂琳說。「現代醫學真神奇。」

「我想，」我依然站著，「第一堂課先來討論毛線的重量和種類。」我急著引開愛莉絲的注意力，雖然我十分支持奈勒斯計畫。「我選的圖樣是我最喜歡的一種。這個圖樣很有挑戰性，能維持各位的興趣，但也不會難到讓人打退堂鼓。這次要用的是四股精紡紗線，很快就能完工。」

我準備了滿滿一大籃各種顏色的樣品。「我知道聽起來很像在推銷，但我還是要先說明，一定要買高品質的毛線。編織要投入很多時間和心力，要是買劣質毛線，還沒動手就已注定失敗。」

「我完全同意，」賈桂琳篤定地說。我早知道她一定不會有意見。

「要是買不起高級毛線怎麼辦？」愛莉絲質問：「妳說來上課的人買毛線打八折，對吧？」

「對。」

「很好，我的皮包可挖不出多少錢。」她拿起一球漂亮的粉紅色與白色條紋的混紡線。「這多少？」

「一球五塊美金。」

「一球？」她萬分驚恐地看著我。

我點頭。

「如果用這個織毯子要幾球？」

我看了一下圖樣，計算了一下完成作品所需的精紡線長度。我抓起計算機。「看來五球應該就很足夠。如果妳只用到四球，最後一球可以退。」

愛莉絲起身從口袋挖出一張皺巴巴的五元鈔票。「這星期我只能買一球，下星期再買第二球。」

「一件作品一定要用同一批染出來的線，我會先把妳要的份量留起來，妳要用的時候再付錢就好。」

愛莉絲滿意地點頭。「可以。我想大建築師夫人一定能買下整家店的毛線吧！」

「我叫賈桂琳，請叫我的名字。」

「請大家先選好毛線。」我連忙打斷她們，以免愛莉絲跳過桌子打人。我不想這麼說，但賈桂琳實在不太好相處。她的態度和愛莉絲一樣惡劣，雖然方式不同。

賈桂琳一人佔了半張桌子，珈珞只好坐在愛莉絲旁邊，好像她不只在班上該享有特殊待遇，在人生中也一樣。

我忍不住想，這個編織班會讓我惹上多大的麻煩，坦白說我很擔心。我以為……我希望能和顧客作朋友，但一開始就全亂了套。

一堂課兩個小時，但竟連起針都教不完。我選擇邊學邊做的方法，這樣比較好學但不好教。我不想第一堂課就把學生嚇跑了。

一堂課教下來，我開始懷疑自己的教學能力。珈珞學得很快，但愛莉絲卻怎麼都學不會。賈桂琳也不太順利。終於下課時，我的頭痛快要發作，感覺像剛跑完一場馬拉松。

我剛要關門休息，瑪嘉莉又打電話來雪上加霜。

「佳話編織。」我抓起聽筒說，希望語氣夠輕快熱忱。

「是我，」姊姊用生硬的語氣回答。有那種聲音，她不去國稅局上班真可惜。「我想討論一下母親節的事。」

也對，開店讓我忙得忘了母親節快到了。「好啊！我們幫媽安排一點特別的慶祝。」雖然我們合不來，但姊姊和我每年都會一起為母親慶祝。

「我女兒建議星期六中午請媽出去吃飯，我們星期天要去看我婆婆。」

「好主意，但我星期六要開店。」星期六是客人最多的一天，我不能不營業；所以我都星期一公休。

姊姊猶豫了一下，開口的時候似乎很高興。我很快就明白原因。

「既然妳走不開，那我星期六帶我女兒去看媽，妳可以星期天再自己去。」這樣瑪嘉莉就可以獨佔媽媽，我不懂她為什麼凡事都要和我爭。

「喔！」我還希望能一家團聚。

「妳星期天不用工作吧？」

我失望地垂著肩膀。「不用，但……好吧，如果妳想要這樣。」

「不是我想要，是只能這樣，」我最討厭瑪嘉莉這種陰沉又挑釁的語氣。「星期六中午沒空的人是妳，難道妳要我調整時間配合妳？」

「我沒有要妳改變計畫。」

「但我聽得懂暗示。妳知道吧！我有丈夫，他也有母親。難得一次我們想和她慶祝母親節。」

我不想吵架，儘量心平氣和地說：「說不定可以折衷。」

「什麼意思？」

「我知道媽一定會喜歡在濱水區吃飯，我可以休息一兩個鐘頭去找妳們。這樣我們就能一起慶祝，然後我星期天再去看她。」

從長長的停頓看來，瑪嘉莉不喜歡這個主意。「妳要我去接媽，然後在星期六下午開車去西雅圖，只因為那對『妳』比較方便？妳明知道星期六塞車很嚴重。」

「我只是提議。」

「我看今年母親節還是分開過吧！」

「也好。」我就此打住，但提醒自己要記得打電話向母親解釋。

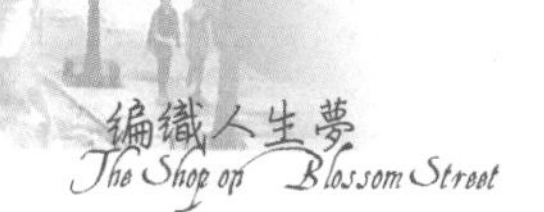

「好，就這麼決定了。」瑪嘉莉沒問我這兩個星期的生意好不好，也沒有問其他事情，或給我機會詢問她的近況。

「我要掛了，」瑪嘉莉說。「茱麗十五分鐘後要上舞蹈課。」

「轉告她我愛她。」我說。兩個外甥女帶給我許多喜悅。我很疼愛茱麗與海琳，和她們都很親。瑪嘉莉察覺我的感情，盡量不讓她們跟我親近。但她們已經是大孩子了，有自己的主張。我們常聊天，我想她們一定沒告訴媽媽。

姊姊連再見都沒說就掛斷電話。

我走到大門口把「營業中」的牌子翻成「休息中」，正好看到布萊德從愛莉絲住的那棟樓房出來。他好像很趕，小跑步要趕回車上。我沒看到他的貨車，但我猜得到他為何趕路。他英俊又單身，週五晚上一定有約會。

和他共進晚餐的人本來應該是我，但我拒絕了。那是我的選擇，但我開始後悔了……

10

賈桂琳．唐諾

為了掩飾緊張，賈桂琳又倒了一杯白酒，淺嚐一口後走進廚房端出開胃菜。瑪莎在餅乾上擠了螺旋狀的香料起司醬、精緻地妝點著小蝦。保羅兩天前打過電話，問說星期三晚上他和譚美能不能來家裡。

母親節那天，他們去路易斯安納探望譚美的母親，她好像身體不舒服。賈桂琳告誡自己不可以生氣。

這是保羅第一次先詢問才回家，自從接到他的電話，她一直心神不寧。

「別緊張！」瑞斯跟進廚房對她說。

「我有不好的預感。」她看看鐘，這才發現兒子和媳婦還有十分鐘就要到了。她一想到要和譚美說話就煩，又擔心保羅會宣布他要調職去紐奧良，好讓譚美更靠近娘家。

「先打電話約時間，這一點都不像保羅。」

「他只是體貼妳。」瑞斯坐上高腳凳。「編織不是有助於鎮定情緒嗎？」

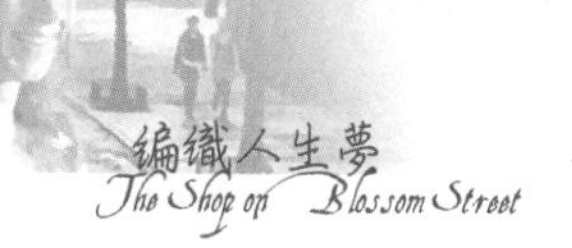

「這件事也很討厭，」賈桂琳大聲說：「我不想去上那個愚蠢的課了。」

聽到她激動的宣布，他抬起頭問：「又怎麼了？」

「我自有理由。」她不喜歡瑞斯的表情，好像對她很失望。但他又不用面對那個沒禮貌的龐克搖滾女孩，天曉得這年頭那些人管自己叫什麼。愛莉絲，拼法是A-L-I-X，擺明是個混幫派的，那丫頭讓她害怕。「你幹嘛管我？」賈桂琳靠在面對丈夫的流理檯邊。

「妳上星期還興致高昂，」他淡淡地說，顯然不以為意。「我以為那是妳善意的舉動，要讓保羅知道妳想當個好祖母。」

「我的確決心要當個最好的祖母。不然，譚美的孩子能有什麼出息？說不定長大只會醃豬腳。」她一想到就渾身哆嗦。

「嘿，賈桂琳……」

「都怪你。」

「我？」瑞斯坐直，一時間好像要大笑。「怪我什麼？」

「你害我參加這個……這個可怕的編織班。」

他蹙眉。「妳最好說清楚到底怎麼回事。」

「班上有個丫頭，我想不通她怎會想學編織，反正不要緊。她壞透了，我想不出別的說法。她的頭髮染成可笑的紫色，而且一聽說你負責繁花街的工程就凶我。」

瑞斯伸手拿酒杯。「那裡的人大都很歡迎改建。」

「愛莉絲住在街尾那棟公寓。」在賈桂琳眼中，那跟老鼠窩差不多，拆掉重建最好。愛莉絲和她的下流鄰居大可以去別的地方找便宜房子住，而繁花街很快就會變成高級社區了。

「啊！」瑞斯說著啜一口酒。「這下我懂了。」

「那棟樓房要改建成什麼？」

「還沒決定。」瑞斯輕晃著杯中的酒。「市政府還在和屋主協商。我是想把那裡整個重建成高級公寓，但低收入住屋組織的律師在遊說市長。」

「真糟，那些低租金住戶破壞了整個社區，你的努力會毀於一旦。」她討厭這種悲觀的說法，但如果那裡住的都是愛莉絲那種人，整個社區都會遭殃。

「說不定妳該再給編織課一點機會。」瑞斯建議，不理會她的憤慨。

賈桂琳其實也想繼續學。事實上，她一點都不覺得編織班「可怕」，只是為了讓瑞斯明白而誇張其辭。除了和愛莉絲起衝突，她還挺喜歡上課的。莉蒂雅要她們在店裡走一圈，選出最喜歡的三種顏色。當時不覺得有什麼意義。賈桂琳選了一球有銀蔥的、一球深紫色的和一球大紅色。莉蒂雅接著要她們選出最討厭的顏色。賈桂琳毫不猶豫地拿了鮮黃色，那是她最不喜歡的顏色。莉蒂雅說明對比色能使對方更突出。事實上，黃色和紫色擺在一起，立刻顯得不一樣，如同莉蒂雅所說，出現了驚喜的效果。

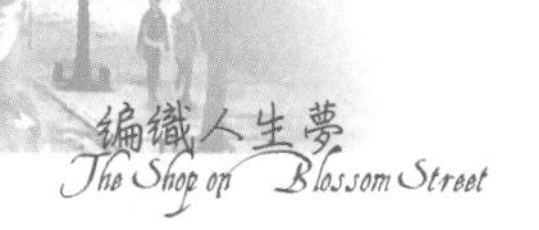

她發現顏色和材質的選擇，佔編織很大的份量，她以前從沒想到過。賈桂琳離開時發現她學到的遠不只基礎編織，但仍不足以抵銷愛莉絲造成的不快。

「我可能會等到夏天再參加第二次入門班，」賈桂琳嘀咕著，依然不確定該怎麼做，她拒絕被惡棍的威脅和無禮嚇跑。

門鈴響了，賈桂琳覺得緊張感爬上背脊。瑞斯去開門，她擠出微笑走進客廳，雙手緊緊交握等著，瑞斯在玄關招呼保羅和譚美。

「真高興見到你們，」賈桂琳愉快地說，保羅和譚美一進來她就敞開雙臂，她和媳婦輕輕擁抱了一下，嘴唇點了點保羅的臉。她早該知道譚美懷孕的事，媳婦的肚子其實很明顯，甚至必須穿孕婦裝了。

保羅和譚美並肩在沙發坐下，十指交纏，一副什麼也拆不散他們的樣子。

瑞斯去倒葡萄酒給保羅，賈桂琳端出前菜，譚美抬頭對賈桂琳微笑。

「我好愛吃蝦子，懷孕之後更是想吃，」她用那種輕柔的鼻音說。「問保羅就知道。他應該吃得怕死了，但他從不抱怨。」她親暱地看了丈夫一眼，拿起一張餐巾紙和兩塊餅乾。

保羅看妻子的眼神充滿愛戀與驕傲，賈桂琳看得快變臉。她想破頭也想不通兒子到底在這女人身上看到什麼。

「妳要喝點什麼嗎？」瑞斯把保羅的酒端來時問譚美。

「謝謝，不用了。」

幸好譚美還懂得照顧自己，賈桂琳暗想，至少還有點常識。

「我想應該告訴他們。」譚美輕聲對保羅說。

保羅點頭捏捏她的手。「譚美今天下午去照過超音波，看來我們要有個女兒了。」他微笑。「有時候不太容易確定，但我們的技師相當肯定是女孩。」

「女孩！」瑞斯喜形於色，站起來拍拍保羅的背。「妳聽到了嗎？賈桂琳，我們家終於有個女孩了。」

賈桂琳覺得雙手都麻了。「孫女，」又刺又麻的感覺往手臂蔓延。噢，她以前多想要女兒。

「我們還沒選名字，」譚美急忙用她那種拖長的音調說，聽起來好像在水底說話。「我們今天下午才決定要知道嬰兒的性別，你們是最早知道的人。」

「妳媽和我一直想要個女孩，」瑞斯說出賈桂琳心中的想法。

「真是……太棒了，」賈桂琳好不容易說。

「我們決定先讓妳知道，媽，」保羅第一次看著她說話，「妳才知道嬰兒毯要選什麼顏色的毛線。」

「唐諾太太，保羅告訴我，妳要幫我們的孩子織毯子，那感覺好暖和。你們都對我真好。」她雙手按著肚子嘆息。

譚美的鼻音讓賈桂琳忍不住咬牙。可能有人覺得那種口音很討喜，但賈桂琳只覺得沒教養又粗俗。

「還有別的消息……」保羅移到沙發邊緣說。

「還有？」瑞斯說。「可別告訴我們是雙胞胎喔！」

譚美對丈夫一笑。「雙胞胎！光是一個我就緊張得要命，我不敢想像要是雙胞胎會怎樣。」

保羅轉頭看妻子的眼神那麼溫柔，賈桂琳連忙移開視線。她原本盼望兒子會後悔娶了這種女人，這下全成了泡影。

「那另外一個消息是什麼？」瑞斯問。

保羅神情一亮。「我上星期收到通知，西雅圖鄉村俱樂部通過了譚美和我的入會申請。」這家俱樂部是這一帶最有名望的，賈桂琳和瑞斯也是會員。每年只開放少數新會員加入。不用說，只有身份合宜的人才能入會。賈桂琳剛認識譚美時的第一個念頭就是，保羅永遠進不了俱樂部。

「我真高興！」賈桂琳擠出笑容。看來譚美冗長、失禮的南方菜介紹並沒有如她預料那般有損形象。

「她們要我幫食譜委員會做事，」譚美滔滔不絕地說，彷彿這是她人生的一大榮譽。「許多人跟我要我媽媽和阿姨的食譜。」

「什麼食譜？」賈桂琳來不及阻止自己已問了出來。

「大部分的人都想知道乖狗狗（hush puppies）的食譜，有四、五位女士已經來要過了。」

「乖狗狗？」

「那是一種玉米麵包。」保羅解說。

「保羅也非常喜歡我做的乖狗狗，」譚美鼻音很重地急著說下去。「我媽媽說這個名字是獵人取的，他們把吃剩的玉米麵包扔給狗吃，讓牠們晚上不要吵。」

「妳拿這種東西給西雅圖鄉村俱樂部？」賈桂琳覺得這輩子再也抬不起頭了。

「噢，我還跟媽媽要了奶奶的布倫斯威克燉肉食譜，那是我爹地最愛吃的菜。我奶奶在喬治亞長大，嫁給我爺爺後才搬到田納西。我快十八歲時全家搬到路易斯安納，所以我一直自認是正宗的南方女孩。」

「布倫斯威克燉肉？」賈桂琳說，至少名字還挺體面。

「那是南方版本的辣豆肉醬，每次烤肉的時候我媽媽都會煮這道菜，她用的是奶奶原始的食譜，我得稍微修改一下。這些年大家都改用豬肉或雞肉，沒人用飛鼠或松鼠肉了。」

賈桂琳真覺得這女人若再多說一個字她一定會昏倒。

「妳應該給她們酥炸秋葵的食譜，」保羅的口氣好像這輩子沒吃過那樣的美食。「妳一定不相信譚美做得多好吃，我幾乎像上了天堂。」

賈桂琳只嚐過那種細長的綠色植物一次，下不為例。那是一道湯，她沒看過秋葵，從湯碗裡一撈起來，稠稠的黏液從湯匙滴下，她看了就噁心，而她兒子竟然愛吃那種噁心的蔬菜。

「我認為俱樂部是看中譚美的烹飪能力，才讓我們入會。」保羅說。

賈桂琳咬住下唇，她很想告訴保羅，她在俱樂部當了多年志工。她辦的慈善活動是俱樂部最成功的募款計畫。瑞斯的名號也很有份量，但兒子顯然並未把父母長年的貢獻當作一回事。噢，不，他認為他們能敲開大門，是因為譚美很會煮被車碾死的動物。天哪！松鼠！

「你真是有說不完的好消息。」瑞斯的笑容傳達出他的開心。

「是啊！」賈桂琳附和，裝出同樣開心的模樣。她很努力了，但還是好難。

「我敢說絕對沒有哪一對夫妻能比我和保羅幸福，」譚美拖著口音說：「我不相信有人像保羅愛我那樣愛一個女人，發現有孩子以後，他更愛我了。」

「我們很高興妳加入這個家庭，」瑞斯說。

「我感覺得到你們的愛，」譚美看著瑞斯說：「非常感激你們接納我。」

保羅凝視著賈桂琳的眼睛。他知道她的看法，她哄得過譚美，哄不過兒子。保羅一直保護著年輕的妻子，不讓她知道賈桂琳不喜歡她。母子之間原本特別親近的感情，自從譚美出現後完全消失了。

此刻，賈桂琳在兒子眼中看到強烈的挑戰。她知道只要說出一句傷害譚美的話，他永遠不會原諒她。

11

珈珞・傑羅

珈珞把插好的花放在餐桌中央，後退一步檢視成果。她下午走路去露天市場買了白百合和紅水仙，還有新鮮鮭魚和鮮採細蘆筍。她自己插花，花瓶是去年結婚紀念日時道格送的禮物。

長年以來她的精力都投入事業，剛離職時她惶惶不知該如何消磨時光。要不是有網路支援團體，她早就茫然失落了。網友變得像姊妹一樣親近，她們都有不孕的問題，樂於分享資訊、為彼此打氣。她很窩心地發現很多網友也開始以編織放鬆心情，和追求成就感。珈珞分享這些目標，但在她心中，編織更象徵著她想要、將要成為一個母親。

自從在繁花街發現那家編織舖，一切開始好轉。

上星期見過同學之後，一個嶄新的世界在她眼前打開。第一次，公寓在她眼中不再是睡覺和偶爾進行休閒的地方。那是她的家，她決心要營造家庭氣氛，以女性的細膩展現對丈夫和未來孩子的愛。

通常哥哥來訪他們都會上館子，今天珈珞要親自下廚。瑞克在電話裡的聲音聽起來很煩惱，她想讓他在舒適親切的氣氛中暢所欲言。她整個下午都在買菜、插花，但過程很愉快。六個月前，插花和上市場這種活動只會讓她不屑。現在這些瑣碎的家務帶給她樂趣與滿足，因為這一切都是為了家人。

瑞克在樓下大廳打電話上來，珈珞連忙去門口迎接，給哥哥一個大大的擁抱。

「嘿！」瑞克後退，她熱烈的歡迎顯然讓他很意外。「沒想到妳會撲過來。」

「抱歉，我只是太高興見到你。」

瑞克笑著環顧公寓。「道格呢？」

「他打電話回來說會晚一點下班，應該就快到了。」

她看看錶，帶瑞克進客廳。瑞克要來，道格好像沒有很高興。「要喝啤酒嗎？」她哥哥喜歡啤酒而不喜歡烈酒，而且飛行前二十四小時不喝酒。

「好啊！」他坐在能鳥瞰濱水區的位置上，默默看著窗外。他接過啤酒微笑著道謝。

「我來幫忙準備晚餐吧？」

「不用，我弄得差不多了。」

「妳過得很不錯嘛，小妹。」他有些感傷地說，仰起酒瓶喝了一口。

「你也是啊！」她對他說。

瑞克乾笑一聲。「是嗎？」

「老天，瑞克，」她想逗他開心，擺脫陰鬱。「你是大航空公司的飛行員，你的夢想成真了呢！」她哥哥很努力才走到今天這一步。珈珞記得瑞克一直想當飛行員。學會開車後，就常在機場附近逗留，找飛行員聊天、求教。

他微笑，好像也同意。「那我應該要很快樂，不是嗎？」

「你不快樂？」她丟下還沒弄完的沙拉走進客廳，在他對面坐下。「出了什麼事？」

「抱歉，抱歉，」他笑著迴避問題。「真不知道我是怎麼了，當我沒說。」

「才不要，快說你到底在煩惱什麼。你不可能專程來我家看風景，你已經看太多次了。」

他聳肩閃開問題。「我本來心情不錯，看到妳把家弄成這樣才開始難受。」

「我把家弄成怎樣？」珈珞微笑著問。「又為什麼會破壞你的心情？」

她哥哥轉頭四顧，過了幾分鐘才說：「我說不上來，但就是不一樣。」

他注意到了。其實所有東西都和他上次來時一樣，從外觀看毫無改變，但精神上卻又脫胎換骨，鮮花、光亮的木頭表面、光潔的杯子，都只是小地方，但展現出她對這個家新的態度，以及家的新意義。這是一個充滿愛的地方，正等待著孩子的降臨。

「是有點不一樣，」珈珞確認。「但最不一樣的是我。我很快樂，瑞克，真的很快樂。」

看到哥哥淒涼的表情，她差點掉淚。「但你不快樂。」她輕聲說。

「是啊，」他喟嘆著往前靠，雙手撐在腿上，啤酒瓶在膝蓋間晃動。「少了愛麗，一切都不對了。」

兄嫂一年前離婚。他向來絕口不提，現在自願開口顯示出他有多痛苦。

「我還愛她，」他坦承，「是我搞砸了。」

珈珞摒住呼吸。她敬愛兄嫂，所以盡量不過問。他們離婚後她只和愛麗聊過一次，過程尷尬又不自在，從此珈珞再也沒打電話給她。

不只珈珞一個人被蒙在鼓裡，爸媽也不清楚瑞克的婚姻為何告吹。無論如何，他似乎很後悔離婚，希望挽回前妻。「你和愛麗還有聯絡嗎？」她問。

瑞克點頭。「她說還是分開比較好。我試過了，珈珞，我真的很努力適應，但少了她，我的人生不再美好。我沒想過會這麼慘。」他抬頭望著天花板重重吐出一口氣。「我聽說她開始和人交往了。」

「你一定很難過。」瑞克和愛麗大學就開始交往。珈珞還記得第一次見到愛麗的情景，她很欣賞瑞克的女友，希望有天能成為姑嫂。

「一想到愛麗和別的男人在一起，我就快發瘋。我滿腦子都在怪自己蠢。只要能挽回她，我什麼都願意，就算要辭掉工作也不可惜。」

「真遺憾。」珈珞覺得使不上力，尤其是根本弄不清楚他們分手的原因。

「是啊，我也這麼覺得。」

「可不可以告訴我，你們為何分手？」

「愛麗沒跟妳說？」他睜大眼睛問。「我還以為她會告訴妳。」

珈珞搖頭。「你告訴我她提出離婚後，我打過一次電話給她，但她不願意談。」她沒有說愛麗當時在哭。珈珞始終希望他們能盡釋前嫌、和好如初。但離婚後愛麗似乎決心不再回頭。

「我經常不在家，」她哥哥說。「我很寂寞，妳懂吧？」

愛麗也這麼暗示，但珈珞不肯相信。瑞克絕不會做這種事，她告訴自己。他是她的哥哥，她的英雄。但她還是要弄清楚。「你……該不會有外遇吧？」

「沒有，」他說。「不是那樣……可是愛麗——哎，她無法接受我整天不在家，工作上又被美女包圍。她不信任我。」

要是道格經常被美女包圍，珈珞也會不痛快，但她沒有說出口。哥哥不需要知道她的不安全感。

「我不懂她怎會有那種感覺，」瑞克繼續說下去。「我愛她。」他困乏地抹著臉。「我一再希望她能相信我只愛她，但她不肯聽。我沒想到她會因為不信任我，而放棄我們的婚姻。」

珈珞也不敢相信，但她沒有說出來。有兩種可能：愛麗吃醋又不講理，或是瑞克其實比他說的更過份。

「我盡力想說服愛麗不要離婚，」他繼續說：「好吧，就算我被誘惑好了，我一個人晚上該怎麼辦？待在房裡看電視？我偶爾會出去玩，妳能怪我嗎？」

看來愛麗的不信任感其來有自，但珈珞還是很難相信哥哥會不忠。他雖然很正直但依然是個男人，要是他偶爾和空服員或女性飛行員喝兩杯，真的有那麼嚴重嗎？愛麗可能反應過度了。

「我該慶幸我們沒有孩子，」他含糊說。

珈珞贊同；若還有什麼值得慶幸，就是這個了。她不樂見小孩因為家庭破碎而受苦。

「愛麗想要孩子，但我還沒準備好。」

珈珞點頭。

「能不能告訴我，我該怎麼辦？」他哀求，好像她真的有答案。

她輕拍他的手臂，不知該怎麼回答。瑞克最大的敵人就是他自己。他一直很外向，狂歡度日，天生膽大過人，她向來很崇拜這個風度翩翩的哥哥。看到他這麼傷心，她也很難過。

「你必須向愛麗證明你只愛她。」

「怎麼做？」他哀嚎。「不怕告訴妳，珈珞，我已經沒有主意了。愛麗說她再也不想見到我。」

「也許你可以用寫的。」

「寫什麼？」

「信啊！」她說。「寫電子郵件更好。告訴她，你是個白癡。」

「她大概早就知道了。」聊到現在，她第一次在他臉上看到一絲笑容。「萬一她不理我呢？」

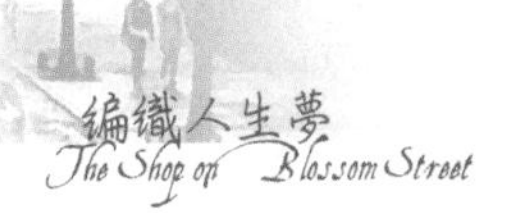

「再接再厲啊！要讓她知道你絕不放棄。」

「我該送她花還是什麼嗎？」

「去露天市場買些草莓和新鮮水果給她，」阿拉斯加也買得到新鮮水果，只是很貴。「買一整籃，」珈珞建議。「我記得愛麗很喜歡吃藍莓。」

「是嗎？」

「瑞克！你該知道的，她是你太太。」

「這就是問題所在，」她哥哥哀嘆。「我不夠關心她。我不知道自己有多愛她，直到無法挽回。」

「那你就要盡力補償。」

他笑了，那種稚氣的笑容從小就沒變。「妳的熱誠真感人。妳真的認為我能把她贏回來？」

「當然！」她大聲說。哥哥願意來找她求援感覺真好。瑞克犯了錯，而且沒盡力挽救婚姻，但她會盡一切努力支持他。

愛莉絲・湯森

洛荔欠她人情，於是星期二喬登來店裡時，她要室友罩她一下。一看到他準備離開，她就溜出店門裝作在休息。她點菸時手在抖；她靠在牆上深吸一口菸，希望尼古丁能讓她鎮定。

門開了，喬登出來時她叫住他。「嗨！」她說。

他轉過頭。「嗨！妳好嗎？」他問。

「還不錯。我剛才沒看到你，」她說謊。「我幫你留了《駭客任務》，你還想看嗎？」

「當然，謝謝。」

「服務至上嘍！」她掏出香菸默默遞上。

「不，謝謝。」

她早該想到他不抽菸。她看看手裡燃著的菸。「我正在戒。這是淡菸，我就算用力吸到脫腸也沒味道。」

她的蠢笑話逗他笑了出來，她全身暖洋洋的好快樂。

「我在附近看過妳。」喬登說。

「我是愛莉絲．湯森。愛莉絲，拼法是A-L-I-X。」她伸出手，他握了握。「你是喬登．透納，」他還來不及自我介紹她就搶著說：「客戶資料裡有你的駕照影本。你住在第五大道，對吧？」她不介意讓他知道她的心意。她想起小學時認識的那個同名同姓的男生，但那已經是陳年往事了。他是個乖孩子，她暗戀他，那感覺起來像另一個時空的事情。

「是啊，沒錯。」

這兩個喬登．透納會是同一個人嗎？她仔細打量他，思考著可能性。她再次深吸一口菸，試圖壓下紛亂的緊張。

不，不會是同一個人，她決定。但她的記憶有點模糊了，其實也不太確定。她本來鼓起勇氣要問，但他繼續聊了下去。

「我工作的地方離這裡不遠。」

那麼他是下班順路來租片嘍，很多人都是這樣。

「從一個人租的片子可以看出很多事情。」她裝作隨口提起。她把菸扔到地上踩熄。

「可不是嗎？」

「想知道我看出你什麼嗎？」這是最好用的話題，從影片作人格分析，只是她沒什麼機會用上。

他笑了，沒想到他笑起來這麼可愛。洛荔不明白，喬登這麼平凡的人，愛莉絲究竟看上他什麼。她和室友解釋不清楚。迷戀變態好色男的人不會懂。

喬登斜靠著她身邊的牆。「快告訴我，妳看出什麼。」

愛莉絲心慌意亂，舌頭忽然打結。她結巴了半天卻丟臉地說不出話來。在最後一次力挽頹勢的努力下，她無力地揮了一下手說：「很酷，你知道。」

「酷？」喬登說：「妳是說我挑的片子很酷？」

「是啊！」她想挖個洞鑽進去。

「謝謝。」

她滿臉發燙。「我得回去上班了，」她生硬地說完逃回店裡。

更慘的是洛荔在等她。「怎麼樣？」室友一看到愛莉絲回來就急著問。

愛莉絲瞪她一眼。

洛荔舉起雙手。「那麼慘啊？」

愛莉絲覺得想吐，很像小時候父母吵架時那種噁心感。痛苦襲擊她的胃，彷彿他們生活中的所有不幸都是她的錯。喬登可能是她以前認識的喬登．透納，但她沒有機會問，現在更開不了口，她逃跑了！

「妳沒事吧？」洛荔打量著她問。

愛莉絲揮手不答，走進後面的員工廁所。馬桶很噁心，她不想去猜多久沒刷過，藍色的除臭劑都掩飾不了一圈黃垢。真可笑，她竟然注意到這個。

站在洗手檯前，愛莉絲望著鏡子。熟悉的嘲弄聲再次響起，難聽、悲觀的聲音對她嚷著揮之不去的話語，奚落她，說她沒救了。不管她多努力，都永遠一事無成。她這輩子完了。她就是這種人。永遠只能賺最低薪資，永遠沒人愛，永遠不會有家，以及電話、洗碗機這類一般人習以為常的東西。

愛莉絲摀著臉，閉上眼睛感覺陰暗與悲慘降臨，重重壓在肩膀上的力量，把她往內心深處推。她想擺脫沮喪和心裡那些難聽的話，但怎麼都甩不掉。

她腦中響起母親辱罵她的字眼，接著是老師的責備和輕蔑，和十二年前一樣強烈的羞辱感重新出現。她想堵住那些傷人的話語，但那些話在腦中猛烈迴響，她差點倒在廁所地板上。

輕輕的敲門聲嚇了她一跳，愛莉絲猛然抬頭看著門。

「愛莉絲，妳在裡面嗎？」

洛荔。可惡！「幹嘛？」她大聲問。

「他回來了。」

「誰？」

「剛才和妳說話的那個人，我不知道他的名字。」

愛莉絲咬著下唇。「妳招呼他就好。」

「他要找妳。」

「為什麼？」她皺眉問。

「我不知道，」洛荔不耐煩地說：「我又不會讀心術。」

「我馬上出去，可以了吧？」愛莉絲站直，用手梳理頭髮，心裡想著喬登為什麼要找她。

因為臉還很紅，她捧起水往臉上潑，完全不管妝會變成怎樣。

不知過了多久，她才鼓起勇氣出去面對喬登。

他站在櫃檯旁邊等著，在她接近時露出微笑。

「你找我？」她的口氣好像他打斷了她的工作。她不想表現出高興見到他的樣子，事實上她的確不高興。她剛丟了臉，不想再來一次。至少不想這麼快。

「妳不是說幫我留了《駭客任務》？」

她鬆了口氣。「噢，對，我差點忘了。我放在櫃檯。」她到櫃檯後面找出帶子。

「謝謝妳特地幫我留。」

「不客氣，」她裝忙看著電腦螢幕，算好金額跟他要會員卡。他付完錢之後，她把帶子放進保護盒和塑膠袋遞給他。「我們這星期有微波爆米花特價活動，有興趣嗎？」

「不，謝了。我上次在大賣場買了一整箱，夠我吃上十年。」

她覺得很尷尬，不知道接下來該說什麼。要是提起小學認識的喬登．透納，感覺會很像老套的搭訕。「呃，還需要幫你留什麼片子嗎？」這個問題雖然不算機智巧妙，至少合理。

他聳肩。「一下子想不起來，如果有一定會告訴妳。」

「好。」

喬登點頭離開。玻璃門一關，洛荔就變魔術般出現了。「他找妳幹嘛？」

「租片啊！還會有什麼？」

「他為什麼一定要找妳？」

愛莉絲沒心情說明細節。「我怎麼知道？」

「用不著和我大小聲。」

鈴鐺聲響了，愛莉絲驚奇地看到喬登探頭進來。「愛莉絲，妳幾點下班？」

她太震驚而反應不過來。「十一點，一週三次由我關店。」

「妳明天要關店嗎？」

「不用，我星期三只上班到九點。」

「下班後想和我去喝杯咖啡嗎？」

「啊……」她很難相信他真的要約她出去。「應該可以。」她裝作無所謂地說。

「太好了，到時候見。」他揮手道別後走了。

一個快樂的氣泡自心中升起，她使盡所有自制力，才沒有跺腳歡呼。

13

「編織：我的奇異恩典。」

——南希·M·偉司曼，《起針雜誌》編輯

《經典編織背心》及《收針技巧指南》作者

莉蒂雅・霍夫曼

母親打電話提議，陣亡將士記念日我們母女三人一起去掃爸爸的墓。爸爸下葬不過幾個月，這些日子母親很難過，無法適應寡婦的生活。

我立刻答應，但不知瑪嘉莉有何反應。她刻意把母親節安排成那樣以避免和我碰面，似乎想忘記我們有相同的父母。我不只一次感受到瑪嘉莉寧願死的是我，而不是爸爸。這種想法讓我很不舒服，但從她的態度看來，恐怕是真的。但我還是一試再試，性格中的倔強讓我不肯放棄。她是我姊姊。鬼門關前走過兩遭的我覺得就算合不來，我們依然彼此需要。

星期一中午剛過我就到了母親的家，她在面對花園的露台喝茶，穿著黑長裙和絲襯衫坐在柳條椅上曬太陽。

修剪整齊的玫瑰花含苞待放，空氣中充滿海芋甜美的清香。母親手裡緊握著手帕，看來在哭。

我走到她身邊，無言按著她的肩。她抬起頭帶著淚對我微笑，按著我的手輕輕握住。

「我還是很想他，妳知道。」

「我也是。」我哽咽低語。

「看到我們哭哭啼啼，老爸一定不高興。今天天氣很好，我的兩個女兒都會回到我身邊，我難過個什麼勁？」她端起茶壺，我發現她早已準備好第二個茶杯，等著我來陪她喝茶，我在她身邊坐下。

我們閒話家常。媽很想知道佳話編織的狀況、入門班的上課情形，以及三位學生的情況。我說了不少賈桂琳、珈珞和愛莉絲的事，也提起其他顧客。慢慢地，一個接一個，我有了忠實顧客，同樣重要的，我交到不少朋友。我很高興我的世界每天都擴大一點點。鬚鬚也很開心，漸漸習慣了待在店裡，牠常窩在櫥窗前曬太陽。我的貓提供了很好的話題，客人都覺得牠很迷人，而牠也理所當然地接受寵愛。

因為假期，編織班決定週五停課一次。賈桂琳和珈珞要去度假，愛莉絲沒說她的計畫，只說恐怕沒什麼機會離開。

我相當滿意學員的進度，也費了一番功夫才說服賈桂琳繼續上課。我感覺她其實想要我留住她，我也很高興她終究沒走。第二堂課有點緊張，愛莉絲因為漏針而爆出一串粗話，賈桂琳差點昏倒。我立刻建議愛莉絲另外找辦法發洩挫折感，沒想到她竟然道歉。我越來越欣賞她了，跟愛莉絲熟了之後就會知道她沒那麼壞。

珈珞的表現最傑出，嬰兒毯已經完成一半，開始構思下一件作品。她每星期至少會來店裡兩趟，常留下來聊天。鬚鬚好幾次爬上她膝頭，表示牠認可我交朋友的眼光。

媽很喜歡聽我說客人的事。我們每天都會聊天。她需要時常有人陪她說話，我也是。雖然我已經三十歲了，但女兒不管幾歲都還是需要媽媽。

「瑪嘉莉和她女兒一點到。」媽若無其事地說，但我知道她是在提醒我。她把瓷杯放在杯碟上，雙手擱在腿上。我很羨慕母親天生的優雅，瑪嘉莉在這方面很像她。

我不確定該如何描述我的母親。旁人可能以為她如外表般柔弱，但其實不然。她的堅強令我敬佩。我得癌症時，她為我勇敢地與醫生和保險公司周旋。她慈祥、慷慨，總是為別人著想。她唯一的缺憾是無法面對病痛。她無法看著我、或任何人受苦，因而常選擇逃避。幸好父親永遠都在我身邊。

「茱麗和海琳都會來嗎？」我的兩個外甥女帶給我許多快樂。我很可能不會生育，所以姊姊的女兒在我心中有很重的份量。

她們也明白我是真心疼愛她們，不管瑪嘉莉如何阻撓，依然和我感情很好。她們每次見到我時所表現的喜悅讓瑪嘉莉更生氣，更不肯讓我見她們。

「外婆！」九歲的海琳伸出雙臂大步跑進後院。一看到我她開心地大叫，和母親擁抱之後衝進我懷裡，熱情到差點把我勒死。

十四歲的茱麗比較節制，但眼中也流露出喜悅。我伸出空著的手，她走過來，我們拉著手，我輕輕捏她的手指。茱麗長高好多，幾乎是個小女人了，而且真美。看著她，我心中滿是驕傲。

「莉蒂雅阿姨，教我編織好不好？」海琳求著，依然摟著我。

我轉過頭正好看到姊姊、姊夫從後門走過來。從瑪嘉莉不悅的神情看來，她聽見海琳的要求了。「我很樂意，但妳要先去問媽媽。」

「以後再說。」瑪嘉莉尖銳地說。海琳勾著我的肩膀不願離開。

「你好，麥特。」我說。

姊夫笑了一下，對我擠擠眼睛。我還記得麥特和瑪嘉莉剛開始交往時的樣子。因為她大我五歲，在我眼中十七歲的麥特成熟又世故，見過很多世面。他們很年輕就結婚了，我爸不贊同，希望瑪嘉莉至少唸完大學。她後來還是完成學業了，但不像父親期望那樣地學以致用。姊姊換過好幾份工作，但一直沒找到真正合適的位置。瑪嘉莉目前在旅行社兼職，然而她從不和我談論她的工作。我很欣賞她決定盡量多留在家裡照顧女兒，但我避免說出我的想法，因為不知道她們會有什麼反應。

稍微聊了幾句後，我們開兩輛車去墓園。媽從花園採了一大把海芋帶去，茱麗和海琳把花插到墓前的花瓶中。好多國旗在風中飄揚，緬懷為國捐軀的軍人。

我一直覺得墓園很有趣。小時候我就對墓碑極度有興趣，幾乎像個食屍鬼。我特別喜歡十九世紀到二十世紀初期的碑文。父母和姊姊憑弔外祖父母時，我總是四處遊蕩。我五歲的時候被一尊倒下的聖母像壓斷腿。我沒告訴爸媽，那是因為我爬到雕像上想看聖母的臉。

我從沒見過祖父母。他們住在東岸，很少來看我們。母親的家族則是一九二〇年代搬到西雅圖，但我出生沒多久外公、外婆就去世了。每年陣亡將士紀念日我們都來他們的墳上獻花。

我望著父親墓碑上清晰的銘文，心中湧起劇烈的悲痛。碑文很簡單，只有姓名及生卒日期。出生與死亡，兩件大事之間只有一個破折號。沉默的破折號說不出他的英勇、慈愛，也道不盡他無時不刻守在病床邊，為我所做的一切。文字不足以描寫他深刻的父愛。

此時，熟悉的劇痛又來了。腦癌留下無法擺脫的偏頭痛，但新藥讓我能提前控制。病徵通常很明顯，但這次發作猝不及防。

我胡亂翻著皮包想找出隨身攜帶的藥。母親察覺不對，看到我搖晃了一下連忙過來。

「莉蒂雅，怎麼啦？」

我緩緩深呼吸。「我要回家，」我低語，閉上眼睛抵擋刺眼的陽光。

「瑪嘉莉，麥特，」媽焦急地喊，摟住我的腰。很快她就扶著我上車。媽不讓麥特送我回舖子樓上的住處，堅持要帶我回老家。

每多久我就躺在童年的臥房裡。百葉窗密合，媽在我額頭放上冷毛巾後躡足離開讓我休息。

我知道藥效發作後我會睡上好幾個鐘頭，然後就沒事了。但在疼痛緩解之前還是很難受。

母親離開後惱人的抽痛達到高峰，此時我聽到房門打開。雖然我躺著又閉起眼睛，依然知道進來的人是姊姊。

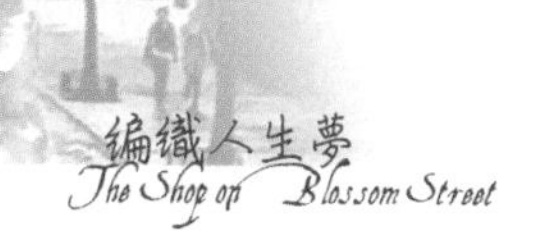

「看來，」她的話非常刺耳。「妳當真不放過任何爭寵的機會，是吧？」

我不敢相信姊姊真的認為我故意讓偏頭痛發作，以換取幾分鐘的關懷。要是瑪嘉莉有過這種經驗就會知道不可能。但我實在沒精力吵架，只好保持沉默。

「妳知道，遲早有一天會只剩我們兩個。」

我很清楚，所以才這麼希望改善兩人的關係。要不是頭痛得厲害，我一定會試著解釋我希望和她和平相處。

「要是妳以為我會像爸媽一樣照顧妳，妳就錯了。」

我差點笑出來，很難想像瑪嘉莉照顧我。

「我不會寵妳、順著妳。妳也該長大了，莉蒂雅。事實上，妳早該為自己的人生負責。想要我可憐妳，省省吧。」說完這番鄭重聲明後，她轉身離開房間。

甩門聲在我腦中迴盪。我的肺凍結，心跳停了一拍。因為臉上蓋著濕毛巾，片刻後我才發現淚水從眼角滑下。

我比以前更加肯定，我和瑪嘉莉的關係永遠沒有希望了。

14

賈桂琳・唐諾

賈桂琳在走廊上邊照鏡子邊嘆氣，求老天賜她耐心。保羅和譚美邀請她與瑞斯去他們家烤肉。她沒辦法拒絕，保羅會立刻拆穿她的藉口。賈桂琳無計可施，只好咬牙硬上。

「好了沒？」瑞斯問第三次了。

賈桂琳低聲抱怨著過去找他，他在車庫門前玩著鑰匙來回踱步。

「不能想辦法推掉嗎？」她也知道不可能。

瑞斯做了一個表情。他有幾個神情能如言語般準確傳達他的想法，多年夫妻，她完全明白箇中意義。現在他那個毫無笑意的歪斜笑容表示她的言行令他不悅。

「又怎麼了？」她氣沖沖地問：「別告訴我，你很期待今天去烤肉。」天曉得譚美會弄什麼怪料理。烤飛鼠還是烤松鼠？

「妳看不出來嗎？保羅希望我們多瞭解譚美，像他一樣愛她。」

賈桂琳搖頭，沮喪地揮手。「永遠不可能，不管他逼我們去烤幾次肉都一樣。」

「妳至少該給譚美一個機會。」

賈桂琳越來越討厭瑞斯的態度。她丈夫明知門當戶對有多重要，他娶她也不是因為她的笑容可愛。他們的雙親是好友，她從小念一流學校，他也是。沒錯，她愛過瑞斯，但找結婚的對象不能只有愛，她認為愛情這玩意被吹捧過頭了。

保羅大概也變得像他爸一樣，腦袋長在褲腰下。只是保羅娶了那個女人。如果他對譚美真的有感情，就該像他爸一樣金屋藏嬌，一星期去找她一次。賈桂琳不清楚丈夫在情婦身上砸了多少錢，但想必不少。發現外遇之後她就沒查過他的財務紀錄，寧願逃避現實。他每星期二晚上都不在家的事實，說明了一切。

開車去兒子家的路上他們沒說一句話。保羅家是一棟還不錯的二層樓房，後院飄出煙來，看來他們已經開始烤肉了。太好了！這頓飯越快結束越好。

瑞斯按了門鈴，他們站在門口等。譚美光著腳來開門，她穿著牛仔短褲和孕婦裝上衣，活像六〇年代鄉村喜劇的角色。

「歡迎你們。」她說，拉著賈桂琳的手把她拖進屋裡。

「媽，爸。」保羅就在妻子身後，他和父親握手，輕輕擁抱一下賈桂琳。

賈桂琳不想一進門就挑剔，但譚美真的不該光腳在家裡走來走去，她說不定會踩到東西或滑倒。

「我不知道該不該說，但妳穿上鞋會不會比較好？」她是真的擔心才會說，但保羅抿起雙唇表示不悅。

「我知道妳說得對，」譚美帶大家穿過房子走到後院，草坪剛修剪過。「保羅也一直告誡我，但我實在受不了穿鞋，一進家門就把鞋子踢開。上星期我光腳在後院走，結果踩到一隻蛞蝓。」

賈桂琳心裡一抽。

「我見了鬼似地大聲尖叫。」

保羅輕笑一聲。「我這輩子沒跑那麼快過，還以為她被蜂群攻擊了呢！」

露台上已經擺好桌子，譚美端起兩壺冰茶。「加糖的還是不加糖的？」

在賈桂琳心中，冰茶只有一種，就是不加糖的。想加糖的人自己加在杯子裡。

「不加糖的。」她就坐。

「我也是。」瑞斯說。

譚美把茶遞給賈桂琳，她對著上面綠綠的飄浮物皺眉。「我的茶裡有東西。」她拿起湯匙挑開。

「那是薄荷葉，」譚美說：「我媽媽堅持冰茶一定要有薄荷葉和檸檬片。」

賈桂琳覺得自己像傻瓜，靠在椅背上決心不再開口。當然是薄荷葉，她早該認出來，但誰都說不準譚美有什麼花樣。

「感覺真愉快，謝謝你們的邀請。」瑞斯說。

賈桂琳的眼神彷彿要刺穿他。他明知道，今天不愉快透了。

「都是譚美的主意。」保羅站在烤肉架前說。她鬆了一口氣，雖然不知道他在烤什麼，但聞起來很香。肉烤得滋滋作響，保羅刷上厚厚的蒜味醬。

「是啊！」譚美從屋裡出來，拿著筆記本和鉛筆。她翻開空白的一頁。「我想問一下你們有什麼傳統？」她興沖沖地說：「我和保羅要開始建立一些家庭傳統，我想盡量把你們原有的加進來。」

「傳統？」賈桂琳的語氣彷彿從沒聽過那個詞。

「是啊，妳知道。像大賽馬日？」

賈桂琳和丈夫困惑地對看一眼。

「肯塔基大賽馬？」譚美來回看著他們，好像期待有人突然心領神會。

「我爹地和叔叔伯伯會穿白西裝、戴草帽，媽媽和嬸嬸整天都在弄吃的。」

「西雅圖這裡沒那麼重視肯塔基大賽馬，親愛的，」保羅來到露台圓桌邊，和父親相視微笑。「告訴她我們怎麼過聖誕節，媽。」

「聖誕節，」賈桂琳重複：「有什麼好說的？」

「妳以前不是會在聖誕夜把我的襪子掛在壁爐前？」

「是啊，但我好幾年沒做了。」

「那足球賽呢？」譚美興奮地說：「你們也看美式足球吧？」她一激動口音越重。

「噢，看啊！」這次是保羅回答。「我和爸都是球迷。」

「太好了！我們可以辦停車場派對，媽媽說停車場派對和上教會一樣。所有女人穿著上教會的好衣服，煮一堆好吃的。然後大家一起祈禱奇蹟發生。」

保羅和瑞斯一起大笑，但賈桂琳不懂有什麼好笑。「為什麼要祈禱？」

譚美笑著說：「希望我們的球隊贏啊！」

賈桂琳擠出不自然的微笑。

結果烤肉沒有想像中可怕。她原本擔心媳婦會在餐桌上擺動物標本，但譚美放了一盆很漂亮的花做擺飾。

總之，這個下午還算愉快，這是瑞斯的說法。晚餐有美味的酪梨醬和玉米脆片，烤雞胸肉、馬鈴薯沙拉，沒想到味道很不錯。墨西哥辣椒玉米麵包有點辣，但賈桂琳還是嚐了一小塊。瑞斯不斷稱讚菜很好吃，哄得譚美心花怒放。譚美的上班時間減少了，有空為丈夫精心烹飪。賈桂琳剛結婚時也這樣，但現在她已經完全沒興致煮飯。

開車回家的路上，賈桂琳和瑞斯都沒說話。晚餐的話題繞著家庭傳統打轉。顯然譚美的娘家有很多傳統，她不厭其煩地一一描述，動不動就提到媽媽、爹地，瑟瑪嬸嬸和芙麗達姑媽。賈桂琳忍不住猜她可能在想家。

哼，譚美要是想家大可回去找媽媽。妻子不在家，說不定保羅會清醒過來。

「我們沒多少家庭傳統，對吧？」要上高速公路時瑞斯說。

「當然有，」她回嘴，雖然晚餐時她絞盡腦汁才想得出來。「我們每年聖誕節都會一起做薑餅屋，記得吧？」

「對，但那是好久以前的事了，保羅還小的時候。」

「還有復活節在俱樂部的找彩蛋遊戲。」

「對了，母親節時保羅和我會送早餐到床上給妳吃。」

「沒錯，」賈桂琳忽然鬆了口氣，她總算不是個太失敗的母親。「雖然我們沒有穿難看的白西裝、戴草帽去看賽馬，並不表示我們沒有家庭傳統。」

瑞斯專心看路，半晌之後瞥她一眼。「妳還記得那年保羅堅持要幫妳做班乃迪克蛋堡嗎？」

「噢，我的老天，瑪莎花了好幾個月才把爐台清乾淨。」

「但妳吃得精光。妳的表現真棒，」瑞斯說。「我從沒像那天那麼愛妳。」

賈桂琳望著窗外，笑容漸漸消失。他們曾經相愛，現在也一樣，只是方法不再相同。聊起傳統與家庭，重提往日舊事，幸福的記憶暴風般撲來，讓她心神不寧。

「我很高興保羅和譚美想帶著他們的女兒建立家庭傳統，」快到家時瑞斯說：「不是嗎？」

「是啊！」賈桂琳輕聲回答。那正是她希望孫女擁有的。她想像著一個小女孩，有著像保羅一樣的黑頭髮，對她伸出一雙小手臂。譚美也許不是她心目中的媳婦人選，但保羅似乎很幸福。很快她就要當祖母了。唉，這段婚姻總算有點好處。

不知為何，賈桂琳幾個月來惡劣的心情稍微好轉了。也許瑞斯說得對，她對那女孩太嚴苛了。

15

珈珞・傑羅

珈珞整個星期心情都很好。她和道格上星期五臨時起意去吃了頓泰國菜，網友給她很多鼓勵，編織技巧也每天都在進步。三個星期下來，她開始真正享受編織的樂趣，以慣有的精力與熱誠克服困難。她的第一條毯子不盡完美，針目有些不整齊，於是她捐給奈勒斯計畫，重新買毛線織第二條。她現在已比較能控制毛線的張力，對新毯子的進度相當滿意。

她把郵件拿進屋裡放在桌上。有封信是寄給她的，寄件人是嫁到加州去的一位大學同學。她拆開信封，等不及想知道克莉思的消息。她很快發現那不是信，而是一張新生兒卡。

珈珞的好心情瞬間跌入谷底。她的呼吸哽住，頹喪地坐在廚房的椅子上，讀著克莉思喜獲麟兒的詳情。

克莉思做事一向照著計畫進行，包括嫁給完美的夫婿，照預計時間懷孕，然後產下健康寶寶。

珈珞用力嚥下情緒。別人很難明白她立刻陷入的憂鬱，只有網路上的姊妹能瞭解她的感受。

珈珞呆望著牆壁，試著克服內疚和沮喪。她真心為克莉思高興。但同時也向上天嘶吼抗議——她為何不能懷孕，為何她的身體不能和其他女人一樣。這些問題她自問過幾十次了，也問看過的每個專家，依然沒有答案。

她一定會有孩子的，珈珞一定得如此相信。只是她沒料想到會拖這麼久。等待最難熬，等著看不孕門診，等著做檢驗，等著做治療，再等著做更多治療。這些過程都很不愉快，完全沒有隱私與尊嚴。只因生育的渴望，她要自己忘掉一切。

月經不只是每個月的麻煩事，她的世界彷彿以月經週期為中心。而後當月經來時她又得忍受心碎、痛苦與失望。

每個月過去，每次的月經，都好像滴答響的時鐘。她一年最多只有十二次受孕機會，要是她想生第二胎或第三胎，天知道要花多少年。

珈珞知道很多朋友都認為她執迷又情緒化，她的確是。但她也很害怕，萬分恐懼。和道格做愛變成按表操課，定好時間的性行為。接著就是緊張的等待，不斷跑廁所檢查月經來了沒。月經來了又……

這次試管嬰兒一定要成功，不成功不行。

真希望有人能給她一個確切的答案。真希望醫生能確定她和道格到底能不能有孩子。如果不能，那他們只得學著接受，重新調整並另做計畫。

但他卻不停給他們希望，連續兩次，試管嬰兒都失敗而流產，他們一再陷入絕望。兩次他們都振作起來，願意再試一次，願意做任何事、不計代價要有個孩子。

珈珞揉揉眼睛，站起來燒水泡茶，當然是無咖啡因的。擔心會影響受孕，很多食物她都不敢吃，她的購物清單像生機飲食店的進貨單。有些專家認為飲食是關鍵，但其他專家不同意。珈珞絕不能大意，只要能留住胎兒，她什麼都願意試。

她很多方面的人生因此暫停。她放棄了前途無量的工作，去找最好的醫生，吃健康食物，聽勵志錄音帶，複誦裡面的格言。她必須相信意念能夠控制身體，靠決心的力量，最後一定能完成心願。

她把茶壺裝滿水放在爐子上，坐下來等水開，這才發現卡片底端有克莉思手寫的字，漂亮的草體字寫著：「好久沒聽到妳的消息了！」

難免的。珈珞不只疏遠克莉思，很多原本親近的朋友也不再聯絡。主要是不斷嘗試懷孕耗盡了她的心力，而且她的女性朋友大都當媽媽了，有孩子的人多半會和有孩子的人來往。

珈珞和道格與朋友的共通點越來越少，別人的生活彷彿全繞著小孩打轉，遊戲場、生日派對、托兒所、育兒問題，他們完全插不上話。

還有些所謂的朋友不把他們的困境當一回事，認為生育的渴望瑣碎無聊。有個沒心肝的女同事甚至取笑說她有四個孩子，歡迎珈珞幫她養。其他人則試圖安慰她，說什麼現代科學很發達，不用一年她就會懷孕。唉，可惜沒有，而且最深切的恐懼在心裡生了根：她和道格恐怕永遠不會有親生孩子。她會很難承受，但寧願面對真相也不要繼續這樣下去。

水開了，她慢慢站起來把水倒進茶壺。她不能讓負面思想侵入腦海。這樣沒有幫助。她必須有信心，不能被一張新生兒卡片擊垮。上帝給了她吉兆。她一定要相信，要把負面想法趕走。她要有信心……

門開了，珈珞轉身，很意外已經那麼晚了。「道格！已經那麼晚了嗎？」她裝出開朗的樣子。

「妳沒事吧？」他打量著她問。

「當然。」

他一臉不相信。

「你今天順利嗎？」她望著茶壺問。

「很不錯。」

道格一眼就看到郵件。他走到桌邊，看到克莉思的新生兒卡片。她看著他讀卡片時的表情，他眼中的渴望讓她心痛得想哭。不久他若無其事地放下卡片，但她知道不是這樣。

「他們生了個男孩。」她努力不把情緒流露出來。

「我看到了。」

有孩子的該是「他們」，她好想大叫。到處寄新生兒卡片的應該是「他們」。他們是好人。他們的婚姻穩定，也會是很棒的父母……

不孕是他們婚姻中的陰影。道格和她用盡尊嚴面對。在診所候診室的廁所取精，性交後檢驗，這些對他而言都很難受。

大家都說有朝一日他們會笑著回顧這一切，珈珞不同意。

「第二條嬰兒毯已經快織好了，我明天下午要去上課。」

她丈夫點頭拿起報紙，往客廳裡他最愛的椅子走去。

珈珞想對他大吼，要他跟她說話。但她只是默默準備晚餐，儘管她已沒有半點食慾。

16

愛莉絲・湯森

坐在星巴克靠窗的位子上，愛莉絲全神貫注將針目在兩根棒針間移動完成一排。班上其他人對基本編織概念都沒有問題。珈珞已經在織第二條毯子了，賈桂琳也有點困難，但不像愛莉絲這麼嚴重。不管怎樣專注，愛莉絲總或多或少地少一些針。

莉蒂雅安慰她，說這是很常見的問題，然後再示範一次，但愚蠢的錯誤依然再次發生。她不管，她絕不放棄，一定要學會編織，就算要她的命也一樣。這件作品已經花了她三十大洋了呢！

一排打完，愛莉絲停下來喝一口咖啡冰沙，難得奢侈一下，接著計算針目。討厭！多了四針！她又來了，在不該加針的地方加針。「討厭，討厭，討厭！」她低聲抱怨，其實心裡想的更難聽。看來和賈桂琳在一起久了，她的火氣都被磨光了，她現在幾乎不說Ｆ開頭的那個字。

愛莉絲把作品放在腿上，閉起眼睛想忘掉挫折感。這門課不是應該幫她控制情緒嗎？簡直是個大笑話。

更煩的是，洛荔和約翰在公寓裡，要愛莉絲迴避幾個鐘頭。她不知道他們是怎麼回事，但愛莉絲知道不會有好事。他們最近打得火熱，約翰經常來店裡，愛莉絲討厭洛荔巴著那個爛人的樣子。約翰不是好東西。

心情稍微平靜之後，愛莉絲仔細拆開那一排，一次解開一目，這件鳥事做起來更麻煩。離終點還有兩針，棒針一滑漏了一針。她還來不及阻止，嘴裡就冒出低聲怒罵。

幸好賈桂琳不在旁邊。每次被編織打敗，愛莉絲都會很生氣，不幸的是，這種狀況很常發生。不過她還是有進步。

愛莉絲一直忍著不和賈桂琳起衝突，但她感覺得到氣氛一觸即發。賈桂琳勉強容忍愛莉絲，愛莉絲對她也一樣。

愛莉絲認為賈桂琳的世界觀太過扭曲，滿腦子只有身份地位。每次上課她都吹噓個不停，好像大家真的想知道她在社交場合遇到哪些人。一堆屁話！

排。

愛莉絲咬著下唇，好不容易救回那一針，她還來不及放回棒針，一不小心又拆掉兩排。

她暗自發射一輪更猛烈的髒話，好想把這鬼作品扔掉。要是她還有一點理智，就該把這玩意連同棒針一起丟進垃圾桶，甩門離開。

愛莉絲察覺有人，抬頭看到喬登．透納站在桌邊。她嘴巴發乾，腦中一片空白。她完全沒想到會在這裡遇見他。

「妳好像有點麻煩。」他拉出旁邊的椅子，轉過來面對她坐下。

愛莉絲只能瞠目結舌地望著他。她已幾星期沒有見到他。說要約她去喝咖啡，之後他卻消失了。反正每次都這樣，她看上的男人不是進大牢就是溜之大吉。

「你在這裡做什麼？」她要他明白她不想見到他。

「其實我是來找妳的。」他抱著椅背靠向她。

「可不是。」約翰每次都說那種話哄洛荔。愛莉絲才不吃這一套。

「真的。妳可以去問丹尼，我去店裡問過哪裡可以找到妳。」丹尼是日班店員，人很老實。要是她去問，他一定會說實話。

她不理喬登，救回漏掉的針目，打完一排才抬起視線。「找我幹嘛？」

「我想請妳喝杯咖啡。妳平常都這麼難相處嗎？」

她牢牢凝視他，眼都不肯眨。「不是。」

「那這種『管你去死』的態度是針對我嘍？」

她裝出一個假笑。「可以這麼說。」

他顯然不在乎她的冷淡。「有什麼特別的原因嗎？」

愛莉絲拾起棒針。她不想說她很失望，他邀她喝咖啡卻食言，這種理由幼稚又無聊。她不想跟他說那些，於是專心編織，小心注意針目，專心把線穿上另一根針。「最近都沒看到你，」她隨口說。

「這是在暗示妳想我嗎？我出去這幾天常常想到妳，妳知道。」

她聳肩抬頭，感覺嘴角有一絲笑容。「也許吧！」

他很高興；從他接近的動作感覺得出來。他看著她一會兒，接著問：「妳在織什麼？」

「捐給奈勒斯計畫的嬰兒毯。」

喬登點頭。「我聽過那個計畫，幾個月前教會公佈欄上有公告。」

什麼？他也上教會？她可真會挑對象。「別以為我是好心作善事，」她粗聲說：「我花了這麼多工夫可不是認為這是公民的責任。」

「那是為什麼？」

她打算老實說，抬頭觀察他的反應。「為了抵銷法院判的社區服務鐘點。」如果這還嚇不跑他，別的事情也不會了。她相信誠實為上，要是這個爽朗男孩還對她有意思，那很好。不然她該趁早弄清楚。

「法院判的社區服務？為什麼？」

「我和法律對上，法律贏了，」她織完一排，但注意力沒有完全放在上面。「但我是被栽贓的，法官也知道，所以才判社區服務而不是坐牢。你這種乖孩子一定嚇壞了吧？」

「不。」

她不太相信，但也沒有堅持。

「我母親也會編織。」

愛莉絲差點順口說出她母親在坐牢。但今天已經說太多實話，不用一次壓垮他。她很高興他對她有意，也很高興他來找她。她抬起視線，好想問他念哪所小學，她一直在想他會不會就是當年那個喬登・透納。她記不清楚那個男孩的模樣，但他好像戴眼鏡，和這個喬登不一樣。她差點開口，但他搶先發問。

「妳餓不餓？」他轉頭看櫃檯。「這裡的司空餅很好吃，不知道還有沒有。要不要吃一個？」

「沒問題。」她不客氣地說。

他起身走到櫃檯。愛莉絲看著他，試著平服亂跳的心。她回頭繼續編織，織完一排後得意洋洋地數出正確的一百七十一個針數。喬登回來了，一手端著咖啡杯和上有司空餅的碟子，另一手只端著餅。

「運氣不錯，」他把東西放在小桌上。「這是最後兩個。」

她點頭接過司空餅。「謝了。」

喬登喝了一口咖啡。「丹尼也不知道妳在哪裡，我是剛好經過，從窗戶看見妳。」

她掰開小圓餅，慶幸她來的時候只剩這張桌子。通常她不會坐在看得到街景的地方。整修工程令她心煩，感覺她和洛荔很快就會無家可歸，她又得睡在滿是老鼠的破旅館。要重新租房子，她就得再找一份工作，在喬登這種正派人不會去的地方當服務生賺小費。

「你上哪去了？」既然他不主動說明，愛莉絲只好問他。他說過他出去了。

他喝了口咖啡，放下杯子。「我在海邊辦了一個少年營。」

愛莉絲不知道那是什麼。「時間這麼長？」

「不完全是，教會需要人幫忙籌畫，所以我去史丹塢區幫忙幾個星期。」

「噢！」他已經第二次提到教會了，她越來越懷疑。

「很高興知道妳想念我。」他低聲說。

「我才沒說想念你。」她本來沒打算這麼衝。

他笑了一聲。

愛莉絲看他沒生氣放下心來。「唉，可能有一點點吧！」

「我很高興。」

「你還要去辦少年營嗎？」

他嘆氣。「不知道，老實說，希望不會。我接下青年傳教工作是為了服務繁花街社區的青少年。」

愛莉絲覺得世界瞬間塌陷。「你是……傳道人？」

「我是青年傳教員，」他糾正。「我在這一區的教會工作，就在繁花街外面。」他的嘴唇扭曲，好像強忍著笑。

「有什麼好笑？」她煩躁地問。

「沒什麼，只是妳說牧師的口氣，好像我們是毒梟。」

「是因為……」愛莉絲說不出話來，她每次慌亂時就這樣。

「我是青年傳教員，愛莉絲，」他握住她的手微笑著說。「妳不記得我了嗎？」

「真的是你！」該死，她早就想到了，真希望是她先問他。

「還記得小學六年級的事吧？我也想了一下才認出來。」

「我早就想到應該是你……真不敢相信。」她的思緒飛回六年級，她瞇起眼睛審視他。「我們是同班同學，記得嗎？」

「我只記得，」喬登笑著說：「妳坐在吉米旁邊。」

愛莉絲當然記得吉米。他被她揍得流鼻血，害她得去校長室挨罵，誰叫他笑她想嫁給喬登。她和六年級大半的女生一樣迷戀牧師的兒子——看來喬登走上和父親同樣的路。他是牧師，要命，怎麼沒早些想到？

「我寫了情人節卡片給妳。」

她看著他，記憶蜂擁而來，那一年是她命運的轉捩點：她母親開槍想殺死她父親。

「我帶去學校，但妳沒來上學，後來就沒再回來過。」

愛莉絲沒有回答。六年級情人節舞會的前一夜，她母親開槍射殺父親。他們兩個當時都已爛醉，最後大打出手。警察和救護車來了，母親被銬上手銬帶走，因為沒有親戚可以照顧他們，愛莉絲和哥哥被送去寄養家庭。那一夜之後愛莉絲再也沒有家庭生活。母親被關，父親一出院就不知去向，再也不和子女聯絡。州政府成為她和哥哥的監護人。因為連番變動，愛莉絲再也沒回原來的小學……也沒拿到喬登的情人節卡片。

「所以啦！」喬登靠近說。「我一直在想，要是我請妳跟我交往，妳會怎麼說？」

她差點大笑。是喔，真不錯，酒鬼的女兒和牧師的兒子。這種關係是不可能會有結果的。

17

「只要一點練習加耐心，我們的雙手就能學會編織，心就可以空下來享受編織的樂趣。」

——貝芙．葛列斯卡，「纖維潮流」織品設計

莉蒂雅．霍夫曼

生意漸有起色，我總算放心下來。幾乎各種磅重的存貨都有銷路，我已經訂第二批貨了。第一期入門班就快正式結業，真不敢相信六星期飛逝而過。第五週時，我萬分欣喜地得知所有學員都想繼續，於是我把課程延長了。除了愛莉絲，其他人都已開始做不同的作品，於是我建議把課程改為編織交流會，讓她們可以把想做的作品帶來，由我加以協助。

雖然略有歧見，但我看得出來這三位南轅北轍的女性慢慢變成了朋友，而且也是我的朋友。

愛莉絲和賈桂琳還在和基本針法搏鬥，但愛莉絲能編織的時間不多，而賈桂琳，唉，賈桂琳的態度讓我很煩惱。雖然她從不明說，但她顯然不太喜歡她的媳婦。賈桂琳打算開始別的作品，挑的都是最貴的毛線。愛莉絲每週付一點毛線錢，看得出對她是一項奢侈。但我們少不了她。

星期二下午正要關店時，我看到姊姊過馬路而來。她之前只有開幕那天來過。她信心滿滿地預言我的財務將一敗塗地，我拒絕被打敗，準備面對衝突。

瑪嘉莉一踏進店裡我就感覺不對。她不是來烏鴉嘴或找麻煩的，她臉色蒼白、泫然欲泣。

「瑪嘉莉，怎麼了？」我急忙過去。

「我、我……」她說不出話來，只用力抓著我的手，痛得我差點叫出來。

「來，」我帶她到店後面上課的地方。「坐吧，要不要喝水？」

瑪嘉莉搖頭。我從沒看過姊姊這麼難過，很難想像有什麼事情會讓她傷心或來找我求助。

「亞伯拉翰醫生的診所打電話來。」她抬起眼睛看我，好像憑這句話我就該明白是什麼問題。我不認識亞伯拉翰醫生。會不會是麥特生病或出意外了？另一個可能更讓我害怕。

「媽媽生病了？」父親剛走沒多久，我很害怕母親也出事。

手。

「不是，」她大喊：「是我。亞伯拉翰醫生要我再做一次乳房攝影。」她又抓住我的手。「我的乳房好像有硬塊。」姊姊睜大眼睛驚恐地看著我。

我承認，聽到這件事我嚇得在她旁邊坐下。她知道我明白了，更用力握住我的手。

「我好害怕。」瑪嘉莉輕聲說。

「不見得是癌症。」我試著用理性的口吻說，但真的很難。瑪嘉莉的想法和我一樣。我已經切身經歷過癌症。爸媽一直擔心他們的基因有問題，造成我們容易得癌。我們的四位長輩中有兩位死於癌症。第一次診斷出我有癌症後，媽媽堅持瑪嘉莉也做全身檢查。當時似乎很正常，但現在……

「下次乳房攝影是什麼時候？」

「我……剛去過……技師什麼都不肯說。她說醫生看過片子後會聯絡我。」

「噢，瑪嘉莉，我很難過。需要我幫什麼忙嗎？」

「我……不知道，我還沒告訴任何人。」

「麥特呢？」

她沉重地嘆息。「我不想嚇他。」

「但他是妳丈夫呀！他有權利知道。」

「一有消息我自然會告訴他。」

用。

她的聲調很冷，我知道最好不要和她爭。姊姊做事自有方法和步調，對她施壓也沒用。

「妳發現得癌症時有什麼感覺？」瑪嘉莉問。

我想了半天又說不出口。第一次發病時我才十六歲，根本不知道該怎麼辦，第二次也一樣。知道癌症復發那天是我一生最慘的一天。我很清楚接下來的療程，覺得一死了之還比較輕鬆。

我知道這對姊姊很重要，我藏不住我的反應。「我也很害怕，」我告訴她。

她用力握了一下我的手。

「妳瞞著這件事情多久了？」我輕輕把散在她臉上的髮絲撥開。

「五天，」她輕聲說完後連忙補上一句，「我要妳答應我一件事。」

「沒問題，」瑪嘉莉總會等我答應才說出要求，每次都一樣。

「不要告訴媽。」

我不喜歡對母親隱瞞，但這次我也同意。沒必要讓老人家為還沒證實的事擔心。

「謝謝！」她低聲說，顯然鬆了口氣。

「妳知道的，我願意為妳做任何事，瑪嘉莉。」

她凝視著我。「妳能不能……」她猶豫了一下。「我知道不該麻煩妳，但妳能不能陪我去看報告？」

「沒問題。」我本來就打算陪她去。

她好像很詫異。「真的？」

我點頭。

「妳得關門一天耶。」

「我不會讓妳獨自面對。」

她眼中滿是淚水，我拿來一盒面紙抽一張給她。我一直遺憾和姊姊不親，現在我伸手摟住她。「我會陪著妳，瑪嘉莉。」

「謝謝。」她靠在我肩上啜泣了一下，很快又恢復鎮定。她放開我，擤擤鼻子吸了幾下。「我盡量掛星期一的號，萬一掛不到……」

「哪一天、什麼時間都沒問題，」我堅持。我決心無論如何都要幫姊姊度過難關。

瑪嘉莉似乎想說話，但鈴鐺聲響了。我對不速之客有些埋怨，但我既然開門做生意就該服務顧客，就算已經過了打烊時間……

聽到友善的口哨聲，我知道來的人是布萊德，我的快遞送貨員。他的推車上放著三個大箱子，他把箱子堆在收銀機旁。「生意如何？」他把簽收板交給我，靠在櫃檯上問。

「還不錯。」我匆匆簽好名，等不及想送他出去。

「我每次經過都看到店裡有很多女人，尤其是星期五下午。」

「那天有編織班。」

「難怪了。」他似乎沒察覺我急著趕他出去。「忙一整天妳一定累慘了吧？」

「還好。」我說。

他咧嘴一笑，好像目的達成了。「那何不輕鬆一下，和我出去喝一杯？」

這是他第二次約我出去，很不幸，這次竟然當著我姊姊的面。

「快答應啊！」瑪嘉莉在舖子後頭說。

「對呀，」布萊德雀躍地把握瑪嘉莉的鼓勵。「我們約在附近就好。有家不錯的酒吧離這裡只隔兩條街。不談感情，只是稍微輕鬆一下。」

「我很感謝，但還是不要比較好。」我走到門邊打開門。他依然不懂我的暗示。

布萊德舉起雙手認輸，看了瑪嘉莉一眼。「我是不是說錯了什麼？」

「不是……不是。」我不想讓他有這種印象。

「不是你的錯，」瑪嘉莉大聲說：「是我妹妹，她沒膽。」

我好想大聲叫瑪嘉莉閉嘴，也不想此時此刻用這種方式說出真相，但我似乎沒有選擇。一再拒絕未免太殘忍，我該對他說實話。

「我得過癌症，」我直言不諱。「不止一次，而是兩次，而且我不能擔保不會復發，下次我可能無法倖存。」

「癌症？」他重複。從他驚愕的表情看來，他完全沒想到我的理由會是這個。

「又大又醜的那種，」我忍不住譏誚地說：「你不會想對我付出感情，因為很可能不會有回報。癌症就是這樣。」

「我……不知道。」

「你怎麼會知道？我很感謝你的邀請，」我再次誠心地說：「其實我覺得受寵若驚。但我不想害兩個人都傷心，所以請接受我的拒絕，不要再提起。」我離開他，回到店後面在姊姊身邊沉重地坐下。

瑪嘉莉瞄了我一眼。

我聽到關門聲，布萊德走了。「妳為什麼要拒絕，和那個男的去喝杯啤酒又會怎樣？」

我把臉埋在雙手中，不願承認我太久沒約會，已經不知道如何跟男人相處。

「他很可愛，又對妳有意思。」

「我知道。」我輕聲說。

「妳說過這家店代表妳對生命的信念。」

我點頭。「我的確——」瑪嘉莉沒讓我說完。

「那就好好活。投入生活，莉蒂雅。那麼棒的男人想約妳出去，妳該感激吉星高照。我的老天，妳到底怎麼回事？」

「我……我……」我因慌亂說不出完整的句子。

「好好活，莉蒂雅，」她再次說：「出去尋找生命的真意。別等老了，或死了才後悔莫及。」

18

賈桂琳・唐諾

賈桂琳加入西雅圖鄉村俱樂部多年來一直是慶生會的成員。每個月一次，九位好友齊聚一堂慶生。沒有人生日的月份照樣慶祝。

六月的慶生會選在一家墨西哥餐廳。雖然氣氛不夠水準，但餐點十分美味。女士們悠閒地用完午餐、喝了幾杯雞尾酒後，四名服務生戴著墨西哥大帽子、拿著樂器，為壽星表

演助興，九個女人笑成一團，鼓掌叫好。

她需要出來散心好暫時忘卻譚美懷孕的事。保羅似乎真心愛她，瑞斯也站在她那邊。賈桂琳覺得自己像破壞和諧的壞蛋，就算譚美沒有賈桂琳想像中那麼有心機、沒品味，她也絕對配不上保羅。

壽星吹了蠟燭，大家都嚐過蛋糕後散會。賈桂琳在收銀台等著付帳，貝芙過來找她。

「我上星期碰見譚美。」婦女會主席說。

賈桂琳一時不知所措。貝芙在社交圈很有影響力，賈桂琳不敢想她對保羅的妻子會有什麼評語。她想不出該如何為兒子的失誤辯解。

「海武說他批准他們加入俱樂部。」海武是貝芙的丈夫，負責審核入會申請。

「我和瑞斯都很高興他們獲准加入。」她十分欣慰多年為俱樂部的付出終於有回報。

「我們一向很欣賞保羅。」

賈桂琳微笑。大家對保羅的印象都很好，他有魅力又聰明，這輩子注定會成功。她常忍不住要炫耀他的成就。

「聽說譚美要加入食譜委員會。」

賈桂琳的心一沉。她很想私下去找主委，暗示譚美在其他部門更能派上用場。一想到媳婦那些不入流的菜色登上俱樂部食譜，賈桂琳就忍不住打冷顫。真丟人！她不能坐視那種事情發生。

「我一直想找露易絲談這件事。」

「真是絕妙的安排。」貝芙說。

輪到賈桂琳付帳了，她把錢放在櫃檯上，呼吸有些急促。她一定誤會貝芙的意思了。找完零錢後她站在一邊等其他朋友結帳。

「絕妙的……安排？」她們走出餐廳時賈桂琳問。

「可不是。幾個月前第一次見到譚美時，我和海武都很喜歡她。她非常有活力，妳不覺得那甜美的南方口音很可愛嗎？我可以聽上一整天。」

賈桂琳拚命忍住，不敢說她有多討厭譚美的鼻音。

「難怪保羅那麼愛她，海武也差點愛上她了呢！」

「喔！」賈桂琳不知該怎麼回答。

「委員會每兩年出一次食譜，總是同樣的人、同樣的菜色。我們哪需要那麼多蔓越莓果凍的食譜？」

賈桂琳忍住不說，蔓越莓果凍是她的食譜，長久以來一直很受歡迎。

「譚美有很多好點子，坦白說，我在考慮讓她當主委。露易絲做了太多年了，也該換人了。」

「我不知道她合不合適。」賈桂琳再也無法保持沉默。她尊重貝芙的看法，但這次她看錯了。譚美會害大家丟臉。

「我知道，當然嘍，她還有幾個月就要生孩子了，我不能加重她的負擔，」快到停車場時貝芙說，她的車停在賈桂琳旁邊。「要是累壞了她，保羅可不會饒我，但我覺得她很有天份。」

「是啊！是啊！她接下來會很忙。」賈桂琳附和。震驚使她站在原地看著貝芙上車走掉。全世界都瘋了嗎？難道只有她看出譚美虛情假意、心機深重？

賈桂琳滿腹憂愁地把車停進車庫，驚愕地發覺開車回家的路程她竟然毫無知覺。她明明記得還在餐廳停車場，怎麼突然就到家了？

更意外的是瑞斯竟然在廚房裡。他穿著最好的一套西裝，不是提早回家就是晚上要帶情婦出去。賈桂琳沒有問，她寧願不知道也不想聽他說謊。

她放下皮包看看郵件，走向酒櫃拿出一瓶琴酒。「你要嗎？」

「我還要開車。」

賈桂琳聳肩。「我不用。」雞尾酒早就消化掉了。

「怎麼回事？」他問。

「你怎麼會以為有什麼事？」

瑞斯蹙眉。「妳從來不在下午喝酒。」

「我需要喝一杯。」她轉身面對這個與她結褵半生的男人。她很熟悉他，卻完全不瞭解他。

「妳上哪去了？」他問。

她分不出來他是真的想知道，或只是找話說。賈桂琳覺得有點奇怪，他竟然會追問她的行蹤；最近他問過好幾次，但她不明白原因。

「和朋友出去，慶生會今天為本月壽星祝壽。」

「妳可以找個機會邀譚美一起去。」

他有沒有搞錯？「我為什麼要邀請她？」

「她是妳的媳婦，這也是歡迎她成為家人的方式之一。」

「我才不要那麼虛偽，我並不歡迎她。我只是勉強忍受她，坦白說，我越來越受不了了。」再有人稱讚媳婦，她一定會尖叫。「為什麼所有人都以為譚美很棒？我就是不懂。」

瑞斯凝視她許久。「妳有沒有問過自己，保羅為何會愛上她？」他的聲音冷淡壓抑，表示他正忍著怒氣。

「我當然知道保羅為什麼娶她，賀爾蒙蒙蔽了他的理智。」

「不是！」瑞斯大吼，用力拍流理檯。

丈夫難得大發雷霆，賈桂琳嚇得六神無主。

「譚美體貼、善良又大方，只有妳看不見，因為妳對兒子的私心所以不肯睜開眼睛。」

賈桂琳怒瞪他。「你是說我是冷血又自私的壞女人嗎？瑞斯。」他竟敢用那種語氣對她說話！

他似乎打算逕自離開，但又臨時改變主意。「妳自己最清楚，」他說。

說完他就走了，還用力地摔門。

19

「手工編織以平靜舒緩的方式展現創造力，作品溫暖、實用又貼心……真是一舉兩得。」

——梅格．史旺森，校舍出版公司

莉蒂雅．霍夫曼

編織班的三位同學圍坐在桌邊，等不及要開始上課。我正要開始，賈桂琳忽然說：「我想先告訴各位，我決定不上下一期了。」她指的是我們的編織「支持團體」，我一星期收費五元。

沒人出言挽留，我覺得該說點什麼。「真遺憾，賈桂琳。」我真的覺得遺憾，不只因為少了一筆生意，雖然我知道賈桂琳繼續上課一定會買最貴的毛線。

「我可不遺憾。」愛莉絲爽快地說。

「早就料到。」賈桂琳不掩譏諷。

老實說，我也樂得不用再做她倆的裁判，雖然有時也挺有趣。我從沒見過兩個這麼極端不相同的女人。我還以為最近她們的敵意已稍微減輕，顯然我誤判了，再次顯現出我對人際關係的缺乏經驗。

賈桂琳很難捉摸，也很難讓人喜歡。不過她很認真在學編織，幫孫子織的嬰兒毯已快完工。

「我覺得該來上最後一堂課，把我的決定告訴大家。」

「誰甩妳呀！」

我站在愛莉絲身後，輕輕按住她的肩膀，暗示她不要太過份。六週下來，我發現她易怒的外表下有一顆敏感的心，就算最輕微的責備都能讓她退卻。

「我覺得現在想停都停不下來了呢！」珈珞說。她在幫哥哥打毛衣，她買的淺灰色毛線是店裡最貴的開司米爾羊毛線。

「我也要繼續，」愛莉絲往對面瞥了一眼，暗指賈桂琳沒有恆心。「不管怎樣，我都要把這條毯子織好。」

我不得不佩服愛莉絲的毅力。她還不太能掌握針線，但她說什麼也不放棄。我想，開始那幾週她拆的針數和打的針數應該一樣多。幸好她瞭解到問題所在，進度也不錯。她最大的難處是時間有限。

「妳是說我沒有恆心？」賈桂琳挑釁愛莉絲。

「妳想走就走，沒什麼了不起。我肯定不會想妳。」

賈桂琳和愛莉絲的言詞交鋒讓我很緊張。但我來不及開口，珈珞先跳了出來。

「我有大消息。」她明顯想改變話題，我十分感激。

「太好了。」我毫不掩飾鬆了口氣的感覺。

「星期一早上道格要帶我去做最後一次試管嬰兒。」

雖然她表現得很振奮，但我和其他人都感覺到深埋的恐懼。我希望珈珞這次能順利懷孕足月。她一直在看醫生，但從沒告訴我們詳情。她在班上提過不孕症的問題，私下也和我稍微聊到，但說得不多。

沒想到賈桂琳率先開口。「噢，親愛的珈珞，真希望妳成功。我和瑞斯只有一個孩子，我多想再生一個。」

「目前只要能有一個，我和道格就會開心得上了天。」她的笑容有點抖。

「我好想要個女兒。」

「妳不是說妳媳婦懷的是女孩？」我依稀記得之前聊天時賈桂琳提過。

「是啊！」

最近賈桂琳有些反常，很少說起兒子、媳婦的事。我擔心有什麼不對，而她不想多談。很難知道她的狀況，珈珞和愛莉絲漸漸熟稔，但賈桂琳還是很疏遠。我有種感覺，她只讓俱樂部的朋友參與她的生活。

愛莉絲低頭專心打毛線。「我認為只有想要小孩的人才該生小孩。」我記得她之前也說過類似的話，我猜應該和她自身的經歷有關。

「我也是，」珈珞附和。「我不懂的是，為何那麼多愛小孩的夫妻都很難懷孕？我一想到耽誤了那麼多年就想哭。我以前總覺得還有時間，怎知會這樣？」她的臉上閃過痛苦的表情。

「妳呢？」愛莉絲往我瞄了一眼。

我知道自己滿臉通紅，但不懂生育的話題為何會讓我尷尬。我搖搖頭。

「什麼意思？」愛莉絲追問。「妳不想要小孩？」

「我還沒結婚。」

「我媽可不在乎，她懷孕六個月才嫁給我爸。她老說那是她一生最大的錯誤，但她還是又懷了我。」

「小孩來到世上不是他的錯，」珈珞說。

「是啊，唉，可惜我媽不是那麼說。」愛莉絲用力扯著毛線球。「沒什麼大不了，我也沒被她的話害死。」

「像妳這麼漂亮的年輕小姐一定嫁得出去，」賈桂琳對我說。

賈桂琳三不五時會讓我吃一驚。剛才她還在對珈珞表示同情與理解，沒想到會突然稱讚我漂亮。

「謝謝，但……」我沒有繼續說。如果可以，我並不想透露生活的細節。

「但是什麼？」珈珞追問。

「但，唉，我恐怕不會是個好太太。」

「為什麼？」又換愛莉絲問。「妳絕對比我媽好太多。」

這個話題越來越讓我不自在。「丈夫……會有期待。」

愛莉絲困惑地皺眉抬頭。「什麼意思？」

看得出來另外兩個也想知道。「我得過兩次癌症，家族可能有容易得癌的體質。」

「妳現在還有嗎？」

「沒有，感謝老天，但我姊姊最近才虛驚一場。」幸好瑪嘉莉第二次照出來沒有問題。我陪她去看醫生，給她支持，之後她請我吃午餐慶祝。

長大後我第一次和姊姊這麼親。雖然不應該，但我很感激第一次檢查造成的恐慌。多年來，姊姊和我終於有了共通點：恐懼。難得一次，我變成知識豐富、經驗充足的一方。

「那妳為什麼不能結婚？」

我嘆息，實在不想說這麼多。「癌症不保證不會復發。」我簡單地說。

我發現她們三個一起茫然望著我。

「妳大概沒發現，但人生本來就沒有保證。」愛莉絲說：「我比誰都清楚。」

「如果有保證，我早當媽了。」

姊姊也這麼說。那天午餐原本很愉快，直到瑪嘉莉提起布萊德。我好幾天沒見到他，對我來說，和他約會的機會太渺茫。被我拒絕兩次後，我很懷疑他還會再約我。畢竟我都明說沒有興趣了。

「我太久沒有約會，不知道該怎麼辦。」我對她們實說。

「和平常一樣就好啦！」珈珞說得容易。

「做自己就好。」賈桂琳也添上一句。沒想到她竟拿出毛線來打，我還以為她鄭重宣布完後就要走了呢！

「嘿，妳看上了哪個男的嗎？」

果然是愛莉絲會問的問題。「當然沒有。」我否認得太快、太堅定。我的臉再次羞紅。

「一定有，」珈珞觀察到了，輕聲笑著。「快說。是誰啊？」

我搖頭拒絕回答。「太遲了。」

「永遠不會太遲，」賈桂琳靠過來。

「把他的名字告訴我們，」愛莉絲敲邊鼓。

她們說什麼都不肯放過我，我也想不出辦法改變話題。

「快說嘛，莉蒂雅，」愛莉絲再次催促。「告訴我們。」

我猶豫了一下，重重嘆口氣說出布萊德的事。「他不會再來約我了，」說完之後我補上一句。

「很可能不會，」愛莉絲也同意。「現在要換妳開口約他了。」

邊。

賈桂琳和珈珞一起點頭。看來布萊德不但贏得瑪嘉莉的支持，連編織班也站在他那邊。

20

珈珞・傑羅

作試管嬰兒前的星期天晚上，珈珞等道格睡著，聽到他深沉、規律的呼吸聲後溜下床悄悄走進客廳。

她很喜歡普捷灣的夜景，從客廳落地窗看得到漆黑、閃亮的水面。往西邊過去還看得到小島和燈塔。

她窩在最喜歡的椅子裡，仰頭命令身心放鬆。她不能在緊繃的狀態下進行療程；她必須讓身體樂於接納受精卵，接納她所渴望的嬰兒。

她不懂自己是怎麼回事。既然她這麼想要小孩，為什麼身體一次又一次拒絕懷孕？怎樣都說不通，怎麼分析都無濟於事。

身體變成她最大的敵人，她的子宮徹底背叛她，剝奪她繁衍後代的能力。很快她就會因為太老而無法受孕了。她的排卵率已經在減慢。

雖然大家表面上都很關心，但珈珞知道親朋好友已經受不了這個話題。她也知道母親多想抱孫。母親的朋友都隨身帶著一堆孫兒的照片四處炫耀，而母親卻只能鬱鬱坐在一旁。母親開玩笑說珈珞和瑞克害她無法向人吹噓，但珈珞對母親的失望感同身受。

目前道格的父母還相當體諒與支持，但他們也等得不耐煩了。幸好他姊姊已經讓他們過了兩次抱孫的癮，但他父親依然希望能有傳宗接代的內孫。壓力雖然不大但依然有，珈珞已快喘不過氣來。

淚水湧上眼眶。這幾年她哭的次數比一輩子加起來更多，沒多久手裡就握著一大把濕透的面紙。

她不是沒努力過。所有療法她都做了、也吃了一堆藥。天知道那麼多藥物會對她身體造成什麼影響、她又有什麼危險，但無所謂。除了嬰兒，一切都無關緊要。她什麼食物都願意吃，也不怕肚子塞滿藥物，還自願參加實驗療法，只要讓她有一絲希望能夠懷孕，而且足月。

「妳在客廳做什麼？」道格穿著條紋睡褲打赤膊走進客廳，在她對面坐下。「怎麼啦？睡不著？」

怕被他聽出她在哭，於是她搖搖頭。

他沒有說話，他們默默對坐了幾分鐘，道格站起來將她抱進懷中。

「妳該睡一下。」他說。

「我知道。」

她很感謝他沒有硬要她回房。

「那你呢？」她問。

「沒有妳我睡不著。」

她微笑，心裡很安慰，他們是彼此的一部份。

一艘駁船緩緩開向小島，珈珞強迫自己專心看著船隻悠閒移動。可怕的緊繃感又回來了，她忍不住開口問出在心中糾纏幾個月的問題。「萬一這次又沒能懷孕，我們該怎麼辦？」她的聲音幾不可聞。「領養嗎？」

「別想那麼多，船到橋頭自然直。」

「我不能等，我現在就想知道。」

「為什麼？」

「萬一領養機構認為我們不合適呢？萬一無法領養到我們希望中的孩子呢？萬一……萬一試管嬰兒又失敗呢？噢，道格，我知道不該有這種想法，但我停不下來。」

道格從胸口發出沉重的嘆息。「那就別想了。萬一試管嬰兒失敗，我們就領養，萬一不能領養，我們就沒有孩子。很多夫妻沒有孩子也好好的，我們也會。」

「不……不會。」

「珈珞。」

「剛開始也許沒問題，但遲早有一天你會看著別人的孩子——」她哽咽無法說完。

道格沒有否認。「別那麼說。」

她無助地聳肩。

「妳怎會覺得我們不能領養？其他和我們同齡的夫妻也領養到孩子了。」

「因為要排上好幾年才輪得到。等輪到時，我們都四十好幾了。」

「妳真是杞人憂天。」

珈珞無法回話。她太傷心了。道格當然覺得她在庸人自擾，無法受孕的人不是他。

「我們會有孩子的。」道格說。

「別說那種話。」她大喊。

「珈珞，別這樣。妳歇斯底里了。」

「我歇斯底里又害怕，憂鬱又——」

「喪志。既然妳認定不會成功，何必再去做療程？」

「因為我需要確定。」

「妳想確定妳不會懷孕?」他溫柔地問。

道格自以為在幫忙但沒有用。事實上，他讓她更難過。「讓我靜一靜。」

「珈珞，真是的……」

「我不要你在這裡，我需要一點時間獨處。」藥物的作用讓她情緒失常，醫生警告過了，但珈珞總是無法防備。

道格站起來走到窗前。望著月光下的夜色，他抹抹臉，好像在考慮該怎麼做。「我覺得不該讓妳一個人在這裡。」他說話的時候沒有看她。

「求你離開。」

「妳需要我。」

「不是現在……現在我需要獨處。」

「珈珞……」他轉身面對她。

「求你，道格。」

他遲疑了一下，勉強走回臥房。

他一離開，珈珞又想要他回來。想要他抱著她、說愛她，她想聽他說不管有沒有孩子，都會愛她到時間的盡頭。

她閉上眼睛，抗拒從四面八方侵襲的負面想法，努力營造正面思想。這是她跟網友學來的招數：專心想像妳想要的，越詳細越好，讓自己接受可能性……以及現實。

她想像自己懷孕的樣子，她的肚子好大，穿著可愛的孕婦裝。道格的手放在她的肚子上，彎腰吻著。他直起身時眼中滿是驕傲與愛。這幅景象深植腦海，給她繼續下去的力量。她拒絕被疑慮擊敗。

半夜裡她在沙發上睡著了。黎明前，她起身回到床上。她貼著道格的身體，依偎著他，摟著他的腰。

她再度醒來時道格擁著她。「妳醒了嗎？」他耳語。

「剛醒。」她伸個懶腰翻身平躺。

他輕吻她的耳朵。「好些了嗎？」

她擠出溫柔的笑容。「好多了。」

「太好了。」

她聽到外面咖啡機的聲音。「我們該起床了嗎？」

「恐怕是。」

她掙扎著坐起來，對道格疲憊地微笑。

「我最近有說過我有多愛妳嗎？」他問。

他說過，用幾千種不同的方式。「有。」她邊大聲打呵欠邊說。

「今天很重要，妳知道，」道格坐在床邊說。

「我知道，」珈珞低語。今天她的子宮要迎接道格的孩子。

21

愛莉絲・湯森

愛莉絲・湯森到店外抽菸。她抽得比較少了，但還是很難完全戒掉。她深吸一口，享受立刻見效的撫慰，之後抬頭吐出一口菸。她正要吸第二口時，看到喬登從對街過來。她心裡有說不出的畏縮，不想和他說話。

有什麼用？他顯然對她沒意思。是啦，她很有趣，但她不過是小學六年級未完成的挑戰——他想拯救的女孩，牧師工作的戰績。傳道人就是不相信愛莉絲不想被拯救。她上過教會，但只上主日學校。只要她暫時不煩他們，父母哪裡都讓她去。她十、十一歲就玩過這套耶穌遊戲，但一點用也沒有。試過了，做過了，還在經文背誦比賽中贏過一本聖經。她從十六歲起就自生自滅，生活教她學會最嚴苛的一課，就是只有自己最可靠。這一課她永遠不會忘。

愛莉絲踩熄抽到一半的菸回到店裡，希望喬丹懂得她的暗示別來煩她。

「這麼快。」愛莉絲進到櫃檯裡時洛荔說。

「我要去後面。」

洛荔蹙眉。「為什麼？」

「要是那個人來了，告訴他我今晚沒上班。」

「妳還在躲喬登？」

「照做就是。」愛莉絲大聲說完連忙躲到後面，以免被傳教的傢伙逮到。自從上次在星巴克巧遇、他投下炸彈之後，已經兩星期。爆炸性的事實讓她震驚到現在。喬登是牧師，她不想和他或他的神扯上任何關係。

不到一分鐘，洛荔跑來了，一臉不爽地說：「他看到妳了。」

愛莉絲猛轉過身。「那就說我很忙。」

「我已經說過了。」

簡直煩死了。「隨便找個理由打發他走，我不想和他說話。」

「妳不能躲一輩子。」

「我沒有躲。」愛莉絲嘴硬地說。

「隨便，」洛荔說。「他說他要等到妳出來。」說完這句話，她的室友兼沒義氣的朋友就回店面去了。

愛莉絲痛苦地等了十分鐘，以為喬登應該放棄了。可惜沒那麼好運。他雙手抱胸，站在櫃檯旁放爆米花的架子邊。看到她，他瞇起眼睛。

她不再躲他，刻意大步走過去。「你不懂暗示嗎？」她粗聲問。

「不太懂，」他承認。「但是妳可以告訴我。」

「我沒空。」她的休息時間已經浪費掉了，而那是她今晚最後一次休息時間。店裡生意不算好，但也夠她們忙的。

「下班後見個面。」

愛莉絲聳肩，快刀斬亂麻也好。「好吧！」

「真的？」

他挑戰的語氣刺痛她的自尊。「當然！打烊後十分鐘，星巴克見。」

「換成安妮咖啡館好嗎？我等妳。」

愛莉絲可能想太多，但喬登離開時好像對洛荔擠眉弄眼。無所謂。要是他對她朋友有意思也好，希望他們幸福快樂。喬登比那個賣二手車的滑頭好幾百倍。

但愛莉絲還是很介意，接下來的時間心情很差。到了十一點，洛荔已經不和她說話了，氣沖沖地下班，正合愛莉絲的意。

打烊、鎖門、結帳後，愛莉絲走去安妮咖啡館，正好十分鐘。咖啡館離錄影帶店只隔一條街，發薪日時愛莉絲會上那兒晚餐犒賞自己。那裡的東西好吃、份量大又便宜。

她過去時喬登正在看菜單。她怒視他一眼，「我可不欠你什麼。」

「是嗎？什麼意思？」

「我不一定要來。」

他揚起眉毛。「對，但我覺得妳欠我一個解釋，妳六年級時為何甩掉我？」

「我沒有甩掉你，我……只是發生了無法控制的狀況。」

「好吧，不過一般人應該會解釋一下。」

他顯然很有教養，而她呢，根本不知教養為何物。

「聽著，」她不客氣地說：「我們可以選擇為了小學時代的事情吵一整晚，或是好好談一談。隨你選。」

顯然喬登不得到答案不會放過她。她下定決心不和牧師來往，但他把狀況弄得很複雜。她皺著眉在他對面坐下。

「怎麼了，愛莉絲？」喬登問。

問得好，可惜她還來不及回答女侍就來了。她認識愛莉絲，一臉驚訝地看著他們兩個。

女侍問他們要吃什麼。喬丹闔上菜單。「我要培根起司漢堡加薯條。」接著看著愛莉絲。「妳呢？」

一想到安妮美味的起司漢堡她就流口水，但得先弄清楚誰付錢。「你請客？還是各付各的？」

「我請客才會問妳呀！」

愛莉絲把菜單放回糖罐後面。「一樣。」

「兩個培根起司漢堡加薯條，」喬登說。「加兩杯可樂。」他用眼神詢問愛莉絲，她點頭。

女侍一離開，喬登把手放在桌上。「說吧！」他催促。

愛莉絲坦然看著他的眼睛重重嘆了口氣。「我對教會沒有興趣，」她說。

「為什麼？」

「你可能沒留意，但我不是上教會的那種人。」

「那妳是哪種人？」

愛莉絲翻個白眼。「戴著帽子和手套、禮貌閒聊的淑女，動不動就把『讚美主』掛在嘴上。」

喬登笑到快岔氣。「妳說的是花園派對而不是教會，看得出妳很久沒去了。」

「我小學上過主日學，」她告訴他。事實上，她去過教會幾次，但都提早開溜，佈道實在太無聊了。「就像我說的，沒興趣。」

女侍送可樂來，喬登耐心等著。

「妳怎麼知道？」她一走喬登立刻說。

「喬登，你人很好。」她喝一口可樂。「我記得你爸，他也很好。」愛莉絲贏得聖經後，喬登的爸爸去過家裡找她媽。他只去過那麼一次，但她不怪他再也不想去。

「既然沒試過，妳怎麼知道對教會沒興趣？何不找個禮拜天過來看看？」

「聽著，」愛莉絲盡可能率直地說：「我不需要任何人拯救。」

他蹙眉。「妳認為我是要拯救妳？」

「沒錯。」

「妳真是把我看透了。」他譏刺地說。

要發飆很簡單，但她決心在吃完漢堡前和他和平相處。說到底，他出的錢。而且她也餓了。

「我為什麼一定去教會？」她質問，接著自己回答，「因為你想改變我。」

「不，」他辯解。「我想見妳。」

才怪！

「我六年級就喜歡妳，現在也一樣。我還需要其他藉口嗎？」他靠過來，堅持看著她的眼睛。

「我不適合你。」

「那是妳自己的想法，還是有人讓妳那麼想？」

這個問題讓她火冒三丈。「我有自己的想法。」

她看得出來他也生氣了。他的手緊握住包著餐具的餐巾。「讓我搞清楚妳的想法，妳本來覺得可以和我交往，直到妳發現十、十二年前認識我，而且我又剛好是傳道人？」

愛莉絲垂下視線不肯回答。

「妳小學的時候挺喜歡我的，現在不喜歡了？」

漢堡怎不快點來？因為她越來越難保持沉默。愛莉絲咬著嘴唇內側。

「至少妳可以回答我。」

「你想要我說什麼？」她大聲說：「我不在乎？唉，我在乎。」

「到底哪裡改變了？」

她張開嘴卻不知道怎麼說，不確定自己的想法。「你……你……」她往他比了比，雙手畫著圈。「你……太好了。」

「好？」喬登重複。「什麼意思？」

她雙手抱胸到處看，這裡平常上菜很快。她的胃在叫，提醒她中午只喝了一杯拿鐵。一上菜，她就能暢所欲言，然後把漢堡打包回家。但他弄得她頭昏腦脹。她滿腦子都在想當年多想參加情人節舞會。她沒告訴他，其實她也寫了情人節卡片給他。

「你知道我的意思。」她挑釁。

「不，我不知道，」喬登說：「妳必須解釋給我聽。我哪裡太好？」

她眨眨眼，發現他真的不懂。「上帝。」她低聲說。

他的表情一片茫然。「上帝？」

她點頭。「你在完美的家庭長大，純潔無瑕，我不是。你有愛你的父母，而我沒有。你——」

「這些跟我們都不相關，」他反駁。

「我媽因為開槍射我爸而坐牢。你知道這件事嗎？」

他緩緩點頭。「這件事傳得很快，但我只想知道妳好不好。」

「噢！」真是沒想到。

女侍上菜時愛莉絲差點嘆氣。起司漢堡上層的麵包沒蓋上去，起司融化得很完美。剛起鍋的油亮薯條滋滋作響，光看就流口水。

「我請我爸去查妳的下落，他查了半天，只知道妳和妳哥已經被送去其他地方的寄養家庭了。」喬登說。

愛莉絲伸手拿鹽罐，灑鹽的時候依然凝視著他的眼睛。「真的？」

他點頭拿起一根薯條。

雖然很餓，但愛莉絲沒碰眼前的食物。「你怎會決定要當牧師？因為想和你爸一樣？」

「改天再告訴妳。」他在漢堡裡放進生菜和蕃茄，蓋上麵包咬了一口。

愛莉絲也開動。「別忘了我不需要你拯救。」她邊吃邊說。

「就算我想救也救不了。」

她嚥下食物喝了口可樂。「為什麼？」

「那不是我的工作，拯救的工作我交給上帝。祂拯救眾生，我只是引導方向。」他拿起薯條沾了沾擠在盤子上的蕃茄醬。

她還是不相信他。「我不懂。」

「不懂什麼？」

「你呀！」她說：「怎麼會想見我？」

他古怪地看她一眼。「法律有規定我不能被妳吸引嗎？我六年級就喜歡妳，現在依然覺得妳很可愛。」

他喜歡她？覺得她可愛？「真的？」微微顫抖的聲音讓她覺得很糗。

「不是真的，我就不會說了。」他伸手偷了一根她的薯條。

「嘿！」她輕拍他的手。

他笑著把他的酸黃瓜片給她。

吃完後，他們聊著電影，一個鐘頭後才離開咖啡廳。「妳不會再躲避我了吧？」喬登問。

愛莉絲決定拿翹。「我還沒有決定。」

「能不能快點決定？」

「為什麼？」

「我快沒錢租錄影帶了。」

愛莉絲笑了起來。

「妳星期天會來教會嗎？」他問。

「可能不會吧！」她無法想像自己在教會裡，坐在絲襪鬆弛、帶著大皮包的老太太身邊。就算喬登要她去，她也不認為那些乖乖牌受得了她的紫色頭髮。

教會屬於那些過正常生活、有目標、有夢想的人。好吧，愛莉絲也有夢想，但恐怕永遠不會實現。她想當大廚。不是一般的廚子，而是高級餐廳那種真正的大廚。她這幾年曾在幾家像安妮那樣的咖啡廳打工，一向最喜歡廚房工作。她之前工作的餐廳倒閉了，但在那裡的經驗讓她的夢想紮了根。

她懷疑他在笑她。她還沒弄清楚他要做什麼，就被他拉進巷子暗處靠在牆上。

他們對望許久，沒有呼吸、也沒有說話。

接著他的嘴落在她唇上，這個吻差點讓她全身癱軟。她只能靠他支撐，於是她勾住喬登的頸子。她覺得彷彿在坐雲霄飛車，比迪士尼樂園更刺激。

「為什麼？」她的聲音沙啞，像從鐵罐裡發出來。

喬登終於抬起頭來耳語。「因為六年級的時候妳害我心碎，欠我一個吻。」

愛莉絲舔舔嘴唇。「是啊……唉，心碎的人不只你一個。」

22

「在編織者手中，毛線變成心靈的牽繫。」

——羅蘋．費利爾，針線活公司，華盛頓州果樹港

莉蒂雅．霍夫曼

又一個星期五結束了。今天的課程前所未有的順利，愛莉絲笑個不停，賈桂琳比之前輕鬆、寬大，醫生命令珈珞在家靜養。我打烊回樓上住家時已經累壞了。但我累得很開心。剛開幕的時候我有太多空閒時間打毛線。

現在不同了。我有固定的客源，每天幾乎一開門就忙個不停。下次見到賈桂琳要記得道謝。她幫我大力宣傳，她兩個闊朋友最近才來光顧。雖然她動不動就說不學了，但每週五照常會出席。賈桂琳在俱樂部的朋友買了四百元的毛線。有這種大生意，我再也不用煩惱房租的問題，剛開店時那是我最大的憂慮之一。

了。

現在的營收還不夠付我自己薪水，但開店不到三個月就能打平房租，我已經很振奮了。

我回到樓上，讓客廳的小窗開著，一陣微風吹進屋裡。鬚鬚纏著我撒嬌，在兩腳間鑽來鑽去要我注意。我很愛我的貓，牠是很好的伴，但偶爾我會想要獨自放鬆心情。不過鬚鬚的要求優先。

我開了一罐牠最愛的鮪魚放在地上。牠被我寵壞了，但我就是忍不住。鬚鬚吃飯時，我整理今天的郵件，其中一個信封上有著瑪嘉莉熟悉的字跡。

我猶豫了一下才打開。裡面有兩張感謝卡，兩個外甥女各一張，謝謝我幫她們織毛衣。這是她們第一次正式表示收到我的禮物，以往我總懷疑瑪嘉莉沒有把我做的東西交給她們。

仔細想想，我好像不該打電話給姊姊。只是最近我們緊繃的關係稍微有了改善，我覺得應該可以。趁改變心意前，我拿起電話。

鈴聲一響，我差點改變主意掛斷。但我知道她看到來電顯示一定會立刻打來問我為什麼找她。

響到第二聲，海琳接起電話。

「我收到妳們的謝卡了。」我對她說。

「媽說我們該寫給妳，不過我本來就想寫。那件毛衣好酷，莉蒂雅阿姨。我很喜歡那些顏色。」

「很高興妳喜歡。」我選了鮮綠色，然後在袖口和鈕釦的地方裝飾著鮮橘色。這種搭配非常可愛，雖然我有點自誇。

「媽在這裡。」海琳說，我還來不及說不用麻煩瑪嘉莉，姊姊就接過電話。

「沒事吧？」她的語氣是我一人獨享的粗魯冷漠。

「當然沒事，」我保證。「我剛收到她們的謝卡，所以——」

「妳打電話來一定沒好事。」

簡直胡說，但我不想和她吵架。我平常沒事不打電話給瑪嘉莉，因為跟她說話總讓我心神不寧。

「我沒事，真的。」我笑了兩聲，不過聽起來很假。

「妳最近還有見到那個帥哥快遞員嗎？」

一提起布萊德我就滿連通紅，我打電話不是要談他。「他前兩天來過店裡。」我急著想找話題免得她繼續聊布萊德，但怎麼都找不到。

他和平常一樣友善，但不再約我出去了。他現在知道我得過癌症，難怪他不再邀約。我很感謝他沒有逼我編藉口。但他最近一次送貨離開後我感到一絲懊悔，輕微但錯不了的失落感糾纏我一整個下午。

「妳有沒有約他出去？」瑪嘉莉逼問。

「沒有。我……」說到這裡姊姊就打斷我。

「為什麼？妳不是一直說那家店代表妳對生命的信念？」

「是啊！我知道，但——」

「哼，我就知道妳光會說大話。」

我很難過姊姊似乎十分樂於欺負我。「這是我的生活，瑪嘉莉。」

「生活？」她不屑地說：「什麼生活？妳整天只知道工作和編織，而編織正是妳的工作。噢，當然啦，妳會去看媽，還有幾個朋友，但——」

這次換我打斷她。「我自己決定要和哪個男人約會。」

瑪嘉莉好像沒聽到我說話。「約他出去喝杯啤酒。」她堅持。

「我不要！」

「為什麼？」

我不知道我怎麼會這麼頑固。「因為……」

「因為妳沒膽。」

「好啦，我沒膽，」我幾乎用吼的，「但承認也沒用。」

「克服它就好啦！」

「噢，瑪嘉莉，妳說得真容易。」

「約他出去，沒約到之前不准打電話給我。」

「妳開玩笑吧？」我不敢相信她竟然這樣說。

「我非常認真。」她掛斷電話。

我呆望著話筒足足一分鐘，瑪嘉莉就是這麼霸道。我的親姊姊不肯和我說話，除非我去約一個她只見過一面的男人？哼，想都別想；我沒那麼容易投降。下定決心後，我去張羅晚餐。

我覺得飲食對健康很重要，所以盡量少吃加工食品。我偶爾會吃微波冷凍食品，但非常少。那天晚上我就吃了，因為我覺得頭昏腦脹。瑪嘉莉說我該約布萊德去喝一杯。好吧！也許她是為我好。說不定她是對的，我該把謹慎拋在腦後。編織班的人也這麼想，但我不知道該怎麼做。

九點，我又打回去找她。

我很瞭解姊姊，我預料到她會掛我電話，但我不給她機會。「我該怎麼說？」我問：「我拒絕他兩次了。他知道我得過癌症後，可能不再對我有意思。他很可能會拒絕。」

「可能，而且不是他的錯。」

「真感謝妳的鼓勵啊！」我低聲抱怨，沒想到瑪嘉莉竟然笑起來。平常就連喜劇表演都無法逗我姊姊笑，她是那種天生沒有喜感、面無表情的人。我不知道我有這麼好笑。

「我是認真的，」我說。

「妳真的要我幫忙？」

「對。既然除非我在一個男人面前丟臉妳才肯和我說話，妳至少該教我怎麼做。」

她啞口無言了一陣，但沒多久。「就說妳改變心意了。」

「是喔！」我的聲音一定洩漏出我沒信心。

「然後說如果他還願意，妳覺得你們找個晚上一起喝一杯也不錯。說妳請客，然後把發球權交給他。」

聽起來挺合理。

「妳會不會去做？」瑪嘉莉問。

我靠在牆上玩著頭髮。「會，」我說：「應該會。」

星期五晚上我滿懷勇氣，但星期一早上就不是那麼回事了。如果布萊德晚點來送貨就好了，可惜我沒這麼好運，他星期一下午就來了。我還沒準備好。

「嗨！」我說：「很少在星期一看到你。」說得真妙，我厭惡地想，我星期一通常休息。

「的確很少，」他把推車上的箱子堆到收銀機旁。「生意如何？」

「很不錯。」我的嘴瞬間乾得不得了。

布萊德像平常一樣把簽收板交給我簽名。我的眼神彷彿從沒看過那玩意。

「請簽名，」他說。

幸好這點小事我還辦得到。我低頭簽完名後交還給他。布萊德微笑一下準備離開。

「布萊德，」我叫住他。

他回頭。

我從櫃檯出來向他走去。瑪嘉莉的建議在我心裡攪成一團，變得沒頭沒腦。「我改變心意了，我是說，如果你還願意。如果不然，我能理解，我一定很像個大白癡，還有……還有我們找個晚上去喝一杯。噢，還有我請客。瑪嘉莉說我該請客，還有——」

他睜大眼睛舉起一隻手。「哇！」

我緊閉住嘴。

「從頭再來一次，慢慢說。」

我相信我的臉一定比消防車更紅。「你之前邀我下班後去喝一杯，我重新考慮過了。」

他臉上漾起微笑，看得出來他很高興。「我很樂意。」

令我牙齒打顫的寒意被溫暖的感覺所取代。「太好了。」

「星期五晚上妳打烊後好嗎?」

我點頭。「沒問題。」

他推著推車一路吹著口哨回車上。他離開後幾分鐘我才發現自己在哼歌，我有約會了!

真了不得。我有約會了，我等不及要給瑪嘉莉好看。

23

賈桂琳．唐諾

賈桂琳整天的行程都排好了。九點修指甲，接著和朋友午餐，然後大血拼，最後辦幾件雜事再回家。每週二是她最忙的一天，她刻意這樣安排。只要夠忙，她就不會想到丈夫和別的女人在一起。

她購物時都會提醒自己，這是她睜一隻眼閉一隻眼的報酬，但每次一想到還是咬牙切齒。

她正要出門去美甲沙龍時電話響了。她掙扎了一下要不要接，但顯示的號碼是瑞斯。她不情願地拿起話筒。

「幫我個忙，」她丈夫急迫地說：「我正在開會，可是把公事包忘在家裡了。」

「你要我送過去？」這下她趕不上預約的時間了，但如果不急瑞斯也不會要她幫忙。既然她打算下午大肆揮霍他的錢，至少也該替他服務一下。

「拜託了，賈桂琳，我可以回家拿，但我真的急著要用。」

「我馬上到。」

瑞斯告訴她公事包在書房裡的書桌旁。書房是瑞斯的天地，她幾乎不進去。她稍事流連，手指輕撫紅木書架上整齊的書籍。瑞斯偶爾會抽雪茄，書房裡菸草和皮革的氣味比家裡其他地方更濃。

她忽然有些惆悵，還有說不出的失落。想起他們任其流逝的愛情，心裡一陣悶痛。他們年輕時的愛……她從不准自己去想他們加諸在彼此身上的孤獨。現在一想到，哀傷有如浸滿雨水的沉重外套壓在心上。

她很難說明到底何時、又為何變成這樣。他的週二情婦是他們疏離的結果，而不是肇因。那女人出現時，他們已經漸行漸遠。這些年來，賈桂琳和瑞斯慢慢失去親密感。雙方都有錯，瑞斯太頑固，而她又何嘗不是？

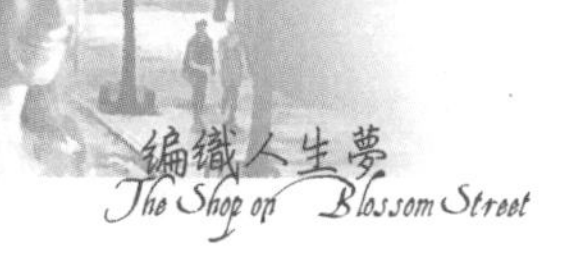

婚姻走到這裡，他們比較像室友而不是伴侶，像朋友而不是情人。很多夫妻都這樣，她聽過許多女性或明或暗地說過，早已了然於胸。但銳利的失落感依然沒有減輕。她不願再想下去，拿起公事包匆忙趕往車庫。

去繁花街的路上，賈桂琳以手機向美甲沙龍取消預約。改建工程很順利，但停車依然是個大問題。賈桂琳忽然想到瑞斯沒告訴她車要停哪裡。

她打手機找他，但他顯然沒開機。她繞了兩圈還是找不到停車位。街道不夠寬，不能並排停車。浪費了寶貴的十分鐘和許多精力後，她把車停在佳話編織的後巷。那裡不是停名貴車輛的好地方，莉蒂雅也勸她們不要走那條路，但賈桂琳沒有別的選擇。巷子又窄又黑，她鎖上車門時不由自主地哆嗦。

她抵達工地時到處都看不到瑞斯的人影。她走到拖車旁，監工來迎接她。賈桂琳記不得他的名字，不過相當肯定瑞斯提過這個人。她已經很久沒去記他員工的名字了。

「謝謝，」那個看起來很年輕的人對她說：「我知道瑞斯急著要。」

「不客氣，」她低聲說完跨過一堆鋼筋離開。

她喃喃抱怨著過街到小巷口。真可惜，毛線舖還要二十分鐘才開門，不然她可以直接穿過店面。她在黑暗的小巷裡越走越氣，難怪她的婚姻有問題。瑞斯竟然沒有親自出來迎接她，好像他打亂她一天的計畫是件小事。下次別想要她送東西。

賈桂琳忿忿走到半路，忽然覺得全身發毛。她停下腳步狐疑地轉身。什麼也沒有，她暗罵自己傻。太陽還沒照到大樓上，這一帶還很陰涼。她往前走了兩步又停下來，發毛的感覺更強烈、緊迫。

一定是她自己嚇自己，賈桂琳想。她看太多犯罪影集了。但恐懼感揮之不去，而且越來越緊繃。她一定得去開車，不能整個早上站在這裡。

她離賓士車不遠了，兩個男人從陰影裡跳出來。他們擋在她前面，半藏在黑暗中，感覺很嚇人。她看不清他們的臉，但看得到獰笑。那是兩個粗魯而污穢的街頭混混。

「看看這是誰啊？」其中一個大聲說，另一個身形擋住她的退路。

賈桂琳冷汗直流。本能要她逃跑，但她腿軟了，而且她穿著高跟鞋，要是他們追來她鐵定跑不掉。

「麻煩兩位讓讓。」她昂然說，很滿意自己的勇氣。

「麻煩兩位，」個子比較高的那個尖著嗓子模仿，舉起右臂手往前甩。「是位正牌的淑女呢！」

「上流社會。」

「錢多多。」

「快交出來，賤貨。」

賈桂琳死命抓著Gucci皮包。「你們休想。」

「有人挑戰我們怎麼可以認輸，對吧，賴利？」

「閉嘴，」另外那個人大吼，顯然很不高興同黨提起他的名字。他拿出一把蝴蝶刀在賈桂琳面前揮舞。

雖然決心保持冷靜，她還是倒抽了一口氣。陽光剛照進巷子，刀鋒反射著微弱的光線。

他伸出手，好像以為她會乖乖交出皮包，賈桂琳明白那是命令而不是要求。任何抵抗都會招來暴力相向。

她無意識地鬆手，Gucci皮包掉在柏油路上。

「如果我是你，就不會碰那個皮包，」一個女人在賈桂琳身後粗聲高喊。「你不是還在假釋中嗎，瑞夫？這麼快又滾回牢裡應該很可惜吧！」

賈桂琳片刻後才認出愛莉絲的聲音。愛莉絲，那個她認定是太妹兼下流搖滾樂手的女孩，竟然甘冒性命危險來救她。

「少管閒事。」賴瑞咆哮，對兩個女人呲牙咧嘴。

「抱歉啦！老兄，」愛莉絲慢步向前，「但這位女士剛好是我的朋友。」

賈桂琳站在原地無法動彈，連呼吸都變得很淺。

賴利看皮包一眼。「我看妳是想自己下手吧！」他嘀咕著，握緊刀子舉高。

一陣清脆的聲音緊接著響起，賈桂琳的腦子一下子轉不過來。接著她明白了，愛莉絲也帶著蝴蝶刀。

「錢給他們算了。」賈桂琳不在乎，她只希望她們兩人平安脫困。

「不，不行，」愛莉絲對步步逼近的男人大吼。「快躲到毛線鋪裡。」

「不。」賈桂琳不知哪來的勇氣，拎起皮包往那兩個人揮去。這個皮包要價七百元，果然一分錢一分貨，結結實實砸在矮個子腦門上。瑞夫大聲叫痛。

「你們在做什麼？」莉蒂雅在店舖後門大喊。

「快報警。」賈桂琳在慌亂中尖聲大叫。

愛莉絲挺身上前，伸長的左手裡牢牢握著一把彈簧刀。那兩個男的看著眼前兩個女人以及莉蒂雅離開去報警的門口。他們對望一眼，經過賈桂琳和愛莉絲旁邊跑走了。

他們一離開視線，賈桂琳開始發抖。抖動從雙手開始，蔓延到手臂、雙腿，最後她的膝蓋好像不是她的。

「妳還好吧？」愛莉絲問。

賈桂琳點頭。

「警察馬上到。」莉蒂雅大聲說。

「賴利和瑞夫已經跑了。」愛莉絲扶著賈桂琳從後門進入店裡。

她們平常上課的桌子感覺有千里遠，賈桂琳終於走到時跌坐在一張椅子上。

「我……我很可能被殺。」她從那兩人的眼神看得出來。要不是愛莉絲剛好走進巷子，不知他們會做出什麼事。

「愛莉絲，」她喘著氣說：「妳救了我一命。」這一刻，賈桂琳多後悔以前當這女孩是壞人。她再也不在乎愛莉絲頭髮的顏色。這女孩救了她，讓她免於無法想像的厄運。

愛莉絲坐在她旁邊，賈桂琳發現她也抖個不停。剛才面對兩個壞人時她裝得很勇敢，其實她也很怕。

外面傳來警笛聲，莉蒂雅跳起來去前面開門，幾分鐘後兩位警員走進店裡。

三個女人同時開口。賈桂琳覺得應該由她說明，到底遇襲的人是她，於是她繼續說著，提高音量想壓過另外兩人的聲音。

「一次一個人說，女士們。」警員舉起手。他年輕又清爽，讓她想起兒子。保羅要是知道她差點被搶一定很憤慨。

警員先從賈桂琳開始問，接著是愛莉絲，最後是莉蒂雅。每個女人描述的搶匪都有點出入，而愛莉絲好像不想多說。一開始她沒說出那兩人的名字，就算愛莉絲忘了說，賈桂琳可不會忘。

有了外型描述加上名字，那兩個惡棍很快就會落網。賈桂琳已經決定要透過關係施壓，她說話的時候雙手牢牢抓著Gucci皮包。

「妳們彼此認識？」警員來回看著賈桂琳和愛莉絲。

「當然，」賈桂琳說：「我們一起上編織課。」

「是啊，」愛莉絲對他們揚起下巴，彷彿激他們質疑她。「賈桂琳和我是朋友。」

「她救了我，不然天知道會怎樣。」賈桂琳低聲說。

警員搖頭。「把皮包交給他們才聰明。」

賈桂琳知道他說得對。所有求生手冊都描述過這種情節，最好的作法是扔下皮包逃命。

警員一離開，賈桂琳看著依然坐在對面的愛莉絲。「我不知道該怎麼謝妳。」

「妳欠我一次。」

賈桂琳萬分同意地點頭，她還是不知道愛莉絲怎會走進巷子。警員詢問時她說她看到賈桂琳走進巷子，認為不該讓朋友走進那種危險的地方，所以跟上去。賈桂琳會永遠感激她這麼做。

她唯一的煩惱是現在她欠愛莉絲一份情。她想不出那女孩會要求什麼回報。

24

珈珞・傑羅

試管嬰兒療程結束後的兩天最難熬，醫生囑咐珈珞臥床四十八小時。才過幾個小時珈珞就開始煩躁起來，但隨著每次呼吸、心跳，她都要自己去想正面、有益的事情。

她很清楚在技術上，這是生育親生子女的最後一步。她和道格決定如此。作試管嬰兒昂貴、費時，又無從預期。不，有些程序是可以預期的。注射、不斷驗血、照超音波。她太常被針刺戳弄，幾乎已經沒感覺了。

珈珞不讓自己沉溺於負面思考。這次一定會成功，這次植入子宮的受精卵至少能留住一個，而且能懷到足月。再等九個月，她就能把孩子抱在懷裡，體驗期盼多年的喜悅。

道格真的很棒，他盡力讓她舒適。但珈珞看出他無言的渴望，還有深藏的恐懼：不管他們怎樣努力，終究不會有孩子。儘管他刻意掩飾，要做到真的很不容易，但珈珞知道他很擔心。她也是。

到第二天，她越來越難保持正面思考，道格小心翼翼的模樣更讓她難過。那天晚上的爭吵不是她或他的錯，而是累積的情緒和挫折終於爆發。道格衝出家門深夜才回來。珈珞很慶幸他沒有開車，因為他回家時滿身酒味。

一如意料之中的，他們隔天早上和好了，道格灌了兩杯咖啡、沒有吃早餐趕去上班。現在他們只能等，要三個星期才能確認懷孕，三個月後才能安心。到那時他們的耐性也快磨光了。

療程結束十天後，莉蒂雅打電話來。這是她第一次打電話到珈珞家裡，她很高興能聽到朋友的聲音。

「好久沒聽到妳的消息，不知道妳好不好？」莉蒂雅說。

「我很好。」過度熱烈的高音洩漏她真正的心情。

「我是說，妳真正的感覺如何？」

「不太好，」珈珞承認。「噢，莉蒂雅，這實在好辛苦。現在我們只能等，道格和我都繃得好緊。」

「我請妳吃午餐，好好聊聊如何？」

能出去吃飯真是太好了，但她知道莉蒂雅有工作。「那店裡怎麼辦？」

「我和我媽說好了，她會來幫我看店幾個鐘頭。去濱水區好不好？天氣這麼好，很適合去那裡。」

珈珞也同意。天氣很晴朗，普捷灣如藍寶石般湛藍。什麼都比不上暫時離開家更讓她高興。

她們選了一家小小的海鮮餐廳。珈珞抵達時，莉蒂雅已經在露台。海上吹來鹹鹹的微風，海鷗一如往常喧鬧，遠方的峰頂白雪靄靄，附近的碼頭停著渡輪。珈珞最愛太平洋西北岸這種風景。

「多麼意想不到的驚喜。」珈珞在莉蒂雅對面坐下時說。

「天氣實在太好了，我忍不住想出來走走。我媽一直叫我留點時間給自己，今天我決定聽她的話。」

「她也會編織嗎？」

「一點點。她很高興來幫我看店，覺得自己幫了忙，不過她真是幫了大忙。」

「替我謝謝她。」

莉蒂雅微笑。「其實我也很感激能休息一下。我需要喘口氣，很高興妳能臨時出來陪我。」

珈珞和莉蒂雅認識不久，但她把編織班的人都當成朋友。大學畢業後她再也沒時間經營友誼。莉蒂雅也說過她很想交新朋友；她們的人生走到類似的一步，雖然原因截然不同。她們常聊天，莉蒂雅的鼓勵讓珈珞越來越熱愛編織。莉蒂雅很討人喜歡，斯文、安靜又謙虛。珈珞從沒看過莉蒂雅大聲說話或失去耐性。每次愛莉絲和賈桂琳起衝突時，莉蒂雅總能冷靜處理，這點更讓珈珞佩服。那兩個冤家一起上課令人很為難。珈珞好幾次想問她們，是否覺得這種行為有點幼稚。

坐在遮陽傘下，珈珞瀏覽著菜單。她決定點海鮮寬麵，這道菜一直是她的最愛，但她很少在餐廳吃，因為外面賣的比不上母親教她的作法，道格也非常讚賞。

她們聊著編織和友誼，分享彼此的童年往事，討論雙方都讀過的書。不過最精彩的還是賈桂琳暗巷遇搶，愛莉絲奮勇搭救的故事。

珈珞決定回家路上順便買晚餐的菜。做完療程後她一直沒胃口，晚餐都草草打發。要不是為了道格，她可能根本不弄晚餐。

珈珞離開濱水區時心情舒暢多了。和女性朋友小聚竟然有這麼神奇的效果。她在市場買了一小塊熟牛肉，回家的路上覺得清爽又愉悅。

道格一進家門就察覺她心情變好了。他微笑吻她之後回房更衣，出來時穿著棒球外套和棒球帽。

「妳忘了對吧？」他看到她的表情時說：「我和朋友今晚要去看球賽。」

「對喔！」她揮開失望的感受。她下午和莉蒂雅度過愉快的時光，不能剝奪丈夫和老友相聚的樂趣。

不久他就出門了，這個星期她第一次煮了像樣的晚餐，道格卻不在家。人生似乎充滿這種小諷刺。

她沒有自怨自艾，真的沒有，但原本高昂的心情跌落了一些，剛好她哥哥打電話來。他上個月來家裡後他們一直沒再聯絡。

「我可以過去嗎？」他憂鬱地說。

「當然可以，但只有我在家。道格去看球賽了。」

瑞克重重嘆息。「其實這樣比較好。」

沒想到他會這麼說。「怎麼了？」

「我到了再告訴妳。」

哥哥不到半小時就來了。珈珞從沒看過他這麼慘的樣子，鬍子沒刮、黑眼圈很重。他倒在一張椅子上，她問他要不要喝啤酒時，他含糊說：「有更烈的酒嗎？」

「抱歉，」她說：「只有葡萄酒。」

「那還是啤酒好了。」他俯身將手肘撐在膝蓋上，手臂無力地垂著。

「你要告訴我怎麼回事，還是要我猜？」她拿了冰啤酒給他。

瑞克轉開瓶蓋喝了一大口。「我是天生就很蠢，還是最近才變笨的？」

「要看你的麻煩而定。」她在他對面坐下。瑞克雖然很惹人生氣，但很難氣他太久。他隨興的個性是好處也是壞處。也許他的一切都得來太容易。

「麗莎懷孕了。」他說。

珈珞茫然望著他。「麗莎？哪個麗莎？」

他揉揉眼睛。「一個和我約會過幾次的空服員。」

「看來你們不只是約會。」珈珞激動地說，無法隱藏憤怒。她簡直不敢相信，一時間還以為是個爛玩笑，但他應該是認真的。幾個星期前他還說對前妻舊情難了。

「那愛麗呢？」她大吼：「上次你還說想跟她復合。」跟其他女人上床絕對不是證明決心的方法。

「我知道……我愛愛麗，想要她回來。」

「那麗莎又是怎麼回事？」

「那是一時不小心。」他沮喪地咕噥。

珈珞搖頭，無法接受哥哥的話。「你們不小心上了床？」她越說越激動。難怪愛麗不信任他。她暗示過真相，但珈珞不願意聽，拒絕相信高大、強壯、最棒的哥哥會意志不堅。

「不要不說話嘛！」瑞克催促。

珈珞再次搖頭，第一次用這種眼光看哥哥。他一直是她的英雄，現在她忽然看清他是個沒擔當的花花公子。「你這次真的闖大禍了。」

「相信我，小妹，這些話我都對自己說過了。這下全完了。」

「到底是誰的錯？」她質問。她再也坐不住，起身在客廳來回踱步。「你這麼聰明，竟然會發生沒有保護的性關係，真是的！」

瑞克閉起雙眼。

「愛麗知道了嗎？」

「不！」他幾乎大吼出這個字。「我絕不會告訴她。」

「那麗莎呢？」

「她？她也嚇壞了，顯然她的避孕措施有了差錯。」

「可不是。」珈珞實在太氣哥哥，完全不在乎他的感受。

幾分鐘後她終於接受這個消息，摀著嘴重新坐下。哥哥不是來找人罵他。他一定想找她出主意，但她也不知道該怎麼辦。

「你百分之百確定孩子是你的？」

他點頭凝視雙手。「我們最近常在一起。」

她忍住不罵他。「幾個月了？」她尖刻地問。

「才剛發現，大概一個月吧！」

珈珞撥開飛到臉上的髮絲想專心思考。「她什麼時候告訴你的？」

「昨天。她慌張地打電話給我，要命，我不知道該說什麼。我能說什麼？」

「你愛她嗎？」

瑞克考慮了片刻，接著緩緩搖頭。「我關心她、喜歡她，但不算真的愛她。我知道我不想娶她。我憑什麼要娶她？只因為她忘記吃藥？」瑞克的表情悽慘、無措又憤怒。「我愛愛麗，」他低聲說：「我想和愛麗在一起，我的人生需要的是愛麗。」

「那你就該管住自己。」珈珞無意這麼嚴厲，但哥哥實在太讓她失望。要是他愛愛麗，真的愛她，就該不顧一切挽回她，怎會又和空服員亂來。

「既然你不想娶麗莎，那怎麼辦？」珈珞問。

「我不知道。」

珈珞終於看清了，於是她質問他，逼他說實話。「這不是第一次了吧？」

「什麼第一次？妳是問我還有沒有其他小孩？妳想到哪去了？我一直很小心，但麗莎說……」剩下的話不言自明。

「我是問你，是不是第一次對愛麗不忠。」技術上說來，他們已經離婚了，這其實不算出軌。「這就是她提出離婚的原因，對吧？」

他稍稍抬起頭點了點。

瑞克待了一小時，他們說話的時候晚餐冷了。他還是很震驚，坦白說她也是。瑞克一直是她的偶像，而短短幾分鐘內他形象全毀。

她最後做了牛排三明治和咖啡，瑞克吃完後不久就回飯店去了。他需要補充睡眠，但兄妹倆約好隔天再見一次面。

一個鐘頭後道格回家了，因為支持的球隊大獲全勝而非常興奮。珈珞告訴他瑞克來過，還有那個驚人的消息。

「我一點都不意外，」她丈夫說。他們並肩坐在沙發上，道格摟著她。「瑞克一直很花心。」

珈珞很難相信哥哥竟然這麼沒道德。這個和她一起長大、她敬愛的人變得好陌生。

「你知道卻沒告訴我？」

「我不能說，妳一直認為他完美無瑕。」

珈珞覺得反胃。

「從我認識他以來，他就一直搞這種花樣，明明有女友還到處鬼混。」道格摟緊她一下。「說實話，我一直不喜歡瑞克。」

「道格！你怎能說這種話？」是瑞克介紹她和道格認識的。他們是大學同學兼室友。現在仔細回想，珈珞才明白道格不像她那麼樂於見到瑞克。

「真的，甜心。和他做朋友唯一的好處是認識妳，我從不欣賞他的為人。」

珈珞細細思量他的話，第一次以實際的眼光看哥哥。他是個自私、拒絕長大的男孩，不知已有多少人比她先認清這一點。

夜裡，珈珞在床上擁著丈夫，忍不住想著人生多不公平。

「為什麼，」她耳語問：「不想懷孕的女人卻這麼容易中獎？」

她感覺老公輕輕點頭同意。「真希望我知道答案，但人生就是這麼不公平。」

「可不是。」這是她今晚第二次說這句話。

25

愛莉絲・湯森

星期五愛莉絲睡晚了，賴在床上等睡意消散。她覺得溫暖舒適不想動，閉著眼睛反覆回味她和喬登的吻。這輩子第一次，她發現原來親吻這麼美好。

她被吻過很多次，其他的經驗也很豐富。但其他人的吻從沒有這樣的效果。她以前認識的男人大都動作粗魯、滿身臭汗，急著想上。她從不知道一個單純的吻會這麼甜蜜和愉悅。不過，她提醒自己，這一切可能只是兒時破滅美夢的延續。

即使過了一星期，她依舊記得那個吻的每個動作。他捧著她的臉，眼睛凝視著她。她看出他有些意外，和不確定。他們很快就分開了，彷彿需要一點距離消化剛才發生的事。

之後愛莉絲一直沒再見到喬登。她努力不去想。也不知受到什麼驅使，愛莉絲星期天一早去了喬登提起過的教會。她站在對街連抽了三根菸，看著人群進去。

喬登沒說錯：的確只有幾位老人家戴著帽子和手套。很多人攜家帶眷，手裡都拿著聖經。愛莉絲多年前也有一本聖經，但已經不見了。很多信眾的衣著也很休閒，但這樣還不足以讓她進去。

她在街角流連，盼望喬登會發現她。顯然沒有，她也沒看見他。

音樂不錯，節奏強烈又活潑，和她記憶中截然不同。愛莉絲小時候聽到的教會音樂像中世紀的玩意，但現在不同了。發現自己跟著哼唱時，她連忙停下來。

大約四十分鐘後她才離開，雙手深埋在外套口袋裡。溜進去坐在後排看看也不會怎樣，但她太過害怕。將近一週後回想起來，愛莉絲依然不確定她到底怕什麼。大概怕有人跟她說話吧！

為上週的失望懊惱也沒用，愛莉絲掀開被單慢慢下床。洛荔坐在電視前呆呆看著兒童節目。

「早，」愛莉絲含糊說著走進小廚房。

洛荔沒理她。

「妳哪根筋不對了？」她厭煩地問。她們應該是朋友，但洛荔最近幾乎不和她說話，陰陽怪氣好幾個星期了。

洛荔搖頭，沉默表示她不想說話。愛莉絲不知道她在煩惱什麼，但想必和那個賣二手車的下三濫有關。他最近都沒出現。有一陣子他們老膩在一起，忽然他又消失了。原因是個謎，洛荔打死不說。

「好，繼續鬧彆扭吧！」愛莉絲拿起一根香蕉。「我才懶得理妳。」

洛荔還是不理她。愛莉絲邊剝香蕉邊在沙發坐下，這張椅子被扔在停車場，愛莉絲和洛荔搬了三條街才弄回家。椅套已經破爛，愛莉絲找了塊花布蓋上去，塞好、摺邊之後看起來好多了。

愛莉絲咬著香蕉，發現她的嬰兒毯被扔在地上。

「怎麼會這樣？」她質問，從椅子上跳起來救回她的作品。毛線球一路滾到門口。

洛荔完全不答腔。

愛莉絲擋在電視機前怒瞪著室友。「我不知道妳哪裡不對勁，不過妳最好收斂一點。」

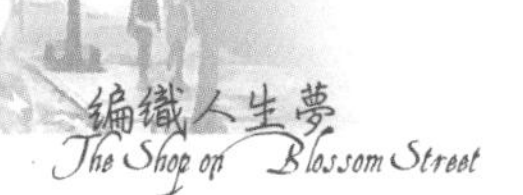

「把妳的鬼毛線拿遠一點。」

愛莉絲忍不住冷笑。「怎麼？它追著妳跑嗎？」

「那玩意很礙眼。」

「所以妳把它扔到門口？」未免太不講理！

洛荔不回答。

愛莉絲檢查快要完工的毯子，萬一洛荔害她的針目散掉或把針弄掉，她真不知道會做出什麼事。愛莉絲受夠了室友的壞脾氣，受夠了她邋遢的生活習慣，受夠了她為一個超級大爛人神魂顛倒。

「控制一下好不好？」她回房的路上大聲說。她們共用一間臥室，所以情況更嚴重。聽說這棟公寓已經賣掉了。她們該搬到哪去還是未知數，未來就像愛莉絲學不會的針法一樣難以掌握。

洛荔抱膝坐著，剛認識時她就很胖，現在更是前所未有的肥。她失戀後顯然胖了不少。愛莉絲仔細一想，最近食物消耗得很快。

「大吃大喝不會有用的。」愛莉絲努力用同情的語氣說。

「我知道妳嫌我又肥又醜，妳以為我不知道嗎？」她的聲音因為怨恨而深沉，臉埋在雙膝間，黏答答的金髮垂在前面。「而且很壞心。」

「壞心？」愛莉絲越來越疑心。

洛荔點頭。「喬登星期二來店裡要我轉告妳一件事，但我沒有告訴妳。」

愛莉絲覺得一陣寒意。「他說什麼？」

「他……他想約妳去溜直排輪。」

「什麼時候？」

「今天下午，一群教會的小鬼要去，我該告訴妳……我知道我該說，但我不想看妳有男人而我沒有。我又肥又醜，沒人要我。」

洛荔站起來從牛仔褲口袋掏出一張摺起來的紙。「我本來該給妳這個。」

愛莉絲打開那張傳單，上面寫著今天下午在五條街外的溜冰場舉行直排輪派對。愛莉絲呆望著那張紙，翻過來看到背面有喬登的留言：愛莉絲，我在找伴，有興趣嗎？

她的心快爆炸了，她當然有興趣。但要她溜冰？愛莉絲這輩子還沒穿過溜冰鞋。她五、六歲時鄰居的小朋友都有溜冰鞋，愛莉絲好想要一雙，但家裡買不起。

「要一起來嗎？」她問洛荔，她很清楚被排擠的感覺。

洛荔抬起頭搖了搖。「不了。妳真的要去？」她毫不掩飾訝異。

愛莉絲聳肩。「也許吧！」

她花了一個鐘頭反覆思量。喬登說他喜歡她原本的樣子，她不知道該不該相信他；他記憶中是她十一歲的模樣，和現在的她很不一樣。儘管有所疑慮，她發現她還是想相信他，想和他在一起，就像當年一樣。

在愛莉絲的生命裡，一切都得拚命爭取才能得到。如果她想要過好日子就得靠自己努力，這份體會讓她決心給這段關係一個機會。

愛莉絲在溜冰場外靠牆等著。教會的黃色大巴士到了，車門打開，一群小鬼竄出來。沒人特別留意她，喬登朝她走來，臉上掛著她見過最燦爛的笑容。

「我好希望妳會來。」

「我不會溜冰。」她醜話先說。「我只是來當觀眾。」她才不想在一群小鬼面前出醜。

「這樣妳會沒玩到。」

她不在乎，誰都不能逼她穿上溜冰鞋。

溜冰場開了，小鬼爭先恐後擠進去。愛莉絲留在外面抽完一根菸才若如其事地晃進去。孩子們已經在光滑的木地板上開溜，隨著音樂的節奏快速繞了一圈又一圈。愛莉絲沒聽過這首曲子，但後來她認出來了。上星期天她站在教會外面聽過，溜冰場顯然提供基督教搖滾樂。

愛莉絲找了一下才看到喬登，他被一群孩子包圍。他上哪兒他們都跟著，彷彿他是摩西，她笑著想，看來她還記得一些聖經。喬登忙著幫他們穿好溜冰鞋再穿上自己的。他進場前抬頭四處找了一下，看到她，露出慵懶而快樂的笑容，她點頭表示看到了。他對她擠擠眼睛，她覺得好像陽光灑在身上。

雖然很好奇，愛莉絲還是留在外面看。喬登終於進入溜冰場，手忙腳亂一陣後找到平衡，開始順暢自信地溜著；她看得很開心。有些孩子跟著他，幾個功力不錯的隨音樂做花式動作。

愛莉絲一下子找不到喬登，於是前進到圍欄邊。喬登經過時對她揮手。教會的孩子沒多久就察覺他特別注意愛莉絲，好幾個停下來看著她竊竊私語。愛莉絲不理他們。

「喬登是妳的朋友嗎？」一個女生問。她頂多十三歲，有一頭美麗的黑髮和棕色皮膚，旁邊跟著一個金髮紮辮子的女生。

愛莉絲點頭。

「他跟我們說過妳的事。」金髮妹說。

這下愛莉絲真的好奇了。「他說什麼？」

另外那個女生回答。「喬登說他會請一個朋友來，他說妳以前是他的夢中情人。」

愛莉絲聳肩。「那是很久以前的事了。」

「妳不覺得他很可愛嗎？」金髮妹問。

愛莉絲又聳肩，她說的每個字一定都會傳到喬登耳中。

「妳不溜冰嗎？」

「等一下吧！」

喬登溜了至少十幾圈，接著說他累了，過來站在愛莉絲身旁。「我好久沒看到妳了。」

「我有點忙。」

「我還以為妳不會來呢！」

她差點來不了，但她沒說原因。

「妳溜過冰嗎？」

「所有人小時候都溜過冰。」她不想說實話。

一小時後，愛莉絲發現自己在穿溜冰鞋。剛認識的兩個女孩不知怎地說服她試一下。愛莉絲穿著溜冰鞋站起來，兩個女孩一人牽著她一隻手。

「不用怕，我們不會讓妳摔跤，」金髮妹保證。

兩個女生用力抓著她的手，愛莉絲只好相信。

她其實不該相信。

在光滑的地板上沒走兩步，愛莉絲就開始失去重心。不到十秒她就跌坐在地上。但她還沒機會多想，喬登已從後面鉤住她的腋下一把將她拉起。

「所有人都摔過。」他一手扶著她的腰、一手牽著她的手，兩人一起溜了一圈。孩子們從他們旁邊經過，速度快得讓愛莉絲眼花。她不想看也沒空看，她得集中精神才能不摔倒。

「沒那麼難嘛！」她慢慢抓到竅門了。她忘情地大笑，感覺彷彿又回到六歲，聖誕老人終於送給她一雙溜冰鞋。

「查莉說妳很酷。」

愛莉絲才不在乎那個金髮妹的想法。「你覺得呢？」她問喬登。

他低頭對她笑。「我也覺得妳挺酷的。」

這句話比她聽過的任何音樂更美妙。

26

「那些說沒耐心編織的人一旦學會後反而最能因此改善人生。」

——莎莉．梅爾維，《體驗編織》作者

莉蒂雅．霍夫曼

這一星期真精彩。我鮮少在一週內有兩次社交活動。星期三和珈珞的午餐之約對我和她都十分有益。我和她有更多交流，並伸出友誼之手。她也回應我的友誼，我相信不論她是否繼續編織，我們都會保持聯絡。

今天下午的課程比以往都順利。暗巷事件後，愛莉絲和賈桂琳相處融洽但還有點害羞，不敢大方表現友誼。賈桂琳繪聲繪影地描述那天的遭遇，愛莉絲不時補充，誰看到都會認為她們是多年好友。

我問起賈桂琳她丈夫知道這件事的反應，她卻安靜得可疑。我不確定那是什麼意思，但我隱約感覺賈桂琳和瑞斯的關係可能不太好。

課程很快結束，接著是我和布萊德的約。我們約好打烊後六點在「暢飲酒吧」見面。雖然從早上開始就斷斷續續下著小雨，但我心情高昂。

暢飲酒吧離繁花街兩個街口，很多人下班後會去那裡小聚。酒吧裡很吵，點唱機大聲放著音樂，客人的歡笑聲，吧檯上方的電視在播球賽。我對體育沒興趣，但我知道很多男人喜歡。嘈雜聲和昏暗的光線，使我迷失方向。

布萊德在後面找到一個位子，他看到我，站起來舉手揮舞。我微笑著對他揮手，快步繞過桌椅走過去。

「我還以為妳不來了呢！」他重新坐下時說。

「我遲到了嗎？」我看看錶，沒想到竟已六點十五分。我抖掉外套上的雨水，布萊德幫我掛好。

「沒關係，別在意，不過我只有半個鐘頭左右。托兒所的老師說可以幫我看著寇迪到七點十五分，一分鐘也不能多，而我至少要二十分鐘才到得了那裡。」

「你兒子多大了？」

「八歲。他一直吵著說他長大了，不要待在托兒所，但我不能讓他整天一個人在家。」從布萊德眉頭緊鎖的表情判斷，他和兒子暑假裡可能有過不少爭執。「有時候我都覺得那孩子不是八歲而是十八歲。」

我想到兩個外甥女，雖然我可能永遠當不了媽媽，但我明白他的意思。

「既然我們沒多少時間，」布萊德說：「就不要浪費時間說我的故事。我想多瞭解妳一點。」

我不覺得自己是有趣的話題，但他的好奇依然讓我受寵若驚。

「我知道編織很有趣，但現在開店不會有風險嗎？」我還來不及發問他已先開口。我對布萊德的瞭解實在太少，只有眼睛看得到的那些；而他非常好看。從對話中，我瞭解他離過婚，而且顯然得到八歲兒子的監護權，但我知道的只有這些。

不只他一個人對我開店的時機表示關切。大家都覺得我會成為經濟衰退的受害者，但我從十六歲起就如履薄冰，開店並不比我生命中其他事物更有風險。瑪嘉莉直言不諱地說我錯得厲害。但如果要等天時地利人合，那我永遠也開不了店。兩次癌症之後，我明白不能等人生變完美。我必須自己尋找幸福，而不是等幸福來找我。

他已經點了一壺啤酒，酒剛送來。他付錢後倒了兩杯。「聖誕節過後不久，我父親過世了，」我的口氣好像這已能解釋一切。「我努力調適時，有一天發現自己狂熱地編織，忽然想起幾年前和父親的一段對話。」

布萊德喝了一口啤酒點頭要我繼續。

我的喉嚨有點緊，但我揮去提起父親所引起的愁緒。我不知道能不能習慣沒有他，低頭停了一下。

「繼續說！」布萊德鼓勵我。

「那時候，我以為我會先死。」

「妳說妳得過癌症。」

「兩次。」我想確認他明白。我等他的反應，但他完全沒有動靜。

「繼續說，」他重複。「妳在說妳父親的事。」

我喝了一口啤酒。他選的是黑啤酒，我很喜歡。「我那時住院，準備動第二次腦部手術。媽和爸那天晚上來陪我。媽在看書，我和爸在聊天。」那天晚上的事我記得很清楚，因為我確信自己活不過那年。爸比我更有信心，他堅持我能再次躲過死神。

「他要我描述完美的一天，」我告訴布萊德。「我知道他想逼我承認我想活下去，用這個問題引我去想未來。而我堅信我沒有未來。」

「妳怎麼說？」布萊德雙手握著酒杯往前傾。

我閉上眼睛幾秒。「我說，首先我想在自己房裡醒來，而不是在醫院。」

「每個人都想。」

我笑了。布萊德讓我能輕易聊自己的事。「接著，我想聞花香，去水邊感受太陽照在臉上。」

「在太平洋西北岸？」他微笑著問，我忍不住笑了。

「我的完美的一天是在天氣晴朗的夏末。」就像星期三那樣。「別再打斷我喔！」

「是，女士，」他的眼睛太閃亮，讓我太過著迷，不得不暫時移開視線。

「我會在陽光和鳥叫聲中醒來，」我繼續說，「我的完美的一天，開始要有香濃的咖啡和熱牛角麵包。我要去濱水區悠閒地散步。」

「然後呢？」

「我要編織。」我記得父親聽到這裡非常地意外。他不該意外，那時我愛上編織已經好幾年了。我記得我說編織是我完美一天中最完美的部分，這讓父親很煩惱。他認為編織太靜態，擔心我會變成孤僻的人。

「在妳自己的店裡編織？」布萊德輕聲問。

「差不多。」編織最大的好處之一就是和其他編織愛好者的情誼，每次遇到同樣喜愛編織的人（大都是女性，但也不一定），就好像找到一位失聯多年的好友，立刻會產生連結。我看醫生、排隊付帳的時候、在任何地方都和編織同好聊過天，我們分享買到好毛線的經驗，當然也會討論當下的作品。

「為所愛的人編織時會有一種滿足與自豪的感覺，我希望能幫助其他人，讓他們也能有這樣的感受。」這應該是最好的解釋吧！

「這完美的一天要怎麼結束呢？」

「要有音樂、香檳和燭光，」我怯怯說，這不完全是真的，我告訴父親這一天的最後我想跳舞。

父親說我一定會有完美的一天，但那時我們都沒想到他會無法與我共享。

「怎麼了？」布萊德看著我問。

我搖搖頭。「我只是很想念我父親。」

沒想到布萊德伸手過來捏捏我的手。「一定很難熬吧？」

我有點生氣，我不想要他的同情或憐憫。我最大的心願就是和正常人一樣，我很怕自己再也不知道怎樣才正常。

「癌症是我的一部分，但不是全部。我今天逃過一劫，並不表示明天或下星期也能一樣。我二十多歲的時光都停滯虛度，但現在不同了。救我一命的不只是醫生、藥物或手術，尤其是我聽到癌症復發後心都死了。」我深吸一口氣。「我父親說什麼也不讓我放棄。剛開始編織時我彷彿找到寶，因為這件事我可以獨力完成，就算臥病在床也能進行，證明我不是沒用的病人。」

布萊德的眼神變得很嚴肅，我想他的確聽進去了。

「你還想問我什麼嗎？」我坐直，準備隨時離開。

他嘴角揚起笑容。「為什麼考慮這麼久才答應和我出來喝一杯？」

「我完美的一天中並沒有和人約會這一段。」我開著玩笑，但其實不是。

「別鬧了，我真的想知道。」

我想絕大部分是怕再被拋棄吧！但我只說：「我也不知道。」

「妳願意再和我出來嗎？」他凝視著我的眼睛。

我點頭。

「太好了，因為我只剩幾分鐘，但我想更加瞭解彼此。」

我們又聊了一下，我終於有機會問「他的」私人問題，大多關於他的婚姻和兒子。

四十分鐘後，我把車停在瑪嘉莉家門前，這才發現我從未不請自來。不過仔細一想，其實姊姊也從沒請我來過，不過我人在這裡，且等不及想找人說話，既然姊姊強迫我約會，她就該當我的聽眾。

我按過門鈴後退一步，有點擔心她不會讓我進去。海琳來應門，一看到我她就開心地大叫，把我扔在門口跑進去叫媽媽。

「莉蒂雅，」瑪嘉莉跑過來，站在紗門裡。「真的是妳。」

「我就說是阿姨，」海琳在媽媽背後說。

姊姊打開紗門撐著。

「我平常不會這樣沒有通知就跑來，」我說，「但我一定要告訴妳，我和布萊德見面的經過。」

「噢，老天爺，是今晚呢！」姊姊興奮得眼睛發亮把我拉進屋裡。我還弄不清楚怎麼回事，她帶我去廚房坐下，再搬了張凳子放在冰箱前，踮起腳尖從櫃子拿出一瓶酒。

「妳做什麼？」我有些眼花撩亂。

「這種難得的夜晚就得來一杯自製雞尾酒。」她雙手各拿著一個瓶子，龍舌蘭酒和君度橙酒。

我像高中生一樣傻笑。海琳從冷凍庫拿冰塊，瑪嘉莉找出萊姆，拿出果汁機和雞尾酒杯。

不到幾分鐘，姊姊調好酒、把杯緣沾上鹽，還幫海琳做了薑和果汁打成的無酒精飲料。

「麥特和茱麗呢？」

「去看棒球賽了，」瑪嘉莉把杯子遞給我。「快說吧！」

剛喝了兩杯啤酒，現在又在喝調酒，我有點不知從何說起。「我在暢飲酒吧和布萊德見面。」姊姊和海琳一起靠過來。「他只有不到一小時的時間，因為他得去托兒所接兒子。」要不是這樣，我們可能會聊上大半夜。

「他在星期五晚上花錢請托兒所看孩子？」瑪嘉莉問。

我點頭。

「那要花很多錢呢！」

「他沒說。」我來回看著姊姊和外甥女，她們一字一句都不放過。

「那他說了什麼？」

「不多。他問了我很多問題，但沒怎麼說到他自己，大多在聊他兒子。」

瑪嘉莉聳肩，好像比起托兒所的費用這根本不算什麼。「他有沒有說起前妻的事？」

我要稍微想一下，趁機喝了口雞尾酒。我好久沒喝過這麼好喝的雞尾酒，沒想到姊姊有這種才能。

「都是些好話。他們結婚時太年輕，她決定不想負起為人妻母的責任，他沒有說寇迪媽媽的壞話。」

瑪嘉莉微笑。「我欣賞他，妳知道。」

我也是，但我戒慎又緊張。

「妳還會再和他見面嗎？」瑪嘉莉的眼神很銳利。

「會。」我又喝了口飲料。「再多喝一杯，說不定我會願意嫁給他。」

姊姊爆出一陣大笑。我不記得曾讓瑪嘉莉這麼開心，雖然很傻，但她的認同讓我心裡好溫暖。

27

賈桂琳・唐諾

「妳和唐諾先生還好吧？」譚美邊收拾餐桌邊問。

賈桂琳嘆口氣裝沒聽見。她還希望晚宴上沒人會發現她和瑞斯關係緊張，晚宴的客人是市長和兩位市議員連同夫人與其他三對伉儷。

瑞斯沒和賈桂琳商量，臨時邀請保羅和譚美。保羅能來當然很好，但一想到媳婦在市政要員面前萬一出醜，賈桂琳都快昏倒。

幸好晚宴非常順利，只出一點小糗。市長問譚美對俱樂部的看法。譚美想都沒想就拖著濃重的鼻音說那種地方只有網球和橋牌，吃飯兼發牢騷。市長頓了一下，賈桂琳好想挖個洞藏起來，接著他放聲大笑。他說這是他聽過最老實的話。賈桂琳不知道他是真心的，還是說場面話。

瑞斯從餐桌對面看了賈桂琳一眼，好像在說她看錯譚美，而他才是對的。

邀請兒子、媳婦來家裡這件事不是他們不合的主因。賈桂琳和瑞斯很少吵架，沒什麼好吵的，但瑞斯聽說賈桂琳差點被搶竟然大發雷霆。幸好那兩個壞蛋都被逮捕定罪了。儘管如此，她丈夫還是狠狠罵了她一頓，完全不聽她解釋她為何把車停在暗巷。他竟敢說她活該，還罵她笨。

賈桂琳氣炸了。瑞斯怎能說這種話，更別說她是為了幫他忙！她錯過了美甲沙龍的預約，午餐遲到，又因為心情不好什麼都沒買。

好幾天了，除非必要他們都不說話。要不是為了早已安排好的晚宴，可能現在還在冷戰。因為不能臨時取消，他們只好先放下爭執，拿出最好的待客之道。賈桂琳沒想到譚美會發現。

「妳聽到我的問題嗎？」譚美端著一疊盤子跟著賈桂琳進入廚房。

換成別人一定會懂得暗示不再追問，但譚美窮追不捨。

「把盤子放在流理檯上，」賈桂琳只說。「其實妳不用忙，瑪莎早上會來處理。」管家就住在後面的客用小屋。她上了年紀之後沒力氣在宴會上幫忙。她一直想退休，但賈桂琳很依賴她，瑪莎只好留下。

「把盤子留在桌上一整夜會很難洗。」譚美堅持，而且她說得對。等所有人離開後，賈桂琳會把餐具放進洗碗機，但她想一個人靜靜地做。

「晚宴很出色。」她媳婦說。

「謝謝。」賈桂琳忍住沒有警告譚美，有一天她也得主持類似的宴會。她只希望到時候譚美已經有點長進了，但賈桂琳不抱希望。

「妳真是位優雅的女主人。」譚美又端進來一疊骨瓷盤。

「謝謝。」賈桂琳拚命忍耐，雖然她真想提醒媳婦，那些盤子一個就比她所有夏季服裝加在一起更貴。「瑞斯和保羅呢？」她好奇地問。賈桂琳很累了；晚宴耗盡所有心力，她只想上床休息。她希望保羅夫婦快些回家，她才能收拾善後。

「他們在書房說話。」所有盤子應該都拿進來了，因為譚美坐下把腿放在對面的椅子上，雙手輕輕摸著肚子。她的肚子越來越明顯了。賈桂琳還沒原諒兒子和媳婦瞞了她六個月。

不知瑞斯和保羅在說什麼，她把盤子上的殘渣刮乾淨後放進洗碗機。

「希望妳不會介意，我拿妳幫寶寶織的毯子給市長看，」譚美輕聲說：「我覺得妳為孫子這麼費心非常感人。」

賈桂琳擺著臭臉，但她把頭轉開不讓譚美看見。「沒什麼。」

「妳幫我們女兒織東西，我和保羅都好感動。」

賈桂琳只是點頭，不停把菜渣刮進垃圾桶裡。

弄完之後，她在譚美旁邊坐下，先幫自己倒杯葡萄酒。既然不得不陪媳婦待在廚房，她至少要有一點防禦工事。

譚美看著她。「我有沒有說過媽媽開爹地的牽引機撞倒信箱的事？」

賈桂琳嚥下哀嚎。「想不到還有我沒聽過的，」她搖著杯中的酒說。

就算譚美聽出她話裡的刺，也決定裝傻。「我記憶中爹地只曾對我媽大吼這一次。媽媽哭著跑回家，我也是，很氣爹地對她凶。」

「男人常想到什麼就說什麼，」賈桂琳啜了一口酒含在舌尖。一瓶五十元的佳釀一定要細細品味。

「媽媽後來告訴我，爹地罵她是因為擔心牽引機翻覆把她壓傷。他才不在乎信箱怎樣。他愛的是我媽媽，她開得太靠近田溝，很可能會出意外。他是因為愛她才會罵她。」

賈桂琳確信這個故事有其道德寓意，但她一時沒弄懂。她又淺嚐一口酒。

「希望我剛才沒說錯話。」譚美睜著大眼睛柔聲說。

賈桂琳輕輕聳肩。「市長似乎……覺得很有趣。」

「不是市長，」譚美糾正。「我是指妳跟瑞斯的事。」

「我們很好，」賈桂琳拘謹地說。她一口喝乾杯裡的酒，把杯子放在桌上。

「太好了，」譚美說：「我和保羅很愛你們，而且我們的孩子需要奶奶和爺爺。」

賈桂琳竟然還擠得出笑容。「妳母親真的開牽引機撞倒信箱？」

「兩次。」

「兩次？」大概是喝多了，賈桂琳大笑。

「第二次爹地也很不高興。但我爹地很愛媽媽，就像瑞斯愛妳一樣。」

賈桂琳笑不出來。瑞斯早就不愛她了，他們的婚姻只是為了便利與舒適。她從不抱怨他週二的深夜約會，而他也從不提信用卡帳單上的數字。他們的關係還過得去，但曾有過的愛情早已死去。

「譚美？」保羅在餐廳喊。

「我在這裡。」她活潑地高聲說。

瑞斯和保羅走進廚房，門在他們身後來回晃動。

「妳一定累壞了，」保羅低頭對她微笑，濃濃的愛意讓人看不下去。「準備回家了嗎？」

譚美點頭，保羅扶她站起來。接著，賈桂琳大吃一驚，媳婦竟然彎腰摟住她的脖子。

「謝謝妳。」譚美緊緊擁抱她。

賈桂琳不知所措，小心摟著譚美抱了一下。好久沒人這麼親熱地和她做身體的接觸，她發現自己差點掉淚。

「妳是世上最棒的婆婆，」譚美對她說：「而我是世上最幸運的女人。」

賈桂琳從譚美的肩上看向瑞斯，他眼中似乎有某種熱烈的東西。瑞斯對她還有感情嗎？所以他才那麼氣她把車停在暗巷裡？這一定就是譚美那個故事的重點。

但這個想法似乎很不可思議。

28

珈珞・傑羅

星期五下午珈珞終於回來上編織課了，她提早到店裡找下一件作品的圖樣。

「妳不是在幫妳哥哥織套頭毛衣嗎？」莉蒂雅問，看著珈珞翻閱圖樣冊。

「是啊，但我在生他的氣，不想幫他織了。」珈珞一個多星期沒和瑞克說話。平常這沒有什麼，但她以為他吐露心事後會保持聯絡。這次他捅的漏子太大，光靠他的魅力無法擺平，恐怕難以輕鬆脫身。

鈴聲響了，珈珞抬起頭，她還以為認錯人了。進來的是愛莉絲，穿著牛仔褲和T恤。這還是珈珞第一次看到她沒穿皮夾克、黑長褲或可笑的短裙。連她的頭髮也……沒那麼龐克了。珈珞正想開口稱讚又連忙住嘴。愛莉絲雖然奇裝異服，但不喜歡被人注意。珈珞想不出比這更矛盾的例子。

「嗨！」愛莉絲打聲招呼漫步到桌邊。她有點不自在，瞄了莉蒂雅和珈珞一眼，確定她們對她外表的變化沒有意見。她坐下後從錄影帶店的塑膠袋裡拿出編織用具。

「嗨！」她們齊聲說。

「懷孕的事怎樣啦？」愛莉絲率直地問，好像這個問題很平常。

珈珞看到莉蒂雅憂慮地望著她們。其他人都不敢問珈珞這件事。「目前還好，」她說。「尿還是藍的。」

「什麼？」愛莉絲驚愕地問。

「驗孕器啦！藍色就是懷孕中，」珈珞解釋。因為胚胎直接植入子宮，受孕不是問題，不流產才是最大的考驗。連續兩次她都不到三週就失去寶寶。這次能懷這麼久就表示有希望，但一切都沒有保證。頭三個月最危險。珈珞最近才聽說一位女網友懷孕兩個半月時流產。這種狀況最令人心碎，所有網友都感同身受。

門又開了，賈桂琳走進店裡，手環叮噹作響。她穿著珈珞覺得太過正式的套裝，手裡不只提著名牌包，還多了個真皮大包包，放著她的編織用具。賈桂琳實在很愛出風頭，好像要大家準備迎接她大駕光臨。不過珈珞不介意，她越來越喜歡班上的同學。

她和賈桂琳都開始織新作品了，只剩愛莉絲還沒織完嬰兒毯，珈珞懷疑她是因為沒錢買新毛線才一直拖。

「我要重織一件毛衣。」珈珞繼續翻著圖樣說。

「原本那一件呢？」她知道愛莉絲特別喜歡那種灰色開司米爾毛線。

「我厭煩了。」她瞥了莉蒂雅一眼，交換同謀的笑容。「那些毛線妳要嗎？」

愛莉絲雙眼發亮。「妳不要了？」

「不想要了。」

「那圖樣呢？妳還要用嗎？」

「不太用得著。」

「太棒了！」愛莉絲把毛線掃進塑膠袋裡，興沖沖地幾乎要摩拳擦掌。「我的嬰兒毯快織完了，我正想織毛衣給……一個朋友。」

「誰？」賈桂琳果然問了。

「我說過了，朋友。」愛莉絲低聲頑抗。

「少跟我來那套盛氣凌人的樣子，」賈桂琳生氣地說：「我只是問一下。」

賈桂琳想知道愛莉絲的事？幾週前根本無法想像。暗巷遇險後，她們的關係發生驚人變化。她們還是會互嗆，但那是出於習慣而不是真的看對方不順眼。

「我不知道妳有男朋友。」莉蒂雅對愛莉絲微笑。

「我沒有。」愛莉絲回答得太快而露了馬腳。

「那，毛衣是要給誰的？」

「我說過了，朋友。」

「當然，」賈桂琳笑著低聲說。她對愛莉絲擠了一下眼睛，後者立刻臉紅得像朵花。

「是我在錄影帶店遇到的男生啦！」愛莉絲不耐煩地說。但珈珞感覺得出來愛莉絲想告訴她們……

「他喜歡妳？」賈桂琳問。

愛莉絲聳肩。「小學六年級的時候他曾經喜歡我，但，唉，他是個傳道人，我實在看不出來我們會有什麼結果，瞭吧？」

「為什麼？」莉蒂雅問。「傳道人也有一般的生活呀！」

愛莉絲低頭專心打毛線。「他很會接吻。」她柔聲說。

可想而知，這句話讓大家更感興趣，開始熱烈討論了起來。

「瑞斯當年也是個高手，」賈桂琳自願分享。「我記得他第一次吻我的時候，我全身的細胞都活了起來。」

賈桂琳夢幻的表情讓珈珞忍不住微笑。「道格第一次吻我時我還以為上天堂了呢！」

她回憶。她發現莉蒂雅在店裡無事忙，把原本沒歪的圖樣放正。「那妳呢，莉蒂雅？」

莉蒂雅猛轉身，好像很怕被扯進這段討論。接著她嘆氣，「我沒什麼特別的感覺……親吻或許不錯，但並沒有天搖地動的感覺。」

「遲早會有的，」賈桂琳安慰她。

「妳們是不是把簡單的吻看得太重要了？」莉蒂雅問：「我們都被吻過，雖然大致上很好，但沒那麼了不起吧。」

賈桂琳指指愛莉絲。「這個傳道人吻妳的時候很了不起吧？」

珈珞看得出來這個問題讓愛莉絲很不自在。她故做瀟灑地仰頭。「大概吧，但我沒有放在心上喔，知道吧？」她環顧一圈，那神情分明是她只想著這件事。

教室安靜了一下，所有人都專心編織。珈珞不確定賈桂琳最近在做什麼作品。她之前用超貴的毛線打了一條圍巾，接著換成毛氈帽和提袋。賈桂琳的進度很難掌握，因為她總是跳來跳去，而且似乎同時進行好幾項作品。珈珞猜想她應該是莉蒂雅的大主顧。

「妳星期五是不是去暢飲酒吧？」愛莉絲突然問莉蒂雅。「和那個送快遞的。」

「我？」莉蒂雅滿臉通紅舉起一隻手放在胸口。「是啊……我和布萊德見面喝一杯。」

愛莉絲讚賞地吹了一聲口哨。「他很正。」

莉蒂雅忽然發現展示用的編織書籍亟需整理。「我們這個星期要去吃飯。」

「我好像聞到愛情的味道喔！」賈桂琳和善地說。

「太好了。」珈珞說。她覺得很有趣，莉蒂雅一說到男人的事就害羞。布萊德是她第一次提起男人。還有愛莉絲的年輕傳道人……珈珞很感動，她竟然願意告訴她們。

「要不要下星期找一天來我家拿毛線？」珈珞不由自主地問。

愛莉絲點頭。「妳不介意？」

「一點都不介意。妳要的話，我也可以帶來課堂給妳。」

「我去妳家拿好了。」

珈珞感覺得出來愛莉絲不常受到這種邀請。「乾脆星期一一起吃個午餐吧？方便嗎？」

「沒問題。」雖然回答得很淡然，但愛莉絲的眼神已藏不住強烈的期待。

珈珞親切地微笑著看看其他人，愛莉絲很明顯卸下了心防，賈桂琳也不再吹噓社交關係。莉蒂雅比較沒那麼內向了，每星期都展現出更多溫暖與機智。

世事真難料，珈珞邊翻著圖樣書邊想。一群性格如此迥異的人，四名毫無共通處的女子，相聚在一起短短幾個月，竟然變成了真正的朋友。

29

賈桂琳・唐諾

賈桂琳星期一做完頭髮回家，發現花店送了一打紅玫瑰來。管家瑪莎把花放在客廳中央的小圓桌上。

「誰送的玫瑰？」她看見玫瑰時驚訝地問。

瑪莎搖頭。「我沒看卡片。」

賈桂琳走進客廳欣賞豔紅的花苞，拿起一個捧在手中。這些玫瑰十分完美，花瓣上帶著露珠正要綻放。香氣這麼濃郁，想必是古典玫瑰，價格不斐。她想不出來會是誰送的，又為了什麼。

她拿起卡片卻沒有打開，繼續享受懸疑感。今天既不是她的生日也不是結婚紀念日。她丈夫根本記不得這些日子，事實上，瑞斯好幾年沒送她花了。保羅和他爸太像，也不可能想到送花，尤其又沒什麼特別理由。

她怎麼也猜不出來，最後還是打開信封抽出卡片，上面寫著：瑞斯。

卡片上沒有說明原因，賈桂琳困惑地在沙發坐下。瑪莎在她後面張望，一點都不掩飾好奇。

「到底誰送的？」管家問。

「瑞斯。」

瑪莎大大微笑著。「我就知道。」

賈桂琳忍不住也微笑，也許管家比她更清楚她的人生。

「要先幫妳做晚餐嗎？」瑪莎邊問邊走回廚房。

賈桂琳搖頭。「不，我今晚想下廚，瑪莎。」

管家沒說話，但賈桂琳感覺得出她很意外。賈桂琳很少進廚房，好幾年沒煮過一頓像樣的食物。剛結婚時她做過一道咖哩雞，瑞斯很喜歡。食譜是從雜誌上撕下來的，不過賈桂琳隱約還記得收在哪裡，只是太久沒有花功夫去弄。

「瑪莎，家裡有咖哩香料嗎？」

「大概有，我幫妳找找。」

「冰箱裡有沒有雞肉？」

「應該有。」

賈桂琳心不在焉地聽著。她掠過管家走進廚房，打開放食譜的抽屜。「妳記得幾年前我煮過一道咖哩雞的食譜嗎？」

瑪莎蹙眉。「不記得，妳不會把我的廚房弄得一團亂吧？」

賈桂琳微笑，差點提醒管家誰才是廚房的主人。「別擔心，」她安慰瑪莎。「明天早上就還妳。」

瑪莎點頭，但還是一臉擔憂。

翻了六本食譜，賈桂琳終於找到了，咖哩雞的食譜和其他零散食譜一起夾在一本料理書中。她坐下寫好要買的東西。

瑞斯六點走進來時，廚房洋溢著椰奶、雞肉、咖哩和優格的香氣。

「什麼味道？」瑞斯邊鬆開領帶邊問。

賈桂琳沒聽見他走進來，拿著木匙吃驚地轉身。「晚餐呀！」她開朗地宣布。她忘情地過去吻他的臉頰。「玫瑰真美，謝謝你。」

瑞斯微微睜大眼睛。「我覺得該跟妳道歉，」他喃喃說：「我不該為了妳把車停在暗巷對妳那麼凶。我不該說那些話。」

「你只是擔心我，就像某人開牽引機撞倒信箱那樣。」

他皺眉。「什麼？」

賈桂琳笑著轉述譚美的故事。「所以她爹地才會吼她媽媽，」她最後說：「她還撞了兩次。」

瑞斯笑起來，賈桂琳怎麼也想不到他竟然吻她。她確信他本來只打算碰碰她的嘴唇，但嘴唇一接觸，奇妙而興奮的感覺讓他們失控。

木匙掉在地上，賈桂琳摟著丈夫的脖子。瑞斯的唇貼著她的，彷彿剛交往的情侶那般熱烈。

賈桂琳感覺不到時間，不知道他們擁抱了多久。分開時，兩人一時都不知該說或做什麼。他們好多年不曾這樣激情擁吻了。

最令她驚訝的其實是她對這個吻的激烈回應。她還以為孤枕獨眠這麼多年，性愛的本能早已枯萎。很難想像她還能有如此鮮活與性感的感受。

「我該去洗澡了。」瑞斯轉過身說。他似乎也十分震撼。

瑞斯洗好澡，換上輕便服裝回來。賈桂琳點上蠟燭，很滿意她努力的成果。必要時她也有賢慧的一面，今天她又重新發現其中的樂趣。

「我可以幫忙嗎？」他問。

她轉頭看他。面對結婚三十年的丈夫還會害羞，簡直可笑。她沒料到會這樣，但那個吻感覺有如初吻，彷彿從未如此親蜜。「幫忙倒酒好嗎？」

「沒問題。」他從冰箱拿出冰的白酒，拔出軟木塞倒了兩杯，打開音響。

賈桂琳隨著CD哼歌，一邊把米飯盛到盤子上，澆上大量咖哩。她把盤子端上桌，瑞斯等著為她服務。他彬彬有禮地為她拉椅子，他好些年沒這麼費心了。

「妳好久沒煮咖哩雞給我吃了，」他在對面就座時說：「好香喔，謝謝妳。」他舉起酒杯。「我可以敬酒嗎？」

「請。」濃濃的幸福讓她輕飄飄的。之前賈桂琳早已放棄希望，認為再也無法找回婚姻中的愛情。她舉起酒杯和他碰杯，陶醉在期盼之中。

「敬未來，」瑞斯說。

「敬未來，」她附和。

瑞斯喝了一口酒後拿起叉子。賈桂琳摒息看他吃第一口，心焦地等著他的反應。

他閉起眼睛，輕聲讚嘆。「比印象中更好吃。」

賈桂琳終於放心了，自己也嚐了一口。咖哩果然和希望中一樣美味。她想不起怎會把食譜藏那麼久，她明明知道瑞斯多愛吃她煮的東西，她以前也很喜歡烹飪。當年她每餐都親自下廚，連社交宴會都自己動手，不像最近都請外燴。上星期的編織課上大家聊到最難忘的一餐，沒想到愛莉絲竟然夢想有一天能開外燴公司，令她另眼相看。她欠愛莉絲……

「我要招認一件事。」瑞斯打斷她的思緒。

賈桂琳不太確定想聽，但還來不及阻止他已說了出來。

「妳得謝謝譚美，送玫瑰是她的點子。」

賈桂琳拿起酒杯。「唉，我也不認為會是你自己的主意。」

「敬譚美。」瑞斯舉杯說。

「敬譚美。」賈桂琳附和。

電話響了，她嘆口氣。

「我去接。」她沒機會抗議，瑞斯已站了起來。

難得她想兩個人靜靜吃頓飯，真希望剛才把電話拿起來。

不管電話那頭是誰，瑞斯顯然很在意。他皺眉輕輕點頭。放下話筒後他含糊說：「我得先離開了。」

「去哪裡？」賈桂琳來不及阻止自己。

「工作上出了點問題。」他抓起車鑰匙走出門。「工地要我過去一趟。不是繁花街，是北門的工程。工地的人好像燒壞了電路，整條街都停電了。」

賈桂琳麻木地坐在餐桌旁聽著瑞斯發動車子。

片刻後，她暴怒地將餐巾摔在盤子上，站起來走向洗碗槽，雙手撐著槽邊用力咬著下唇。

「工地要他過去一趟，」她嘎聲重複他的話。她很清楚剛才電話裡的是誰，也知道他

要去的絕不是工地。

30

愛莉絲・湯森

星期天早上，愛莉絲和前幾週一樣站在教會對街的角落，望著人群川流進入。都是些普通人，有富有窮，就像編織班的同學，就像珈珞和她丈夫。

在珈珞的高樓公寓裡午餐令她大開眼界。真的！她從沒看過那麼美的風景。雖然住在西雅圖，她從未以這種角度欣賞過美不勝收的普捷灣。愛莉絲感覺彷彿走進了常在自助洗衣店撿到的裝潢雜誌。公寓本身很寬敞，家具簡單而優雅，還有很多溫馨的擺飾。愛莉絲鐵定不會邀請珈珞去她的住處，她想像得到珈珞看到她家會有什麼感想。尤其現在洛莉比以往更癡肥與邋遢。

珈珞準備的午餐很好吃，有蕃茄冷湯和海鮮沙拉。她拿出成套的精美餐具，連亞麻餐

巾都一應俱全。幾星期之前，愛莉絲可能會覺得這些細節很無聊，但最近她都會留意。如果她的外燴事業成真，她會需要這些知識。愛莉絲一開始很緊張，生怕觸犯社交禁忌或用錯叉子。如果主人是賈桂琳她會更擔心，但珈珞很平易近人。真奇怪，那麼有錢的人竟然也有煩惱。

所有人都有煩惱，愛莉絲現在已明白，就算住漂亮房子、擁有無價美景也一樣。午餐時，她和珈珞聊了很多，很快她就覺得彷彿在莉蒂雅的店裡上編織課。愛莉絲從沒想到會和她們變成朋友，不過不知不覺就產生了友誼。就連賈桂琳也……

她們都鼓勵她和喬登交往。

溜冰派對後，愛莉絲只見過他一次。他來錄影帶店說他要出城。他好像參與了夏令營的籌備，要開車載一群孩子去華盛頓州東部。他說會寄明信片給她，但一直沒收到。自從他離開後她就一直掛念。

她站在教會對街的角落，音樂從敞開的門流出。愛莉絲知道那首歌，她之前聽過幾次。她也不清楚哪來的勇氣，大步過街走上台階。她站在台階上四處張望，隱約覺得會被攔在門外。

她很想念喬登，如果只有去教會才能感覺和他親近一些，她絕不遲疑。要是有人阻撓，她一定會力爭到底。

領座員往她的方向看過來，她氣勢洶洶地瞪他一眼，他立刻退縮。她不需要別人指揮她該坐哪裡。她溜進最後一排，剛好大家起立合唱。她隨手一抓想拿歌本卻拿到聖經，不知有沒有人看到。她強裝自然把聖經放回去，拿起紅色的歌本，翻到前方佈告欄上寫出的曲目。

沒想到教會裡有這麼多人。如果她的家人也曾一起禱告，說不定現在還在一起。是喔！她小時候也曾乖乖祈禱，還不是沒用。熟悉的苦澀湧上心頭，難免羨慕這些擁有關懷他們的父母的好命孩子。雖然是自己的選擇，但愛莉絲和母親失去聯絡，也許多年沒見過父親。哥哥死時他也不聞不問。一想到哥哥，她忍不住捏緊歌本。哥哥只希望有人關心他。他們在這方面被辜負，父親寧願和朋友喝酒也不要陪孩子，母親也好不到哪去。他們當然有自己的煩惱，但愛莉絲決心過得比他們好。

她研究著歌詞但沒有跟著唱。愛莉絲的憂慮之一是不知道何時該站或坐，躲在後排正好可以有樣學樣。

歌唱完了，所有人一起坐下，一位老牧師走上講台。愛莉絲打算佈道結束後才離開，擔心現在出去會惹人反感。

牧師講的是舊約裡愛莉絲從沒聽過的章節。牧師說耶路撒冷城牆倒塌象徵著人們的生活，她雖然沒有完全聽懂但覺得很有趣。

愛莉絲正打算溜走，竟看到喬登走到教會前面。他從夏令營回來了，可是沒去錄影帶店找她。

她努力不感覺失望與傷心。在教會看到他不是唯一的意外，喬登身邊有別人。一個金髮美女和他在一起，那女的看喬登的神情彷彿他是基督重生。

他們一起調整好麥克風，音樂響起，他們的聲音無比和諧，彷彿一輩子都在合唱。愛莉絲再也聽不下去，只想盡快離開卻絆到旁邊的人。她頭也不回地衝出教會。

這下真的證明她只是在愚弄自己。她蹣跚跑進一條小巷，閉上眼睛在心裡用最難聽的字眼罵自己。她靠在牆上慢慢往下滑，低垂著頭。

喬登當然該在教會和金髮美女合唱。為什麼不？他可是牧師的兒子呢，他是在教會長大的。他從沒進過牢房或站在法官面前，他的父母愛他、想要他。她想像得到，喬登的爸爸要是知道他和她這種人來往會說什麼。

愛莉絲蹲在那兒，傷心到無法動彈。

「嗨，愛莉絲。」

她隱約聽到有人叫她，抬起頭看到外號丁骨的泰隆．休士頓站在她面前。他是幫派份子，大家都知道他販毒。愛莉絲之前聽說他在坐牢，顯然已經出獄了。

「妳在幹嘛？」丁骨質問。

「沒幹嘛。有意見嗎？」平常沒人敢對丁骨擺架子，她很可能小命難保。那瞬間，她完全不在意死活。

「沒意見。想來狂歡嗎？」他饒過她一次。

愛莉絲現在沒心情和一群人攪和在一起。

「我有好東西喔！」他誘惑著。

也就是說他有新進貨的毒品。也許是安非他命或古柯鹼，管他是什麼，只要能讓她腦子裡的聲音閉嘴就好。

「行！」愛莉絲說。她戒毒很久了，但她痛恨那個啃噬內心的醜惡感受。如果吞幾顆藥丸就能讓心情變好，何樂而不為？比起心裡那個傷人的聲音，丁骨賣的東西好多了。

丁骨家就在附近，所有人都知道想解癮找丁骨就對了，當然免不了要付錢。愛莉絲不知道他的貨源，也不想知道。

他們走進去，屋裡很黑，百葉窗全都拉上了。五六個人東倒西歪坐著，空氣很污濁，滿是甜膩的煙霧。愛莉絲雙手插在皮外套口袋裡，緩緩看了一圈。

她看到角落裡有個女孩和一個男的在一起。他摟著她，神智不清，顯然已經茫了。那女孩有些眼熟，愛莉絲再仔細看一眼，但想不起來在哪裡見過。在錄影帶店工作會看到很多人；雖然她不記得所有人的名字，但很少忘記長相。

這女孩沒來過錄影帶店，她很年輕，大約十四、五歲，努力在裝成熟。幾年前她也這樣，所以一眼就看得出來。

終於靈光一閃。難怪眼熟，愛莉絲和喬登去溜冰時看過她。她是教會的孩子。那女孩也認出愛莉絲，連忙撇開視線。

愛莉絲心頭一陣火起，這孩子不該在這種地方和一群毒蟲敗類在一起。

她大步走過去，女孩和意識不清的男友坐在沙發上四肢交纏。愛莉絲坐在扶手上瞪著他們。

「妳在這裡做什麼？」她質問女孩。

少女回瞪愛莉絲，眼中滿是叛逆。「和妳一樣。」

跟她在一起的男人轉過頭指著愛莉絲。「那是誰，蘿莉？」

沒錯，愛莉絲想起來了。她的名字叫蘿莉，那天和幾個朋友在一起。上個月還參加教會的溜冰活動，現在卻和惡棍一起吸毒。對比未免太大。

蘿莉斜眼瞪著愛莉絲，臉很臭、眼神很冷。「她，」她冷笑說，「誰也不是。」

「那妳就搞錯了，」愛莉絲說著站起來。「抱歉，我們要走了。」她拽著蘿莉的手臂，女孩掙扎了一下，還是讓愛莉絲拉她站起來。

「妳要幹嘛？」她大聲嚷嚷。

「帶妳離開。」

「才怪。」

「妳和我一樣不該在這裡。」

「寶貝？」她男友茫到無力干預，這樣正好。但丁骨很不爽。他堵在門口，雙手抱著壯碩的胸口，瞇起眼睛盯著愛莉絲。一陣恐懼竄過背脊，愛莉絲知道要是丁骨認為她擋他財路，一定會毫不猶豫地做掉她。

「她是教會的孩子，」愛莉絲看著他的雙眼說：「要是留她在這裡，很快會有一堆老太太拿著標語來抗議，你的生意就曝光了。」

丁骨來回看著愛莉絲和蘿莉，眼神嚇得少女直往愛莉絲身後躲。

「你想惹麻煩，隨你。」愛莉絲舉手表示不插手。

「滾！」他對愛莉絲說：「把她也帶走。」

一出了門，蘿莉用力把手甩開。「妳到底在搞什麼鬼？」

「我在搞什麼鬼？」愛莉絲大笑著說：「我是在救妳的小命，小鬼。」

「我不需要任何人拯救。」

喬登表明他是傳道人時，她也說過類似的話。但蘿莉不是真心的，愛莉絲可能也不是。蘿莉不明白她盲目陷入怎樣的險境，也不知道愛莉絲冒了多大的危險救她出來。愛莉絲想到剛才頂撞丁骨就雙膝發抖，但那時她顧不得自身安危。

「回家去吧！」愛莉絲說。

蘿莉翻了個白眼想回屋裡去，但在門口被擋了下來。愛莉絲沒聽到對方說什麼，但蘿莉顯然明白了，她衝了出來，頭也不回往地街上奔去。

愛莉絲沒別處可去只好回家。洛茘不在。她的室友因為傷心而狂吃，留下一片髒亂等愛莉絲收拾。她很懷疑洛茘還穿得下牛仔褲，自從和約翰分手，她至少胖了二十磅。洛茘沒去上班順便偷吃架子上的洋芋片，也不在家坐在電視機前埋頭吃冰淇淋，愛莉絲真的不知道她能去哪裡。但她很慶幸能獨處一下。

她拿起毛線，看到自己在織的東西，厭惡地扔開。珈珞把毛線、圖樣以及織好的部分都給了她。愛莉絲千辛萬苦地接下去織，要為喬登打一件毛衣。是喔，他才不會在乎。根本沒人在乎。

愛莉絲躺在沙發上呆望天花板一整個鐘頭，直到該去上班。錄影帶店星期天下午生意很好，愛莉絲忙個不停，本來應該一起工作的洛茘根本沒出現。

一個小時後，喬登走進店裡。愛莉絲的心立刻有所反應，害她很生氣。她盡力漠視他。

「愛莉絲。」他說。

「回來啦！」她要讓他知道她不在乎。

「怎麼了嗎？」

她聳肩把錄影帶交給櫃檯前的客人，附上明媚的笑容。她轉頭看喬登時笑容瞬間消失。「哪有怎麼了？」

他皺眉。「我本來想約妳今晚一起出去。」

她考慮他的邀請。心裡一部份興奮不已，另一部份則堅持要她忘了他。

「那個美女是誰？」她冷冷問。

「什麼？」喬登困惑地眨著眼。

「你今天早上和她一起唱歌。」

他睜大眼睛。「妳去教會了？」

「剛好看到你和大美女眉來眼去，你們感情很好的樣子。」

「的確是。」

「我就說吧！」

「可不可以先讓我租片？」櫃檯前另一位客人說。

愛莉絲接過他的錄影帶，輸入資料後收錢，找錢時對他甜美微笑。她再次轉頭看喬登，讓他明白她很不高興。

喬登皺眉。「蘇頓牧師的女兒才十七歲，妳吃她的醋？」

那女的才十七歲？從後排座位看不出來，不過……

「我不想為了無聊的嫉妒浪費時間。妳要生我的氣，隨妳。我還有許多事。」

愛莉絲正要回答，他一陣風似地轉身離開。

31

「如果作品屈指可數，就該繼續新的作品，如此才有多樣性的變化，從最簡單不用想的作品到必須全神貫注的那些。」

——蘿拉·爾利，終身熱愛編織者

莉蒂雅·霍夫曼

這些年我在醫院待得太久，連例行檢查都讓我害怕。流程通常都一樣。我坐在候診室難坐的椅子，四周都是陌生人，大家盡量不看彼此。我一般會帶著編織用具，不然就是翻閱過期許久的雜誌。

但是來威爾森醫生的門診也有好處，多年來員工已經變得像家人一樣熟，尤其是護士佩姬。

將近十五年前，我第一次來看診時佩姬就在這裡工作。我記得她懷孕的樣子，不止一次，而是兩次。我清楚記得那時我總懷疑自己能不能活到她的第二個孩子出生。癌症讓人學會珍惜一切，不浪費任何一天、一個季節或一分鐘。十六歲時我夢想能活到十七歲，去參加迎新舞會。我活過來了，但沒人邀我去舞會。

「莉蒂雅。」佩姬拿著我那厚厚一疊、至少二十磅重的病歷，站在門口。我的醫療史鉅細靡遺地寫在裡面，包括症狀、療程，以及用藥紀錄。

我站起來時，全候診室的人好像都在看我。如果我是愛現的人，一定會跳起來大聲宣布我兩度贏得生死樂透。但我天性保守，只靜靜收起編織用具跟佩姬進去。

「最近好嗎？」佩姬幫我量體重並記錄。

「很好。」我走下磅秤，鬆了口氣，體重和上次來時差不多。佩姬帶我到走廊盡頭的小房間，拿出拋棄式溫度計放在我舌下，同時量脈搏。她看著錶，很快又在我的病歷上添一筆。「心臟很有力。」她滿意地說。

希望如此，我的保險公司花了大把銀子我才能保有心跳。我真的很想這麼說，可惜無法開口。

佩姬量好血壓後終於拿掉溫度計。「妳感覺怎樣？」

「很好。」

佩姬笑了。「妳的眼睛在發亮，一定是交男朋友了喔？」

「沒有啦。」我連忙否認，其實很想把布萊德的事告訴她，但我沒說，因為還沒什麼可說。我們出去喝了兩次酒，一週通兩、三次電話，有時候會聊上一個多小時。他一週至少會來店裡一次，而且我們偶爾，好吧，不只偶爾，會接吻。

布萊德和我才剛開始瞭解對方，還不算認真交往。布萊德很用心在養育兒子，而我則很用心經營生意。我們只是朋友，就像我和珈珞那樣。好吧，也許不完全一樣，但現在的狀況對我、對他都很合適。

「妳是不是交男朋友了？」佩姬追問。

我遲疑地點頭。

她差點鼓掌叫好。「我就知道妳一定交得到男朋友，」她開心地笑著說。

「噢，別鬧了，佩姬，我都三十歲了呢！」

都這種年紀還這麼容易被看穿實在很丟臉，這也是少年得癌的後遺症。我的社交成熟度從十六歲就沒有長進。我們這些為生命搏鬥的人，社交能力的發展都很遲緩。我沒有自憐的意思，真的沒有，這只是人際關係中必須考量的事實。

「所以呢？」

我太熟悉例行檢查的流程，自動伸出手臂讓佩姬抽血。我曾經打趣說過被抽這麼多血醫院應該付我錢才對。每次抽的血不只一管，而是四管，兩管大的、兩管小的。針插進皮膚時我眼都不眨一下。從前我一看到針就頭暈，有一次還差點昏倒，但比起後來的療程，抽血根本不算什麼。

佩姬停下來換試管時看了我一眼。「我從沒看過妳像現在這麼快樂。」

「我很快樂，」我說。有很多原因讓我快樂，其中很大一部份是開了自己的店，當然，還有認識布萊德。佳話編織代表我對生命的信念，而和布萊德交往更突顯了我的信心。

「我真為妳高興。」佩姬抽完血後在試管上寫上我的名字。「我過幾天會打電話把結果通知妳。」

我點頭。她送我到門口後拿起另一份病歷。

我離開診所時心情很好。這是個八月燦爛的午後，雖然星期一公休，但除了店裡我哪都不想去。我真的很愛我的店，光是被毛線包圍就讓我滿心喜悅。站在店裡，我感到由衷的滿足，想想幾個月前這間店還只是一個夢想呢！

我穿著無袖夏日洋裝，領子是可愛的白色小圓領。這是我最愛的一件洋裝，我承認心中暗自期待去店裡會遇見布萊德。他星期一都在附近送貨，看見我在店裡一定會來敲門。

我聽著收音機，留意著櫥窗盼望他會正好經過。繁花街的交通恢復正常了，生意也因此一飛沖天。很多人特地跑來看改建後的成果，街道兩旁的店家都鋪著歡迎光臨的腳踏墊。

我的希望成真，布萊德的深棕色貨車開了過來。我真想上下跳，再用力揮手，滿腦子莫名其妙的傻念頭。

我看到我的棕衣男子跳下車，帶著幾個包裹去隔壁花店。我不知道他有沒有看到我，直到他拿著一朵長莖紅玫瑰走來。雖然一再制止自己，我還是用力揮手，他對我擠擠眼睛。

我打開大門讓他進店裡。「給我的？」我問。

「不是白白給妳喔！」布萊德嬉鬧著說。

「開個價吧？」

「一個吻，」他稚氣地笑著。「不，兩個。」

我知道很可笑，但我臉紅了。他拉著我的手到放滿精編線的架子後面，在那裡我們至少能有一些隱私。

「看醫生還順利吧？」

「我根本沒看到醫生，我只是去做例行檢查。」

「緊張嗎？」

我搖頭。也許我該緊張，但癌症離開我很久了，時間一長，信心自然會增長。不只如此，我感覺很好，不可能生病，而且也沒有從前的病徵，只有偏頭痛偶爾發作。此外，多年來我第一次真正對未來懷抱希望。

「我星期六晚上有空。」布萊德低頭看我，他的眼神濃烈而誘人，我快不能呼吸了。

「太好了。」

「我請妳去吃飯、看電影，好不好？」

我微笑點頭。

「除了麥當勞，妳想吃什麼都行。」

我再次微笑。寇迪十分愛吃麥當勞的起司漢堡，布萊德對速食真是吃怕了。

「沒問題，除了麥當勞什麼都行。」

接著，布萊德非常自然地將我擁進懷中親吻，我幾乎沒察覺他的動作。大地沒有震動，天空沒有崩塌，但我發誓我從頭頂到腳趾都感受到這個吻。如果光是一個吻就能讓我有這種感受，我忍不住想像和他做愛會有多美妙。我閉上眼睛，想盡量延長這種神奇的感受。

「妳真香。」他輕吻著我的頸子耳語。

「是我的香水。」我仰起頭，他在我脖子上印下點點細吻。我真的像貓兒一樣發出快樂的聲音，就像鬍鬚下午在櫥窗做日光浴時那樣。

「不管哪一種，總之答應我星期六晚上要擦一樣的，好嗎？」

「好！」我耳語，他再次吻我。我們都不想停，但他還在值班，非停不可。他放開我時，我感覺到他和我一樣不捨。布萊德的吻會讓女人沉溺。

「我星期六晚上七點來接妳，好嗎？」

「太棒了！」我說。

那一刻，「太棒了」正是我對人生的形容。

32

珈珞・傑羅

胚胎移植後最關鍵的三個星期順利過去了。珈珞現在懷孕五個星期，很少女性能體會她對這次懷孕的期盼。

她和母親在電話上聊了二十多分鐘，掛好電話後弄了頓健康的午餐，有白乾酪和水果。珈珞從不喜歡白乾酪，但她要藉此昭告全宇宙，為了寶寶她什麼苦都肯吃，再怎樣的犧牲也不過份。她希望盡一切努力讓孩子一出生就贏在起跑點上。

珈珞微笑著把白乾酪盛進盤子，接著放上鳳梨片。網友說鳳梨有某種成分能增加胚胎留在子宮的機率。

她剛叉起食物還沒放進嘴裡，電話響了。她放下叉子拿起話筒。

是道格，通常他都很忙，沒空打電話回家，但最後一次試管嬰兒療程後他養成每天至少打一次電話回家的習慣。

「我剛和我媽聊過。」她告訴他。

「她有說什麼嗎？」

「她和爸想幫我們買個搖籃。」

「妳有沒有告訴他們，我們已經有搖籃了？」

「我不想掃他們的興。」療程結束三週時，珈珞收到一張嬰兒用品店的傳單。她硬拖著道格去店裡，他們一時興奮過頭，把育嬰室可能用到的東西全買齊了。

「那我們會有兩個搖籃？」

「我也可能懷雙胞胎呀！」

道格輕笑一聲，她當年就是愛上他這種不羈的笑。他最近很少這樣笑了，她極度肯定絕對是她懷孕讓他重拾開心的感覺。

「而且，就算我們用不到兩個搖籃，多的那個也可以給瑞克。」她實在不想破壞老公的好心情，但珈珞生產前幾星期，她哥哥的孩子會先出世。

「他最近有和妳聯絡嗎？」道格問。

「完全沒有。」

「我猜他還沒告訴妳的父母吧？」

「我不清楚，也不敢問。」

「沒錯，這不是妳該管的事。」

她陷進椅子裡。「真希望瑞克會負責任，跟這個女人結婚。」

道格遲疑了一下。「從妳告訴我的事情看來，他並沒有這個意思。」

「但他們有孩子了。」

「我知道，但我很瞭解瑞克。」

珈珞嘆息。不知道爸媽聽到這件事會說什麼。她媽媽很想抱孫，一定會很興奮，不管瑞克要不要結婚，都會要孩子冠瑞克的姓。

「我中午吃白乾酪耶！」她告訴道格。他很感激她的犧牲。

「希望寶寶會喜歡。」他打趣說。

「我也希望。」

他們閒聊一陣後珈珞繼續吃午餐。

當天下午她流產了。

就在夢想快要成真時……就在她允許自己相信時……就在她以為一切都不會出差錯時。

下午四點開始出現血點，一看到血她差點昏倒。緊接著子宮開始劇烈收縮，這下再也沒有懷疑的餘地。她流產了。

「不要，」她抱著肚子低語。「拜託……拜託，噢拜託。」她的聲音哽咽，坐在床腳掩著雙眼。

她很熟悉例行程序。先打電話給醫生，然後拿起皮包。她沒有通知道格，不忍毀了他整天的好心情。就讓他好過一下午吧，稍後再讓這個消息粉碎他的生命，他們不會有孩子了。

醫生檢驗後確認她早已知道的噩耗。她的身體排斥胚胎。寶寶死了，從她子宮排出。醫生既同情又關懷。她穿好衣服後，他輕握住她的手臂。

「我很遺憾。」

珈珞毫無反應地呆望前方。

「要不要由診所幫妳通知道格？」

她搖頭。

「要我幫妳打電話給誰嗎？」

他的話糊成一片，珈珞的腦子費了好大的勁才理解。她快被哀慟的大海淹沒，根本不可能正常行動。

「我要我媽。」她低語。她的身體三度排斥胚胎，之後再也沒有機會了。她和道格的生育之路到了盡頭，一切都完了。

「要打電話給她媽？」

她抬頭看他，不懂他的意思，接著才明白他問的是她媽媽。珈珞搖頭。「她住在奧勒岡州。」

醫生又說了幾句話，表示遺憾後離開。珈珞滑下檢驗檯，穿好衣服走出診所。她不知道要往哪走，也不在乎。她往前走，緩慢、搖晃，行屍走肉般走著，不久發現自己來到水族館附近的海邊。人行道上滿是觀光客，她覺得自己像河流中的大岩塊般擋住了交通，旁邊有好多男女老幼衝來衝去。

終於累到動不了，她坐在路邊的長椅上。淚水湧了上來，從靈魂深處發出嘶啞、沉痛的啜泣。她又失敗了，讓丈夫、父母和所有相信她的人失望。

她的手機響了，她也不知道為何那麼生氣。看也沒看是誰打的，她從皮包拿出手機扔到馬路上。一輛公車碾過去時她感到惡意的痛快。手機變成一塊塑膠，線路外露。

「女士，妳還好吧？」一位年輕警員停下來問她。

「不好，」她說，臉上滿是淚痕，雙眼疼痛無神。「一切都完了。」她這才明白一定有人看到她，認為她需要幫助所以找了警察來，可惜誰都幫不了她。

「要我幫妳聯絡親人嗎？」

「不，謝謝。」

「妳確定？」

她需要逃避而站起來。「謝謝你的關心，但你幫不上忙。誰都幫不了我。」她得快走，不然可能會進急診室或瘋人院。她一定要逃，於是又繼續往前走。走了好久、好久。天黑了，她發現她離家好幾哩。道格一定急死了，但現在她還無法面對他，無法看他聽到寶寶沒了時的神情。

一小時後，珈珞搭計程車回家。

她一進門，道格就飛奔過來。「妳到底上哪去了？」

「寶寶沒了。」

他好像沒在聽。「妳怎麼不接電話？」

「你沒聽見嗎？」她啜泣，肩膀無法控制地顫抖。「寶寶沒了。」

「我知道。」道格低語著把她摟進懷裡。

珈珞又開始大哭，怎麼也停不住。淚水從內心深處流出，啜泣絞著她的靈魂。只有經歷過的人才懂這種痛。感覺有如她跳動的心臟被硬生生挖出，彷彿她再無緣於歡樂、幸福或任何喜事。未來如此漫長，蒼茫而無望。

「我好想要我們的孩子。」她在丈夫懷中啜泣。

道格緊緊抱著她，頭靠著她的肩，她這才發現他也在哭。他們依偎著彼此，誰也無力安慰誰，只剩空洞、淒涼，痛心。

「對不起，」她哽咽說。「真的很對不起。」

「我懂……我懂。」

「我愛你。」

他點頭。

「我很努力了……」她想不出來哪裡做錯了，或是做得不夠。

「我會永遠愛妳。」道格安慰她。

珈珞精疲力竭地洗澡上床，在道格的臂彎中沉沉睡去。

凌晨三點，她因為胸口沉重的痛而醒來，想起子宮裡再也沒有漸漸成長的孩子。淚水又刺痛雙眼。

她悄悄下床，走進育嬰室站在黑暗的房間中央。她握著搖籃邊緣，咬著下唇忍住啜泣。

這時她發現牆上怪怪的，她瞇起眼睛，肯定牆上有東西。她打開燈看到丈夫用拳頭在牆上打穿的洞，雙腿發軟跪坐在地上。

33

賈桂琳・唐諾

星期五下午，賈桂琳來到佳話編織，像平常一樣遲到五分鐘。她多年前染上了「有風格的遲到」這種毛病，從此再也改不掉。

「珈珞呢？」她問坐在桌子盡頭拿著棒針的莉蒂雅。莉蒂雅隨身帶著毛線和棒針，雙手總忙個不停。

「珈珞今天下午在家休養，」莉蒂雅說明。「我恐怕得告訴大家一個壞消息。她的寶寶沒了。」

這正是賈桂琳所擔心的。「真是遺憾。」

「她可能要好一陣子才會再來上課，希望她會回來。」

賈桂琳點頭，她為珈珞難過。珈珞求子若渴。賈桂琳很擔心她，希望她能振作起來。她想起無法懷第二個孩子時的失望，但至少她還有保羅。珈珞和道格領養成功的機率微乎其微。賈桂琳嘆息。事情變成這樣真令人難過，但誰也沒有辦法。

「我們恐怕要失去珈珞了。」莉蒂雅說。

「為什麼？什麼意思？」愛莉絲焦急地問。

「她沒說什麼，但我想她可能要回去上班。她辭職的唯一原因就是寶寶，她幾星期前告訴我，證券交易所要她回去。」

愛莉絲一臉沮喪。

賈桂琳不明白她為何如此煩惱。一部份顯然是擔心珈珞，但賈桂琳感覺得到還有其他不對的地方。

「妳好嗎，愛莉絲？」賈桂琳輕聲問著拿出編織用具。她在幫兒子織圍巾，用的是很好看的棕色精編線，顏色和保羅童年鍾愛的一匹馬一樣。賈桂琳不曉得兒子會不會想起布朗尼而明白她的用心。

「唉！」愛莉絲低聲說，低垂著頭。

賈桂琳看看莉蒂雅，後者聳肩表示也不清楚出了什麼事。鋪子裡一片寂靜，只有偶爾車輛經過的噪音。

愛莉絲抬起頭，賈桂琳發現她織的不是珈珞給她的男用毛衣，而是完全不同的作品。

「妳怎麼啦？」賈桂琳粗聲問。

「不關妳的事。」愛莉絲的眼睛燃起生氣，似乎巴不得大吵一架。

「一看就知道是男人的問題。」賈桂琳對莉蒂雅大聲說，後者笑笑點頭表示同意。

愛莉絲抿緊嘴巴，依然不上鉤。

「我猜和妳交往的那個傳道人脫不了關係。」

「我們沒有交往……我們只是朋友。」

「這麼說，」莉蒂雅柔聲刺探。「妳和他沒有來往了？」

「我好久沒看見他了。他的朋友不我只一個，妳懂吧！」

「妳看到他和別人在一起，」賈桂琳猜測。

愛莉絲頭低到一點頭就碰到胸口。

「一個美女，」她含糊說。「還是金髮的。」教會那個女孩。

「難免的。」賈桂琳補上一句。在她想像中，瑞斯的情婦也是金髮，所以對他周遭所有金髮女性都投以懷疑的眼光。她才不在乎，她常這樣告訴自己，但賈桂琳偶爾還是會猜測對方的長相。同時她又不想知道。事實上，通常她根本不去想。

那晚瑞斯晚餐沒吃完就離開後，賈桂琳名存實亡的婚姻更岌岌可危。她還沒有原諒他，甚至根本躲著他。

瑞斯也沒有求和的意思。顯然第二天早上看到垃圾桶裡的玫瑰他就明白了。她們三個默默對坐編織。莉蒂雅兩次起身去招呼客人，賈桂琳有機會和愛莉絲獨處。賈桂琳也不知道這主意打哪來的，但一進了腦海就再也不肯離開。

「我欠妳一份人情。」她有些誇大地宣布。

「為什麼？」

賈桂琳沒想到愛莉絲竟然忘了。「小姑娘，妳很可能救了我一命呢！」

愛莉絲露出一絲笑意，但很快就消失了。她聳肩，好像那天走進巷子對抗惡徒是每天都發生的小事。

「我該回報妳的見義勇為了。」她堅決地說。

愛莉絲相當好奇地問：「怎麼回報？」

「我想，」賈桂琳熱中地說：「我要帶妳去徹底改造，當然由我出錢。」

「什麼？」

「造型美容。」

愛莉絲皺眉。「有什麼好處？」

「可能會讓某個年輕人注意到妳呀！」

「哪種造型美容？」愛莉絲裝得沒興趣，但騙不過賈桂琳。

「先從妳的頭髮開始。」賈桂琳挑剔地檢視紫色挑染，忍住不表現厭惡。那個恐怖的顏色一定要換掉。她打著手勢提議，「修剪、造型，也許換個顏色。」

「要我喜歡的顏色才行。」小丫頭充滿戒心地說。

「當然。」

「什麼顏色都行？」

「不要太離譜就行。」

愛莉絲聳肩做了個無所謂的姿勢。「我想應該可以。」她那樣子好像是賣賈桂琳面子。兩個月前賈桂琳可能會覺得被冒犯，但現在她知道那只是裝腔作勢。

「我帶妳去找我的時尚顧問——」

她還來不及說完愛莉絲就搖頭。「我不需要別人告訴我怎麼打扮。」

「隨妳，但我認為該幫妳買幾件新衣服。」

愛莉絲還是很猶豫，最後終於點頭。「妳出錢？」

「當然。」

「應該沒問題。妳想什麼時候去？」她的口氣好像她很忙。

「盡快。」賈桂琳放下編織用具拿起手機。「我現在就打電話給笛瑟瑞。她是全市最棒的髮型師，要提前好幾星期預約。」

「好吧！」愛莉絲再也藏不住急切。

「我要預約笛瑟瑞，越快越好，」賈桂琳盼望接線生聽得出她的語氣有多緊急。笛瑟瑞是頂尖美髮師，她的收費能讓賈桂琳的頭髮不用燙就爆開。但每分錢都很值得，她能化腐朽為神奇。

賈桂琳不耐地等著，接線生終於回來了。「笛瑟瑞說如果妳四點半到，她願意留晚一點。」

「四點半？」她瞥了愛莉絲一眼，她點頭。「沒問題，」賈桂琳意氣風發地說。她掛斷電話把手機放回皮包裡。愛莉絲肯定不知道她有多好運，賈桂琳要剪頭髮都得提前一個月預約。

莉蒂雅回來了，雖然沒聽到多少但似乎明白了，她贊同地點頭。賈桂琳現在全身是勁，確信換了衣服、剪個好髮型，一定能把愛莉絲變成迷人的小姐。興奮刺激感竄過全身，這一定非常好玩。

編織課一結束，賈桂琳帶愛莉絲去諾斯壯百貨公司買衣服。她自己的衣服都在這裡買，有位店員專門為她服務。

維多麗只看了愛莉絲一眼立刻去張羅。賈桂琳陪愛莉絲進試衣間，震驚地發現她連像樣的內衣都沒有。她堅持要她先換上新胸罩和內褲，而且不能挑那種荒唐又下流的高叉褲。

愛莉絲又吵又鬧，但沒有堅持太久。儘管賈桂琳贏了一仗，但這場戰役卻是愛莉絲大獲全勝。她連試都不肯試名牌針織套裝和維多麗拿來的其他衣物。

考量時間有限，雖然只幫愛莉絲買了一套好內衣，賈桂琳不得不休兵。投降之前，她誓言一定要讓她穿上有品味的服裝。

很不幸，做頭髮也很不順利。笛瑟瑞一看到愛莉絲黑紫色的頭髮就倒抽一口氣，接著用法文謾罵。賈桂琳雖然高中和大學都學過法文，還是不懂她說了什麼。從她的聲調聽來，還是不要翻譯比較好。

賈桂琳在休息室喝著咖啡等，同時背景傳來不斷的言詞交鋒。幸好店裡的高貴顧客都離開了；否則她們嬌嫩的耳朵會受不了愛莉絲和笛瑟瑞互罵的那些話。

九十分鐘後，愛莉絲好像逃出監獄般衝到美髮沙龍門口。賈桂琳幾乎認不出她。挑染紫色的濃黑頭髮不見了，換上一頭略帶紅色光澤的柔和棕髮，顏色類似賈桂琳幫保羅織圍巾用的毛線。

「愛莉絲。」她站起來說。笛瑟瑞再次施展奇蹟，她不只換了愛莉絲的髮色，還做出泡沫般的捲髮。

「我討厭這個髮型，」愛莉絲喊叫著用手撥亂頭髮。「這不是我。」

「不，親愛的，」賈桂琳耐著性子說。「這是新的妳。」

愛莉絲好像要哭了。「我看起來像……像『妙家庭（譯註：The Brady Bunch，七〇年代美國家庭喜劇影集）』裡的角色。」

「妳很漂亮。」

「葛瑞格，」她大喊。「我像妙家庭裡的葛瑞格。」

「別傻了，」賈桂琳尖銳地說。

「才沒有！我會被大家笑死。」

這丫頭簡直不講理。「我敢保證一定不會。」

「我知道妳是好意，但這不是我……真的不是我。」

愛莉絲沒有道謝就風一般衝出沙龍，留下啞口無言的賈桂琳。

「妳在哪裡認識這種女孩？」笛瑟瑞搖著頭問。

「說來話長。」賈桂琳洩氣地喃喃說。她想為愛莉絲做些好事表示感謝，但她搞砸了。

她回家發現瑞斯在廚房開冰箱拿啤酒。

「妳還好吧？」她匆匆經過要躲回自己的領域時，他問。

賈桂琳被他的問題嚇一跳。他們好幾天沒說話了，頂多只交換兩句必要的家務。換個時候她可能裝作沒聽見，但今晚她傷心又困惑，怎麼也藏不住情緒。

她不知道她對愛莉絲的一番好意會弄得這麼糟。她在廚房餐桌邊坐下，接過瑞斯遞給她的葡萄酒，滔滔不絕地說起她和愛莉絲的大冒險。

「我就是不明白哪裡做錯了！」賈桂琳無助地說。

「愛莉絲幾歲？」瑞斯問。

賈桂琳不確定。「二十出頭吧！我猜。」

「妳想把她變成另一個妳，賈桂琳。」

「我才沒有，」她大聲說，很氣瑞斯總把錯怪在她頭上。她早該知道不能對他訴苦。不過她立刻明白他說得對。她帶愛莉絲去找「她的」店員，和「她的」美髮師。她望著他的雙眼緩緩點頭。「也許吧！」

「下次請譚美幫妳出點主意。」

「譚美，」賈桂琳一聽到就搖頭。「她不可能做得比我好。」

「也許不會，但她的年紀和愛莉絲比較接近，可能有更多想法。」

「找她幫幫忙應該不壞，」她說。媳婦雖然不會比她強，但肯定不會更糟。

34

「編織常伴左右，帶來平靜。」

——摩根・希克斯，毛衣設計師

莉蒂雅・霍夫曼

到星期五我還沒接到診所的電話，但我沒想太多。佩姬通常利用午休時間把檢驗結果通知病人。我從經驗中學到，如果需要重開處方籤，我得在十一點前聯絡醫生。

我星期二早上開門時又不經意想起還沒接到佩姬的電話。她也可能星期一打來，但因我沒開店而轉到答錄機。我忘記把公寓新的電話號碼給她，她要找我只能打到店裡。我一開門立刻去看答錄機，不過沒有留言。

我本來想自己打去，但被一件無比開心的事打斷。布萊德偷閒來找我，他聲稱是咖啡時間。

只要他一走進店裡，我的心就會小鹿亂撞。我們上星期曾一起晚餐兩次，星期天幾乎整個下午都在一起。寇迪週末應該去媽媽那裡，但她常出差，所以對我們來說這是難得的時光，雖然我真的很喜歡寇迪。他是個活潑的小男孩，相當機靈有趣。我答應幫他織一件正面有恐龍圖案的毛衣。

「嗨，帥哥！」布萊德進店裡來時我說。他燦爛的笑容讓我目眩。

「咖啡煮好了嗎？」他問，我只能傻傻仰慕他。

「還沒，」我說。「我才剛進來。」

「我去煮。」他往店後面走，我們常在那裡享受兩人時光。

我們都清楚咖啡只是藉口，其實他想和我獨處。我跟過去假裝要幫忙，一走進花門簾後，布萊德一把摟住我的腰。

「我覺得這個週末很棒。」他低語，雙手在我背後交握。

「我也是。」我們去湖上划獨木舟，半路他拿出吉他對我唱情歌。這一招實在太浪漫了，從沒有男人為我做過這麼甜蜜的事。「可是別再對我唱歌了。」

「妳不欣賞我的歌喉？」他誇張地噘起嘴說。

「不是這樣。」我說。「我很喜歡你的歌聲，但我擔心會愛上你。」那不是我打算說的話，但我的心自有主張。

「而那正是我的希望，莉蒂雅。」他把我抱得更緊，如此熱切地吻我，我擔心會癱倒在他腳下。這個週末我們試探過彼此的心意。我意識到我們來到男女關係的分水嶺。我們彼此吸引，很容易便滑進肉體關係。但在那之前，我需要絕對確定我們有共同的價值觀和人生目標。

瑪嘉莉警告過我，我媽也表示過意見，感情的事最好別急。我知道她們說得對，但在布萊德懷中的感覺太美妙。

「我越來越想和妳在一起，」布萊德說：「我每天早上一醒來就想到妳，臨睡前也想著妳。」

我對他也是朝思暮想，老實說，我有點害怕。我有過兩段感情。第一段感情，對方因為我被診斷出腦瘤而分手，當時我太年輕不明白失去了什麼。

第二段和羅傑的感情就不同了，我真的心碎了。回想起來，當他離去時我好想死，我真的以為自己會死。俗話說得好，時間能治療一切，六年過去了，現在我明白羅傑為何離開。我真心相信他愛過我。正因為他愛我，所以無法看著我死去。他選擇了他所知的唯一出路：離我而去。

我聽說分手幾個月後他就結婚了。我盡量不去想他，但偶爾還是會悲從中來。我不希望和布萊德再有遺憾，不管這段感情會帶我們去向何方。

「妳好安靜。」他溫柔地撫去我額前的頭髮，低頭看我。

「我們不能急。」我說。我告訴過他前兩段感情，以及我人生中值得一提的一切。他已經知道基本的事實，那天在獨木舟上我補上細節。我們在湖面漂著，我背靠著他望著翠綠湖水。我發現不用正面看著他時比較容易談起過往的戀情。

布萊德也說起他的婚姻，說他覺得辜負了前妻。我不懂，但我明白怪罪自己的衝動。同樣的衝動讓我們相信戀情或家庭中發生的一切都是我們的錯，但我學到人無法控制別人的感情……

「星期五一起晚餐好不好？」他問。我還來不及回答又被他吻住。

電話響了，我煩躁地嘆氣。「千萬別改變主意。」我低語著輕輕離開他的懷抱。

我匆匆出去接起電話，免得被轉到答錄機。「佳話編織，」我說，希望聲音不會洩漏出我剛才在做什麼。

「莉蒂雅，我是威爾森醫師門診的佩姬。」

「噢，嗨，佩姬，」我很高興終於接到她的電話。「我還在想妳什麼時候會打來呢。」

「我本來星期五就要打。」

「沒關係，我那天很忙。」

她猶豫了一下，這時我就該明白了，但我太遲鈍。

「我該早點打的。」佩姬說。

這時我察覺到她的口氣不對。

「壞消息？」如果是，我一秒都不想拖延。雖然她沒說，但我直覺明白這個週末是她給我的禮物。

「我昨天打過電話給妳，」她喃喃說。「但我想起妳星期一休息，對吧？」

「妳沒有留言。」理由很明顯了，她要說的消息不能留言了事。

「對！」她不自在地說。

「到底怎麼了？」我堅強準備接受最壞的結果。

「噢，莉蒂雅，我很遺憾。威爾森醫生看過妳的驗血報告後幫妳安排了幾次X光攝影，他希望妳能盡快來一趟。」

「好。」不用說，癌症又復發了。就在佩姬說話的當下，腫瘤在我腦中長大。癌症又回來了，這次什麼都阻止不了，手術、藥物都無濟於事。如果我是一個人，一定會堅持要佩姬此時此刻就說出最壞的可能。但布萊德聽得到我說話，我不能這麼做。

「幫妳安排明天早上八點去照X光好嗎？」

「好，」我含糊說。

「威爾森醫生要妳九點帶著X光片來。」

「好。」我麻木地說。癌症給我六年假釋，我覺得被耍了，我想要更多時間，更多更多。

前兩次都是父親給我勇氣，但這次他走了，我只有自己。媽無能為力，而瑪嘉莉聽到一定會大發雷霆。我忍不住相信姊姊一定會把癌症復發怪到我頭上，她會說我太想要人可憐才會刺激腫瘤成長。一想到她的反應我險些哀嘆。

「壞消息？」我掛上電話後，布萊德問。

我沒察覺他到前面來了。咖啡一定煮好了，因為他手裡端著杯子。

「不是，」我撒謊。「但我星期五不能和你吃晚餐了。」

「妳沒事吧？」

「當然。」我不知道怎麼笑得出來，但我微笑著抬頭看他的表情可以得最佳演技獎。

布萊德不久就走了，就算他察覺異狀也沒說出口。我等了一兩個鐘頭，接著打他的手機，讓他確實明白我們的關係結束了。我知道這樣很懦弱，但我不想和他爭執，也不想和他討論細節。我不想讓他以為還有希望，也不想讓他勾起我的希望。

就在我以為有機會好好活下去時，一切又再次被奪走。我知道所有例行步驟，我都經歷過。檢驗結果有問題，看完醫生還有更多檢驗，之後留院做深度觀察。

接著威爾森醫生會一臉嚴肅地宣布診斷結果，他會在離開病房前捏捏我的手。

我一直不懂那個小動作有什麼意義。一開始我以為醫生想為我打氣，要我全力以赴打贏這一仗。後來我終於想通了，他是在表示歉意。他只是人類，能做的只有這麼多。

我會盡快切斷和布萊德的牽絆。他遲早會諒解，就算他現在不知感激，以後也一定會。

35

珈珞・傑羅

珈珞流產已一星期。道格在她身邊熟睡，但她無法入眠。望著收音機電子鐘，凌晨三點半。她知道不可能入睡乾脆悄悄下床。她摸黑走著，來到客廳。

她失去的夢，她和道格被迫放棄的未來規劃，在在都如倒塌的建築壓在她身上。再也不會有寶寶了。她無緣將嬰兒抱在懷中，或體驗哺乳的喜悅。

距離流產整整七天了，除了第一天悲慘的夜晚，珈珞再也沒有踏進育嬰室。她沒辦法進去，太痛苦了。門一直關著，她相信道格一定也沒進去過。

昨天晚餐時，他提議打電話給嬰兒用品店安排退貨。他們沒有理由留著那些東西，雖然丈夫只是務實，感覺卻好比往她的心口刺了一刀。

這種事情不該發生在他們身上。他們如此相愛，而且都是好人。認識他們的人都說他們會是很棒的父母。

珈珞希望這撕心裂肺的痛能隨時間淡去。才剛過一星期，她心中的疼痛、空虛完全沒有減輕的跡象，反而越來越嚴重。她只能從網友身上得到慰藉，她們懂這種感受，也陪她垂淚。

珈珞仰頭閉上眼睛，雙手抱著身體前後搖擺，滿心悲愁、哀痛與失落。

一定弄錯了。怎麼會這樣？她不負責任、魯莽、幼稚的哥哥隨便都能和一個他不愛的女人有孩子。公平、正義何在？可憐的孩子……爸媽都不在乎他。

珈珞唰地睜開眼睛。興奮感在手臂爬上爬下。瑞克！珈珞從沙發跳起來衝回臥房，她跳上床。

「道格，快醒醒！」她跨跪在他身上大喊。

丈夫不理她，翻身到另一邊。

「道格！」她大喊，因為放鬆與喜悅而昏了頭。希望的藥力很強，而這時她充滿了希望。「道格，我有話跟你說。」她輕輕搖他。

「珈珞，」她丈夫抗議，睜開一隻眼睛瞥了一下鬧鐘。「現在是半夜！」

「我知道……我知道。」她跪著，彎腰吻他的脖子。「你一定要醒過來。」

「為什麼？」他抱怨。

「因為我有很重要的事要跟你說。」

道格萬般不情願地翻身平躺，伸手抹抹臉。他眨眨眼看著她，接著皺眉。「妳笑得那麼開心有原因嗎？」

她點頭，俯身抱住老公。

「我剛才在客廳發呆。」她伸長手臂精力十足地比劃著。「我覺得很難過，一直在想人生真不公平。我那麼確信一定會有孩子，結果卻沒有……我突然想到一件事情，所以一定要叫醒你。」

道格勉強坐起來，平視著她的眼睛。

「我們還會有孩子。」她低語。

「慢點。」道格搖搖頭。「我被弄糊塗了。」他皺眉端詳她。「妳在說領養的事？」

他們討論過很多次，等待領養的嬰兒很少，他們沒多少機會。「不是隨便領養一個，我說的是領養瑞克的孩子。」

「妳哥？」

她大笑。「你還認識別的瑞克？」

「不，但懷孕的人又不是他。」

「我知道，是麗莎，還是兼美？我不記得了，但無所謂。你沒看出來嗎？上帝安排好要讓那個寶寶變成我們的。」

道格沒聽懂她的計畫，就算聽懂了，也沒表現出和她同等的激動。他凝視著她溫柔地說：「親愛的，妳沒想清楚。」

「我想得很清楚，」珈珞堅持。「你看不出來這有多合理嗎？我哥有一個不想要的孩子。麗莎，還是兼美，也被嚇壞了。不管她叫什麼名字，她顯然只是玩玩並不想當媽媽，瑞克也說她吃著避孕藥。」

「沒錯，但——」

「我知道很突然，但我真的覺得這個孩子不是意外。這是『我們的』孩子。」

道格的嘆息在臥房迴盪。「珈珞……」

「這個孩子和我有血緣關係，和領養陌生人的孩子不一樣。」

「妳以為瑞克會同意？」道格顯然有所疑慮。

「同意？」她大笑著說：「我想他巴不得能逃過孩子的贍養費。此外，我會保證絕不告訴愛麗這孩子其實是他的骨肉。我們一定做得到，對吧？」

「當然。」

「萬一他和愛麗復合，他可以安心知道我們不會走漏風聲。」

「那孩子的母親呢？」他問。「她一定有意見。」

「我想過了，」珈珞說：「她不得不休假好幾個星期，但是我們可以補償她損失的薪水。」

道格漫不經心的聳肩。「我們應該付得起。」

「我可以回去上班，幫忙支付她的要求。」

「這不是個好主意。」

「為什麼？」珈珞抗議。他一定得和她同心，事情才會成功。

「妳不能回去上幾個月的班又辭職。如果妳要回交易所上班，一定要先聲明只打算作幾個月。」

他說得對，但並不能動搖她的希望或計畫。「我願意盡一切努力讓領養成功，你只要保證會支持我就好。」

「妳知道我一定會。」

「我打心裡感覺這個孩子是我們的。」為了說服他，她拉起他的手握住。

道格閉上眼睛，她看不出他在想什麼。他害怕，她也怕，但她確信這是注定的，信念凌駕她的恐懼。

「你擔心我們又會失望，對不對？」

道格點頭。「我實在不願意看妳這麼投入。萬一又不成呢？」

「你不覺得該擔心的人是我嗎？」雖然道格不確定，但她相信哥哥一定會欣然接受。

「要我打電話給瑞克嗎？還是妳要打？」道格問。

珈珞喜孜孜地摟著老公的頸子。「我一早就打電話跟他說明。」自從那天告訴她懷孕的事後，瑞克一直沒和她聯絡。他應該已經從爸媽那裡聽到她流產的慘劇。珈珞知道他故意不打電話也不寫信給她，他不知道該說什麼，於是乾脆裝作不知道她的痛。哥哥總挑容易的路走，她直到最近才看清這一點。

「我可以睡了吧？」道格不等她回答就躺回去，把被子拉到耳朵上。

珈珞從精力充沛的狀態一下變得好累。她也鑽進被窩裡，頭埋在枕頭中。道格背對她側躺，她弓起身體貼著他，摟住他的腰。

雖然很睏，她腦中卻充滿成千上百個想法，關於這個孩子，以及領養將為他們的生活帶來的變化。俗語說得沒錯：上帝關上一扇門，一定會打開一道窗。那扇窗敞開著。她只要站在窗前幾分鐘就能感受到變化的風。她終於看清一直在眼前的事實。

愛莉絲・湯森

愛莉絲把髒衣服倒進洗衣機，加了洗衣粉後投幣。她有一堆搖滾樂團和演唱會T恤，夠撐上兩星期。

為了省錢，愛莉絲和洛荔合起來洗衣服，輪流把髒衣物搬到自助洗衣店。她討厭洗衣店，但今天輪到她，所以她才會星期一一大早就在這裡。要是哪天能有自己的洗衣機和烘乾機，她就會自認有成就了。

她坐在硬塑膠椅上拿起一本去年的舊雜誌，發現上次來時已經看過了。她雙手抱胸伸長腿閉上眼睛，想到賈桂琳她忍不住笑了。她是一片好意，但愛莉絲絕不可能試穿針織套裝。一看到標價她差點昏倒，套裝加毛衣要價一千多。花一千多元買套衣服？簡直瘋了！

在美髮沙龍更慘烈。那個口音超重的法國婆娘完全不聽愛莉絲說話。她自有主張，完全不理愛莉絲的指示。笛瑟瑞完工後，愛莉絲差點尖叫。其實她的髮型還不錯，但笛瑟瑞修掉太多頭髮，愛莉絲足足等了一星期才能弄成她喜歡的樣子。

愛莉絲不是不知感激；賈桂琳想幫她，愛莉絲很感動，尤其是她負責買單。但賈桂琳白忙一場，她完全不瞭解愛莉絲的喜好，愛莉絲再也不會讓她接近。

不過還是有好事，珈珞星期五去佳話編織了，沒想到她心情很不錯。大家聽說她流產都很擔心。愛莉絲不知該說什麼，她想讓珈珞知道她關心，但又不想提起傷心事，生怕珈珞還沒辦法面對。賈桂琳和莉蒂雅顯然也有同樣的感覺。

看到珈珞開朗地走進店裡，愛莉絲和其他人都很震驚。珈珞似乎認定她和道格能成功收養，她們也就假裝一切都好。愛莉絲擔心珈珞在逃避現實或陷入妄想。她也想鼓勵她，但坦白說，她很憂心。

愛莉絲擔心的不只珈珞。莉蒂雅也不太對，完全不像平常的樣子，她變得壓抑、退縮，好像在夢遊一樣。賈桂琳也察覺了。一開始愛莉絲還以為她和快遞男吵架了，整個夏天她一直迷戀他。不無可能，但她不這麼認為。被問起時莉蒂雅總說沒事，但愛莉絲不用通靈就感覺得到蹊蹺。

還有洛荔……洛荔比之前更糟。早知道不該找室友，但她們已經甩不掉對方了。過去三個月來洛荔總是煩人又暴躁。愛莉絲好心幫她找了雜誌上的神奇減肥法，她竟然把雜誌扔到愛莉絲臉上。從此愛莉絲就一直躲著室友。洛荔辭掉錄影帶店的工作後更容易避不見面。她上星期辭職後找到在托兒所助理的工作，基本上就是保母兼清潔工，清理打翻的果汁、收拾積木。她沒有受過任何訓練，似乎也不太喜歡那份工作。

衣服洗好了，愛莉絲起身把衣服放進洗衣籃拿去烘乾，一轉身差點撞上喬登．透納。

自從上次爭執後她再也沒見到喬登，做了那種蠢事後她並不期待喬登會再給她機會。她之所以讓賈桂琳改變她的造型，其實是希望喬登發現後能有藉口來找她說話。她不該有所期盼，每次她試圖改善現狀，都沒有好下場。

「呃，嗨，」她結巴著。

「我就想應該是妳。」他端詳她的頭髮。「我喜歡妳的新髮型，顏色很好看。」

「真的？」愛莉絲的心彷彿工地用的打樁機猛跳個不停。「我自然的髮色就是這樣。呃，差不多啦！如果我沒記錯。」得到喬登稱讚前，她一直覺得頭髮是老鼠色。他讓她覺得美麗而獨特。

「我們該把有些事談清楚。」他說。

她聳肩，緊張到說不出話。

「妳有空嗎？」

「大概有吧！」她刻意走向烘乾機把衣服倒進去。她投好幣、確認機器開始轉動後回去找喬登。

他坐在摺衣服用的桌子旁。時間還早，店裡人不多，十點一到就會擠滿人。愛莉絲喜歡挑沒人的時間來，這時不會有小孩到處亂跑、大人爭烘乾機。

她低著頭，拚命想該如何道歉。

「我聽說妳做的事了。」喬登說。

愛莉絲皺眉，不懂他在說什麼。

「蘿莉告訴我，妳拉她離開毒窟。」

「噢！」愛莉絲都快忘了。「是啊！其實她很想離開，只是嘴硬。」

「蘿莉是問題少年。」

「誰不是？」她不是故意輕率，事實的確如此。所有少年都會經歷一段時期，覺得全世界都和他作對，於是激烈反抗。她在叛逆期好幾次誤入歧途，多希望當時也有人拉她一把。

「蘿莉要我轉告妳，她很感激。」

她淡淡點頭。「我知道蘿莉不該在那種地方和那些人混。」

「妳也一樣。」喬登凝視著她。

「我知道。」

喬登不肯移開視線。「妳有濫用藥物嗎？」

這句話惹火了她，她差點大聲爭辯，轉念又嚥下憤怒。這問題不過份，因為她是自願走進毒窟的。「已經沒有了。以前有，但現在沒有了。」

他點頭，相信她的話。

「我想我該道歉，」她盡量裝出不經意的模樣。「你說得對，我是在吃醋。」看到喬登在教會和美女在一起，她真的打翻了醋罈子。她沒權利吃醋，但她認定喬登是她的。那種炙人的疑心強到無法忘懷，所以她才再次踏入發誓不再涉足的地方。

該道謝的人不是蘿莉，而是愛莉絲。那女孩面臨的危險讓她清醒過來。

「我接受妳的道歉。」喬登對她咧嘴一笑。

愛莉絲覺得心都融了，也對他微笑。

「還是朋友？」

「還是朋友。」她同意，開心的同時卻又惆悵。這是否代表以後只能作朋友？

喬登伸手過來握住她的手。「我想念妳。」

一瞬間她差點喘不過氣。他想念她！「我在幫你打毛衣。」她低語。

「真的？」

愛莉絲後悔收下珈珞的圖樣，一開始她就遭遇許多困難。她有一陣子放棄了，但不久又因為希望感覺親近喬登而繼續。她也覺得可以用毛衣當藉口聯絡他。她的嬰兒毯已經織完，也給社工看過；現在只需要送去給慈善機構。

「妳用不著吃醋，妳知道。」

愛莉絲凝視他的眼睛。

「我心裡沒有別人。」

她喉嚨緊繃地嚥了一下。「喔！」

他緊握住她的手。「妳還記得以前妳生日的時候請全班吃小蛋糕嗎？」

愛莉絲怎麼忘得了。她母親不善家務，愛莉絲只好自己動手。而且用的不是現成的混料，是從頭做起。

「那是我自己烤的。」沒想到他還記得。

「妳給了我兩個。」

她垂下視線。「對啊，我記得。要是有像樣的烤箱，我立刻能烤一大堆給你。」

「妳喜歡烘焙？」

愛莉絲點頭。她夢想能上烹飪學校，然後在賈桂琳和她丈夫光顧的那種餐廳當主廚，料理奢華的菜色。或者是擁有自己的外燴事業。她不常談起夢想。這些年她曾在幾家餐廳工作，十分熱愛廚房裡的瘋狂幹勁。她本來想在安妮咖啡館工作，但錄影帶店先用了她。

「妳星期六晚上有事嗎？」喬登用拇指撫摸她的手背。

「不算有。」

「要不要和我一起晚餐？」

「在安妮咖啡館？」那是她去過最類似餐廳的地方。

「這次不一樣，我們去牛排館吃頓真正的大餐。」

感覺起來像是必須正式打扮的地方，說不定賈桂琳願意再給她一次改造的機會。問問也無妨。

37

「編織和其他事情一樣，成功讓你學到東西，即使失敗也會很有收穫。」

——潘美．艾倫，「交織出版公司」編輯

莉蒂雅．霍夫曼

這種說法相當濫情，但我真的覺得人生結束了。我躺在病床上被酒精和消毒水的氣味包圍時的確這麼想。我向來討厭醫院的氣味，在醫院住了那麼久，大家都以為我早該習慣，但我從不習慣。X光片證實了我最大的恐懼，另一個腫瘤正在成形。唯一值得慶幸的是這個腫瘤可以從鼻腔摘除，不必開腦。

現在腫瘤已經摘除，切片檢查也完成了，但結果還無法判定。切片組織被送交其他醫生確認，我的病史讓醫生不敢掉以輕心。

病床邊的桌上，瑪嘉莉送的康乃馨讓我的心情好轉。這是姊姊第一次送我花。我們的關係已改善不少，但她的支持不足以讓我度過這次難關。

我心裡清楚接下來會怎樣，我無法承受。不能再來一次。我的身體裡所有部分都在尖聲抗議不公平。我想像個小孩一樣跳腳，大發脾氣。

爸爸再也不能幫我，我深深覺得遭到遺棄。雖然很不理智，但我很氣父親這麼早死。我好生氣，氣爸爸，氣上帝，氣整個世界。

因為手術麻醉昏睡了兩天，我現在甚至無法逃進夢鄉。只要一閉上眼睛，我就看到布萊德的臉，聽見他的聲音。我不斷想起最後一次的對話，在電話裡，我說再也不想見到他。我盡量坦然地說不想繼續交往。

當然，他不懂我其實是為他好，他和我爭辯、想讓我改變主意。我很遺憾說出那樣的話，但我無法告訴他真相，於是我設法讓他以為我變心了。

我知道瑪嘉莉很不贊成我和布萊德分手，但我告訴她，我的人生我自己決定。她從此閉嘴，但我知道她很憤慨。我能面對她的不悅，我一輩子都在面對。

她沒有怪我讓癌症復發，我盡量感激姊姊表現的小小同情。我告訴她這件事時，她非常沉痛地告訴我她有多難過。

彷彿我的思緒召喚了她，瑪嘉莉出現在病房門口。「看來花已經送到了。」她似乎鬆了口氣。她謹慎地四處張望，彷彿怕被綁上病床送去做實驗性手術。

「這些花很漂亮，」我對她說。「妳真貼心。」

「那麼，」她小心翼翼地走近病床。「檢驗結果如何？」

我聳肩，因為沒什麼可說的。「和上次差不多。」

瑪嘉莉同情地揚起眉毛。「那麼糟？」

我很努力想微笑，但只擠得出一個苦笑。

「媽也想來……」

我點頭。媽不知道我為何住院，我想繼續瞞著她。回想起來，幸好爸過世時走得很快。媽無法承受長期臥病。

我察覺瑪嘉莉和母親很像，她願意來看我，更證實了過去幾個月我們的關係進展許多。

瑪嘉莉終於覺得可以放鬆了，拉了張椅子到我床邊。

「我很高興妳來，」我告訴她，「我有幾件事情想跟妳商量。」

她彷彿沒聽見。「我不認為現在適合……」

「拜託。」雖然她不懂我的話，但我的語氣讓她明白了。

瑪嘉莉不情願地重重嘆口氣。「好吧，什麼事？」

「我在想佳話編織以後該怎麼辦。」

瑪嘉莉一臉沉痛。「我也想過。妳知道我不會編織，但我願意幫忙看店──」

「我不打算麻煩妳。」我沒想到能把生意託付給姊姊。

「這是可行的作法，媽和我可以輪班。」

她的慷慨讓我深深感動，我開始哽咽，淚水湧上眼眶。「不敢相信妳願意這麼做。」

瑪嘉莉一臉詫異地望著我。「妳是我妹妹。我會盡力幫妳，包括……」她遲疑著，深吸一口氣轉過頭。「這件事以後再說好嗎？現在一切還不確定，到時候再商量吧！」

「但──」

「還有別人來看妳。」

我以為來的是外甥女，滿懷期盼地望著門口。我想立刻安排好毛線舖的未來，但等醫生做出診斷再決定也很合理。癌症第二次發作時我就以為活不了，第三次發作我更不敢奢望能活下去。我已經無心對抗，願意接受命運。

我無法對瑪嘉莉和媽媽說出這麼可怕的話，但我寧死也不要接受治療。我覺得無法再次承受化療的痛苦。我是成人了，可以自己決定，就讓癌症帶我走吧。我唯一能商量的對象只有威爾森醫生，但要等檢驗結果分析出來，我才有機會見到他。

「等我一下。」瑪嘉莉說。她站起來離開病房。

她回來時我震驚不已。她帶來的訪客不是我的外甥女，而是布萊德。我全身都想尖叫要他走開，瑪嘉莉也一起走。我受不了。一看到布萊德臉上溫柔的關懷，我的反應像個少女似地用雙手掩住臉。沒想到我接著竟然可恥地淚流滿面。

我感覺布萊德摟著我的肩。「妳可以告訴我的，妳知道。」

我放下雙手，拒絕看他，也不肯說話。我的怒火轉向多事的姊姊爆發。「妳怎麼可以這樣？」我對她大吼。「怎麼可以？」

「妳怎麼可以這樣？」她也對我大吼，彷彿病房裡的回音。

布萊德打斷我們的互吼。他的聲音有力而充滿決心。「如果妳告訴我，我們可以一起商量，莉蒂雅。」

「走開。」我轉頭直視他的臉，雖然我的心都碎了。

他搖頭。「抱歉，我不會走。」

「你沒有選擇。」

「我不會讓妳把我趕走。」

「你不懂嗎？」我近乎哽咽地喊。「和我在一起沒有未來。」

他溫柔地看著我，拉著我的手。「但是有今天、明天、後天。」

我仰頭望著天花板，我不懂為何大家要把事情弄得這麼難堪。

「莉蒂雅，」瑪嘉莉說：「妳可不可以不要再自憐，振作起來？」

果然是姊姊會說的話，經歷這場夢魘的人又不是她。要被化療和放射治療折磨數星期的人也不是她。姊姊那樣子彷彿我的癌症只是小毛病，好像我該把病痛拋在腦後好好過日子。

「我不敢說未來會怎樣，」布萊德的眼神很誠實，「但我敢說不管怎樣，我都會在這裡陪著妳。」

這種話我以前也聽過。幾年前我聽過一模一樣的話。但接連兩天的戳弄、針刺讓我沒精神吵架。「拜託，走開……我現在沒辦法想這件事。」

瑪嘉莉和布萊德互打眼色。他們好像不相信我，也不在乎我的需求，因為他們毫不理睬我的要求。我別無選擇，只能用力按鈴叫護士。

「需要什麼嗎？」對講機傳來細細的聲音。

「我需要安靜，」我大喊。「我要安靜休息，但這些人不肯走。」

瑪嘉莉抿著嘴緩緩搖頭。從布萊德皺著眉頭的嚴肅表情看來，得請來重兵，或發怒的護士，才能將他從病房撤離。我躺下翻身背對著他。

「我們的事情還沒說完。」他說。

我沒有理他。我想說的話早就說完了，不管他再說什麼也無法動搖我的心意。

我聽見腳步聲走進病房。

「我們正要走。」瑪嘉莉對護士說。

我強迫自己不准回頭看姊姊和布萊德離去。

也許我有比癌症更嚴重的毛病。世上只有這兩個人會給我關愛與支持，而我把他們趕走了。

38

珈珞．傑羅

珈珞和道格先抵達瑞士火鍋餐廳。他們就坐後各點了一杯白酒，等她哥和麗莎，如果她肯來。

珈珞花了好幾天才終於聯絡到他。他們的交談很簡短。她邀瑞克來晚餐，如果麗莎有空也歡迎一起來。約好時間、地點後，他答應會問麗莎。

「你覺得她會不會來？」珈珞抓著丈夫的手臂問。今晚很可能是他們結婚以來最重要的一晚。

道格還來不及回答，珈珞看到侍者領著哥哥過來。他一個人，也許這樣也好。她和道格商量過後，可以請哥哥把他們的想法向麗莎轉達。和陌生人討論這麼隱私的事，她可能會不自在。

珈珞打算先和哥哥客套一陣，然後請他到家裡，這時才說出提議。他們同意由道格發言，珈珞負責揣摩瑞克的感覺。

「你們在這裡呀！」瑞克說。他吻吻珈珞的臉頰，接著在對面坐下。「媽告訴我妳流產的事，我很遺憾。」

「謝謝。」

他們的飲料到了，正好轉移話題。瑞克要了雙份威士忌。「我明天晚上才要飛。」他解釋。

「近來好嗎？」點完菜後道格問。

「很好。」瑞克輕率地回答。

珈珞在桌子下握住老公的手。「麗莎呢？」

「還不錯吧，我一個多星期沒和她聯絡了。」

「妳看起來精神不錯。」瑞克對珈珞說。「我還以為妳會很沮喪，媽說妳這次流產很難過。」

她苦笑。「是啊，但日子還要過下去。」

瑞克的酒來了，他舉起裝滿冰塊的杯子。「敬人生。」他說。珈珞和道格也舉起杯子，但沒有附和。

「其實我心情這麼好，你和麗莎功勞很大，」珈珞試探。道格使眼色警告她。她知道他有道理。還不到揭露目的的時候。

「我？」哥哥一臉意外。

幸好剛好上菜珈珞才不用回答。侍者點著爐子，放上一鍋滾燙的起司。接著沾料也上桌了，有麵包、蔬菜、新鮮蘋果和西洋梨。

過去一週，珈珞的胃口改善不少，但流產之後她體重驟降，很多衣服都不能穿了。今晚她換了三次衣服，每一件都像帳棚般掛在身上。

「我們考慮要領養。」珈珞宣布。儘管道格一再阻止，但她再也按耐不住。

瑞克贊同地點頭，「好主意。」

「我們也這麼認為。」珈珞輕聲說，腿輕輕蹭著道格。瑞克有夠遲鈍，竟然不明白這麼明顯的暗示。

「我上星期和愛麗聯絡過。」她哥哥說。

「如何？」

「她很客氣，但我感覺得出那是裝出來的，其實她很高興我打電話給她。我邀她下星期一起晚餐。」

「她答應了？」

瑞克搖頭。「我該當面邀請，這樣比較難拒絕。」

「那麗莎呢？」珈珞想打聽懷孕空姐的近況。

「我們決定分手，我們本來就不打算認真。」

珈珞的心一沉。「不過你們還會見面吧？」

她哥哥抬起頭，叉著一塊沾滿起司的麵包在碗上滴。「噢，免不了的，我們在同樣的航班工作。她人很好，之前發生的事只是倒楣的意外。我得說她處理得不錯。」

珈珞鬆了口氣。「你知道，有時候意外其實根本不是意外。」

「也許。」瑞克又叉起一塊麵包。「真好吃。你們有沒有留意裡面放了哪種起司？」

「我沒注意。」道格說。

珈珞察覺老公的語調有點衝，轉頭看到他皺著眉頭。她想問怎麼了卻開不了口。既然已經提起麗莎，珈珞再也忍不住了。

「你一定知道我流產的時候有多悲慘。」她專注地觀察哥哥的反應。

瑞克喝了一口酒，叉起一塊西洋梨。「真不幸。」

「上星期有一天晚上快天亮時，我坐在黑暗中想這件事，覺得自己一無是處。」

「怎麼會？」

「我辜負了自己，也辜負了道格。我們都知道他一定會是個好父親。我知道爸媽有多失望，他們真的很期待抱孫。我覺得整個世界都毀了。」

瑞克看著她。「妳怎會有那種感覺？」

要解釋太費時間。「女人不能順利懷孕足月時就會有那種感覺。」

瑞克對道格擠眉弄眼。「女人哪。難相處又難懂，但她們讓人生變有趣，對吧？」

道格懶得理他。

「我提起這件事——」

「珈珞，」道格按住她的手。「先吃飯吧！」

她點頭，好不容易才沒繼續刺探麗莎的事。瑞克已經在喝第二杯了，要不是喝多了他一定能明白她的意思。

這頓晚餐似乎永無止境。換個時候，珈珞會很享受和她心愛的兩個男人作伴。起司鍋之後上主菜，白酒煮龍蝦。甜點終於上桌時，珈珞再也按耐不住。

「要不要來我們家喝一杯？」道格問。

瑞克看看錶。「還是不要了。」

「道格和我有很重要的事情要跟你討論，」珈珞連忙說。

瑞克驚訝地看她一眼。「什麼事？」

珈珞不願沒有提起領養的事就讓晚餐結束。「道格和我想問你和麗莎的事。」

瑞克皺起前額。「我不是說過我們分手了？」

「對，我知道，我們沒有硬要你們在一起。道格和我——」她頓了一下看老公一眼，轉回頭凝視瑞克。「我們想問孩子的事。」

「什麼孩子？」瑞克好像真的沒聽懂。

「本來是。」

珈珞靠向前。「麗莎不是懷孕了嗎？」

珈珞感覺彷彿椅子被突然抽走。「她流產了？」

瑞克搖頭。「她和我商量過。我們一致同意沒有別的辦法，我們都不想要這個孩子。」

「對，但——」

「我很擔心愛麗萬一知道後的反應，更別說還要付十八年要命的撫養費。有小孩的責任太重。」

「她墮胎了。」珈珞覺得手臂一陣刺痛。

「我說過，麗莎和我商量過。身體是她的，由她選擇。」

「但你告訴她不想要這個孩子！」

「我說得很清楚，我不需要孩子來把我的人生弄得更複雜。」

「但我和道格想要這個孩子！」

「甜心，」道格溫柔的聲音穿透氣餒與驚愕。「沒有機會了，放手吧！」

一陣強烈的震驚之後她再沒有感覺，沒有生氣、沒有憤慨、也沒有失望。什麼感覺也沒有，就彷彿討論天氣一般不痛不癢。

「很抱歉，」瑞克說：「就算知道你們的打算，我們可能也不會改變作法。」

「來吧，甜心，我們回家。」道格扶她站起來，雖然她沒表現出悲痛，但他有。

「你們想得太美了吧？」瑞克說：「這是我的人生，我沒有必要替你們解決問題。」

「沒錯，」道格說：「這是我們的問題。」

瑞克把酒喝乾。「不要那麼難過，沒什麼大不了。」

「的確。」道格摟著珈珞。

「謝謝你們請我吃晚餐，改天再找個時間聚聚。」瑞克坐在原處，茫然望著對面的空位。

39

愛莉絲．湯森

週六早上十點，賈桂琳來公寓樓下接愛莉絲。週五下午編織課時，愛莉絲有意無意地提起要和喬登前往高級餐廳約會。賈桂琳立刻抓住這一雪前恥的機會。

「我知道上次做錯了，」賈桂琳堅持。「再給我一次機會，保證妳不會後悔。」

愛莉絲希望如此。賈桂琳的賓士車停在路邊，愛莉絲走過去打開前座門。「妳確定？」

「非常肯定。快上車，我們要趕時間。」

三個月前，要是有人告訴愛莉絲她會和貴婦變成朋友，愛莉絲一定會笑掉大牙。她和賈桂琳還是會有唇槍舌戰，但大多只是做做樣子。愛莉絲不能讓人看扁，顯然賈桂琳也有同感。

愛莉絲上車等著。「安全帶，」賈桂琳嚴正地說。愛莉絲低聲抱怨著扣好安全帶。

「對了，我們要去我媳婦家。」

「譚美的家？」真想不到。愛莉絲察覺賈桂琳不只對她和善許多，對媳婦也是。編織班剛開課時，賈桂琳對寶貝兒子娶回家的女人沒一句好話，現在至少改善了一些。

「譚美年輕又時髦，那應該就是妳想要的樣子吧？」

「好過被妳打扮成芭芭拉·布希。」

愛莉絲沒想到賈桂琳大笑起來。「別看不起前總統夫人，我為了效法賈桂琳·甘迺迪，五年級的時候還改了名字的拼法。」

「我媽說她特地把我的名字拼成這樣，」愛莉絲坦承，「但我認為那是出生登記時她喝醉了拼錯的。」愛莉絲不知道是不是真的這樣，但非常有可能。

她們一路聊著，多半是賈桂琳在教愛莉絲上高級餐廳用刀叉的順序及其他必須注意的禮儀。她們也聊起莉蒂雅，不知道為何最近常由她姊姊來看店。賈桂琳打過電話去關心，愛莉絲也去過店裡幾趟，但瑪嘉莉只說莉蒂雅身體不舒服。少了這位明師兼好友，星期五的編織課讓人很不滿足，但誰也沒有抱怨。愛莉絲非常希望莉蒂雅下週能回來，賈桂琳也是。

她們上路二十多分鐘後，賈桂琳開進一棟豪宅的車道。房子很新，有大前院和很多花，白色柱子讓她想起雜誌上的圖片。超酷！

賈桂琳剛熄火，前門打開，一個和她年紀差不多的女孩出現了。譚美活力十足，穿著短褲和孕婦裝上衣，眼神傳達熱烈的歡迎。

「妳們真準時，」譚美打開紗門說：「我好希望妳們快點到。」

愛莉絲喜歡她的腔調，她從沒聽過這麼柔軟甜美的聲音。

譚美擁抱賈桂琳，彷彿一整年沒見面那般熱情。「妳一定就是愛莉絲吧！賈桂琳沒告訴我妳這麼漂亮。看來今天的任務比做煎餅更簡單。快進來，讓我好好看看妳。」愛莉絲還來不及反應，譚美就挽著她的手臂拉她進屋。

「保羅呢？」賈桂琳問。

「和瑞斯去打高爾夫了。」譚美好像很意外她不知道。

愛莉絲發現賈桂琳眼神一變，乍看有點像心痛，但愛莉絲相信她看錯了。

「我把東西都準備好了，放在客房，」譚美說：「我拿一堆衣服讓愛莉絲試穿，先找到她喜歡的樣式才知道上哪裡去買。」

「好主意！」愛莉絲說，但她無法想像這位南方佳麗的喜好會和她對味。

譚美在客房床上擺了各色各樣的衣服。才第一眼愛莉絲的心就往下沉，眼前盡是綢緞、蕾絲，款式都很淑女。

「妳先看看床上的衣服，我去倒幾杯冰茶來。」

「加了薄荷！」賈桂琳邊坐下邊說。

「當然。」譚美說著走出房間。

「她什麼都加薄荷。」賈桂琳低聲埋怨。

愛莉絲瞄她一眼，這人刻薄的老毛病又犯了，但她只拿起一件牛仔長裙察看。這件勉強可以，但上身要穿T恤，還要配上寬皮帶。她放下長裙，拿起一件輕飄飄的蕾絲洋裝又立刻放下。

譚美探頭進來。「有沒有人想喝可樂？」

「我要。」愛莉絲一點都不客氣，她一向不喜歡冰茶。

「要不要花生？」

「要。」她還沒吃早餐，來點零食也不錯。

「我要冰茶。要幫忙嗎？」賈桂琳問。

「噢，不用了。」譚美離開不久又回來了。

她把一個拖盤放在梳妝檯上。賈桂琳起身拿冰茶，愛莉絲看著她挑掉薄荷葉，態度活像在抓蟲。

譚美用老派玻璃杯裝可樂。她忘記拿花生來，不過沒關係。愛莉絲拿起可樂才發現花生浮在上面。她騎虎難下地嚐了一口，又鹹又甜的味道很有趣。這可能也是賈桂琳抱怨不停的南方風俗之一吧！

「我喜歡這件。」愛莉絲拿起牛仔裙。

「我就知道妳會喜歡。」

「上高級餐廳不能穿牛仔裙。」賈桂琳反對。

「這和一般的牛仔裙不一樣。」譚美解釋。

她們討論著上高級餐廳該穿什麼，愛莉絲喝著可樂加花生。

她試了好幾套衣服，一小時後，她們開兩輛車去購物。在一家大百貨公司裡，賈桂琳坐著等，譚美拿了一件又一件衣裳給愛莉絲試穿。有些愛莉絲連試都不肯，不過有些還不錯。最後她選了一條黑長裙和一件白色絲質上衣，領口很低，袖口有鈕釦。

已經中午了，愛莉絲很餓。她只要有漢堡可吃就滿意了，但賈桂琳提議在購物中心找個可以坐下來的地方。她堅持要她們嚐嚐精緻的小黃瓜三明治。愛莉絲兩口就吃光了，接著又吃了好幾個。這一餐的錢等於她一整個星期的伙食費，難怪貴婦都那麼瘦。

「我不知道妳們怎樣，但我累壞了，」賈桂琳說：「妳們繼續逛吧，我要先走了。」

「妳回家把腳抬起來休息，」譚美說：「如果愛莉絲沒意見，這裡由我接手。」

「不過妳幫愛莉絲做好造型以後我想看看。」

「我會打電話給妳。」譚美保證。

這下她們自由了，譚美和愛莉絲速速買完其他東西，包括鞋子、銀手鐲，花的都是賈桂琳的錢。愛莉絲沒料到會這麼喜歡賈桂琳的媳婦。譚美幽默又貼心，她這輩子沒遇過這麼好的人。坦白說，她不懂賈桂琳為何看她那麼不順眼。

她們在美食街的速食店休息喝可樂，愛莉絲又餓了，點了起司漢堡與薯條。

譚美看她一眼，爆出一陣嘻笑。「我也要一份。」

「我再也不要去找那個美髮師。」愛莉絲醜話先說，免得賈桂琳忘記提上次在笛瑟瑞那裡的事。

「不怪妳，」譚美壓低聲音說：「賈桂琳也要我去找笛瑟瑞做頭髮，我剛結婚時去過一次。結果保羅每次看到我都笑個不停，我快丟臉死了。」

食物來了，她們在座位區中央找到張空桌。

「告訴我，妳和保羅的事。」愛莉絲拆開漢堡的包裝紙。

「噢，愛莉絲。」譚美輕嘆。「我不知道從何說起。我從沒想過會離開故鄉，但女人為了愛情什麼都願意。」她的表情很夢幻。「只要能和保羅在一起，我一點都不在乎住在哪裡。心自有主張，妳懂我的意思吧？」

愛莉絲懂，她會在這裡買東西就是明證。

「如果妳願意，我可以幫妳弄頭髮，」譚美提議。「我雖然沒受過專業訓練，但我的朋友都讓我幫她們燙頭髮。」

「好啊，如果妳願意。」

「一定很好玩。」

譚美開車回到家時保羅已經從球場回家了。他坐在電視前面，腿上放著一個空盤子，桌上擺著一杯牛奶。

「嗨，甜心，」他從椅子上跳起來接過譚美手裡的東西，吻吻太太的臉頰。「採購順利嗎？」

「很棒。這是愛莉絲，你媽的朋友，現在也是我的朋友了。」

「妳好，愛莉絲。」保羅打量了她一陣，好像不大相信。「妳和我媽是朋友？」

「是啊，我們一起上編織課。」

「噢，對了。」他點頭。「我記得……」

「我要幫愛莉絲弄頭髮，她今天晚上有很重要的約會。」

「去吧。」他已經回頭看棒球賽了。

譚美果真厲害。她弄完之後，愛莉絲覺得自己能當選舞會之后。愛莉絲望著浴室的鏡子，眨了好幾次眼才相信鏡子裡的人是她。

「我……妳把我變得好漂亮。」

譚美緩緩搖頭。「妳本來就很可愛，愛莉絲，我敢說妳的喬登早就看出來了。」

聽到譚美說「妳的喬登」，彷彿他們是公認的情侶，她的心雀躍不已。沒多久賈桂琳來驗收成果。愛莉絲擔心賈桂琳因為她沒有名牌時裝或華麗髮型而不滿意，但最後還是順利通過檢查。譚美只用電棒和慕斯就把愛莉絲的直髮做出自然的波浪，她從沒想過會有這麼適合她的髮型。

過了片刻，賈桂琳微笑了。

「妳覺得喬登會喜歡嗎？」

賈桂琳開懷大笑。「親愛的，他會大大地驚豔。」

那天晚上，愛莉絲在家等喬登來接她，緊張地在客廳踱步。

「妳能不能停下來？」洛荔大聲說。她窩在電視機前面抱著一桶冰淇淋猛吃。

敲門聲差點讓愛莉絲破膽。她閉起眼睛，雖然好幾年沒禱告了，現在卻忍不住禱告起來。她無比希望喬登會覺得她很美。

她摒息開門。

喬登站在門外，手裡拿著一個裝著腕花的透明塑膠盒。看到她，他睜大眼睛呆住。

「說話呀！」她催促。「說什麼都好。」

「哇！」他讚嘆。「哇，愛莉絲，真的是妳嗎？」

「是我啦！」她再也藏不住微笑。「喜歡嗎？」

「我喜歡妳，」他說著把花交給她。

這輩子第一次有人送花給她，世上再沒有其他東西能讓她這麼歡喜。

40

「不管是為自己還是為別人編織，對編織的熱愛總能讓我展現創造力、帶來成就感。」

——麗塔．Ｅ．格林菲德，《編織與風格》雜誌編輯

莉蒂雅．霍夫曼

瑪嘉莉決定陪我去找威爾森醫生看報告，所有檢驗結果都出爐了，最後的診斷似乎有些混亂。

威爾森醫生出名的守口如瓶，但在我出院時他隨口提過要請其他醫生看檢體。他應該是想鼓勵我，但我心知肚明，腫瘤絕對是惡性的。

「別這麼悲觀。」瑪嘉莉吶吶說，我們在候診室等著。我是當天最後一個病人，這絕不是好兆頭，但我沒告訴瑪嘉莉。

我只是靠在椅背上閉起眼睛，想把整個世界關在外面。姊姊說得容易，生病的不是她，快死的也不是她。我忍不住心想，要是我們交換，她還能不能這麼樂觀。我咬牙不說，上次她光是虛驚一場就急到跑來找我。我現在的心情和她那時一樣。我無法趕跑全世界及所有親朋好友。真可悲，我的怒火一股腦地發在布萊德身上，他是最無辜的。我不要再想他，一想到他，我就滿心懊悔。我會那樣對他，都是為他好。他永遠不會知道把他趕走讓我多痛苦；我的餘生都會背負著沉重的心痛，雖然我來日不多。

另一個我極力想保護的人則是母親。瑪嘉莉也是。我們一直瞞著媽，騙她說我住院是為了做例行檢查。媽寧願被騙也不想面對真相。

我還沒準備好接受逃不掉的厄運，佩姬已來到候診室，這次她手裡沒有厚重的病歷。

「醫生請妳進去。」她宣布。

我沒有看她的眼睛，但她的語氣裡有希望與鼓勵。我把佩姬當朋友，雖然她對所有病人都一樣好。我明白她一定也很難受。多少次她得默默看著病人輸給癌症，這份工作一點都不令人羨慕。

瑪嘉莉先站起來了，我一點都不急著證實最深切的恐懼。

佩姬帶我們進入醫生的辦公室，牆上掛滿好多裱框的證書，櫃子上精心擺著幾張家庭照。紅木辦公桌光亮整潔，我的病歷放在一邊。我來過兩次，兩次都聽到噩耗。我不認為這次會不同。

我們進去的時候威爾森醫生還沒來，但他隨後就到了。姊姊和他握手，低聲自我介紹。

醫生拉開大皮椅坐下，伸手拿起我的病歷放到桌子中央。他頓了一下，接著……

「癌症復發了。」我不用問也知道。雖然腫瘤摘除了，但我確信一定還有更多腫瘤長在不能動手術的地方。

「是這樣嗎？」瑪嘉莉問，我很意外她的聲音在發抖。

這輩子我一直想證明瑪嘉莉是錯的，我才是對的，這就是所謂的手足競爭吧！這次，我多希望自己是錯的。

正如我之前說的，沒什麼值得樂觀的。病魔不肯離開我。我張嘴想宣布拒絕治療，少去父親，我沒有意志力也沒有體力面對第三次交戰。

「根據妳的病史，」威爾森醫師說：「我認為非常有必要再次確認後才做出診斷，於是把檢體送去給國內最權威的腦瘤專家過目。」

我摒息不敢有任何希望，肯定不會是好消息。

「專家怎麼說？」瑪嘉莉正襟危坐地問。

「她同意我的診斷，腫瘤是良性的。」

「良性!?」我重複著，想確定沒聽錯。腫瘤是良性的。

「對。」威爾森醫師對我微笑，但我太過震驚而無法反應。「這次沒問題，莉蒂雅。妳沒有得癌症。」他起身走向牆上的X光顯影器，從信封裡拿出兩張X光片放上去，拿出筆指著。「這張是第一次拍的片子，而這張是手術後拍的。」

「你是說我不用做化療，也不用做放射治療？」

他搖頭。「不需要。」

我挺直背脊。

「妳不覺得這是天大的好消息嗎？」

我整個呆住，甚至無法點頭。我慢慢意識到我的生命又被交還給我，激動到聽不見醫生的聲音。

我不知道我何時站起來，我摀著嘴，差點丟臉地大哭出來。沒想到瑪嘉莉已經在哭了，她站起來抱住我大聲啜泣。

「妳沒事了，」她不停說著：「噢，莉蒂雅，妳沒事了。」

醫生說明要開新藥給我，以及新藥的副作用。但我完全聽不進去，我開心到什麼都顧不了。

瑪嘉莉和我從大哭變成傻笑，我們的反應幾乎同步。我們的傻笑聲聽起來一定很歇斯底里。瑪嘉莉用手按住嘴，不肯看我，努力專心聽醫生說明。一切都無關緊要了。我只知道我的生命又回到手中，我美妙的生命再次屬於我。

走出辦公室我才想起布萊德。「瑪嘉莉。」我緊握住姊姊的臂膀，快樂的情緒一掃而空。我們站在電梯前，瑪嘉莉一定聽出我很沮喪，她的笑容也慢慢消失。

「怎麼了？」

「布萊德……他好心好意，我卻對他那麼殘忍。」

看得出瑪嘉莉好不容易才沒大吼「我早說過了」，但她只說：「找他談談。」

我好想布萊德，等不及想打電話給他，卻又不敢。我住院的時候他來過兩次，我不肯見他。他請護士轉交一封信給我。我知道讀了他的信我一定會動搖，所以請護士把信拿走，一個人偷偷嘆息。

後來護士來告訴我布萊德一直在等我回答，她不得不告訴他我不肯看信。現在回想起來真是矯情又不講理，我很可能親手毀掉了此生最有希望的一段感情。

「就算我去找布萊德，他也不一定想聽我說。」就算他不想見我也不能怪他。我只希望他來店裡送貨時還會理我。

星期二一大早我重回店裡。能再次走進店裡、把「休息中」的牌子翻到「營業中」那一面，我說不出有多興奮。就連對街施工的噪音也無損我的好心情。

醫生開的注意事項清單將我拉回現實。新開發的藥能預防腫瘤發作，我顯然是實驗藥的最佳人選。

整個早上都很忙，客人川流不息，每個都問我為何失蹤快一星期。經過口耳相傳，很多客人都知道我回來了。筆墨難以形容我的感激。瑪嘉莉盡力幫忙，每天都來開門，但我的顧客習慣和我做生意。

瑪嘉莉似乎很喜歡來店裡幫忙。換做短短三個月前，我完全不可能對姊姊有這種溫情的看法。我非常感謝她為我做的一切。

中午時我終於可以喘口氣，焦急地望著櫥窗，希望能瞥見布萊德的身影。當棕色貨車停在花店前，我幾乎衝出店門。但來送貨的不是布萊德。

「布萊德呢？」我脫口而出。

我唐突的問題使得新送貨員回頭。「布萊德不跑這條線了。」

「什麼叫他不跑這條線了？」我追問，人行道彷彿在我腳下塌陷。我不敢相信布萊德會這麼絕情。

「布萊德換到市中心了。」

我已明白是怎麼回事。「他申請轉調的？」

送貨員聳肩。「我不清楚，抱歉。」

「你會不會見到他？」我希望請新送貨員傳話。

「不太常。」他很忙，我顯然在耽誤他，於是我拖著腳步回到店裡。

我知道不該那樣對布萊德，我做錯了。他一再對我掏心掏肺，我卻重重傷了他。我只希望還來得及挽回。

41

賈桂琳・唐諾

「賈桂琳。」

有人在遠方叫她的名字。

「賈桂琳。」這次比較響亮，她認出瑞斯的聲音。她睜開眼睛呆望著黑暗的前方，發現丈夫俯視著她。

「出了什麼事？」她揉著眼睛問。一定出了大事，瑞斯才會半夜跑進她房間。

「保羅剛打電話來，譚美要生了。」

「現在？」

「小嬰兒會配合我們的時間嗎？」

他顯然不期待她回答，而她也沒有回答。「保羅怎麼說？」

「他只說十點就進醫院了。」

她看看鐘，已經快五點了。賈桂琳毫不遲疑地掀開被單，下意識拿起睡袍。

「妳真的想去醫院？」瑞斯好像很訝異。

「當然。」他想怎樣都隨他，反正過去十二年來一向如此。但他無法阻止她去迎接孫女出世。賈桂琳穿上拖鞋往浴室走去。

「我也要去。」瑞斯的語氣好像預期會有爭執。

「隨你。」

他不介意她過衝的語氣。「動作快，」他提醒。「保羅說隨時會生。」

「我十分鐘就能出門，」通常這句話只是誇大，但這次賈桂琳決心要做到。十三分鐘後，她和瑞斯會合，他已經在車上，車庫門開著，隨時可以出發。

他們默默開車去醫院，賈桂琳暗忖他是否也想著同樣的往事。保羅出生時也是這樣在夜裡匆匆趕去醫院。她在半夜破水，六神無主又擔心亂動會傷到孩子，只能依靠瑞斯。她一心希望臍帶不會纏住嬰兒的脖子。

瑞斯十分英勇地一把抱起她上車送醫。幸好路上幾乎沒車，因為他轉彎的高速，連賽車手都要自嘆弗如。接著她的英雄再把她抱進醫院的候診室，瑞斯一直陪著她直到保羅降臨人世。閉上眼睛，她彷彿又聽到兒子尖銳的第一個哭聲。當時，那是她聽過最美好的聲音。

他們抵達醫院後連忙停好車，並肩跑進大廳，醫院人員指示他們去五樓的產房。瑞斯在櫃檯說出他們的名字，護士讓他們去候診室等待。賈桂琳胡亂翻著雜誌，瑞斯去張羅咖啡。

五分鐘後他帶著兩杯熱騰騰的咖啡回來。「販賣機的。」他聳肩。在這個節骨眼，只要又熱又有咖啡因，賈桂琳才不在乎哪來的。

他們分開坐在空蕩蕩的候診室喝著淡而無味的咖啡、翻著雜誌。半小時後，保羅穿著醫院淡藍色的手術服出現。他一臉疲憊，但眼中帶著笑。

「譚美狀況很好，」他告訴他們。「嬰兒應該在一個鐘頭內就會出生。」

「太好了。」

「妳要不要進來陪產？」他問。

「我？」賈桂琳搖頭。那該是兒子和媳婦獨享的時刻，她不想打擾。更別提生產有多混亂……

「當然。如果妳想要來，」保羅一臉興奮。「譚美歡迎妳進去，媽。」

賈桂琳不記得多久沒看過兒子這麼開心。「我還是待在這裡就好，但孩子一出生要立刻告訴我，好嗎？」

「妳和爸會第一個知道。」

保羅回去陪譚美，候診室又只剩下賈桂琳和瑞斯。他們互不理睬，自顧自喝咖啡、翻閱舊雜誌。

「妳還記得保羅出生那晚嗎？」瑞斯出乎意料地問。

賈桂琳笑起來。「就像昨天一樣清楚。」

「那天晚上妳讓我好驕傲。」

「因為我幫你生了個兒子？」

「不……唉，是，有兒子我很高興，但生女兒我也一樣開心。」

賈桂琳點頭。

「我的意思是，我很敬佩妳的勇氣和決心。」

他的語氣無比認真，但賈桂琳很難相信他「敬佩」她，用這種字眼未免太怪。

「我記得產房裡其他產婦都又哭又叫，吵著要止痛藥，但妳不一樣。我的賈桂琳不一樣。」

就算生產再痛也要顧面子，這就是她。賈桂琳知道他是在稱讚她，於是對他微微一笑。「雖然很痛，但那是我這輩子最難忘的一夜。」

「因為保羅？」

賈桂琳垂下視線。「不，其實是因為你。」

「我？」他乾笑幾聲，好像也不相信。不知何時他們開始懷疑對方，接著她想到了，打從他有外遇開始。

「開車來的路上我就想起保羅出生那晚。」

瑞斯點頭。「我也一樣。」

「還記得你抱我上車嗎？真是神勇，我那時可一點都不輕。」

「妳的英雄。」瑞斯打趣。

悲哀重壓著她。「你曾經是我的英雄。」她低語，喝乾杯中的咖啡隱藏憂傷。

「現在不是了。」瑞斯喃喃說。

她的無言等於默認。她轉過頭，努力保持冷靜。她有點想問，她究竟哪裡不好他才會去外面找女人，但痛苦實在太強烈。她害怕不管他說什麼，都會比發現他外遇傷她更深。

他沒有說話也沒有看她。

和瑞斯坐在醫院候診室，她忽然想到，這一刻也許是說點什麼的最佳時機。也許她該主動為兩人架起橋樑，她大可以承認：無論如何，她還是愛他。看著保羅和譚美相愛她會這麼痛苦，都是因為想起失去的愛。在外人眼中她的生活很美滿，她不用擔心錢，有漂亮房子，有很多朋友，其實她淒涼又寂寞。

「我……」瑞斯剛開口，走廊上傳來新生兒獨特的哭聲。

他們嚇了一跳彼此對看。

「會不會是她？」賈桂琳跳起來問。

「不知道。」瑞斯也跟著站起來。

「去問護士吧！」她提議。

瑞斯拉著她的手肘到護理站。

「我們剛聽到嬰兒哭聲。」瑞斯報上名字後對護士說。

「我們在想會不會是我們的孫女。」賈桂琳壓低聲音不想吵到別人。

「我查一下。」護士走進產房。她只離開一下子，回來時帶著兩套手術服。「請穿上，然後就可以進去陪你們的家人。」

賈桂琳和瑞斯立刻動手，準備好之後，護士帶他們走進產房。這裡和賈桂琳生保羅時的產房很不一樣，有沙發、椅子、電視，甚至一個大型按摩浴缸。老天，賈桂琳差點以為這裡是飯店套房。

譚美躺在床上對保羅微笑，他抱著他們的女兒。她的媳婦滿臉通紅、頭髮汗濕，眼中含著淚，但賈桂琳覺得她從沒這麼漂亮。

「媽、爸，」保羅輕搖著懷中的嬰兒。「這是艾美莉雅・賈桂琳・唐諾。」

賈桂琳感覺彷佛心跳停止，眨眼忍住突如其來的淚水。「你們讓她用我的名字？」

「艾美莉雅是我祖母的名字，而選賈桂琳則是因為我們都很愛妳，」譚美說。

賈桂琳低頭看著以她命名的寶貝孫女，淚水再也遏抑不住滾滾滑落面頰。

「想抱抱妳的孫女嗎，媽？」保羅問。

賈桂琳點頭，喜悅的淚水默默燙著她的臉。兒子把嬰兒放進她懷裡。雖然不尋常，但賈桂琳確信小艾美莉雅睜開眼睛凝視著她。無形的線將她們的心連在一起，她當下就知道，她會愛這個孩子更勝生命。她帶著淚水對譚美微笑。「謝謝！」她沙啞地說。接著轉頭看瑞斯，發現他眼中也有淚。

她丈夫無限輕柔地彎腰吻艾美莉雅的額頭。他暫停一下，接著吻賈桂琳的臉頰。

「妳終於有了一直想要的女兒。」他低聲說。

過了幾天，賈桂琳幾乎買光三家百貨公司的嬰兒用品後，才明白丈夫真正的意思。瑞斯說的不是艾美莉雅，而是譚美。

42

愛莉絲．湯森

「妳喜歡喬登對吧？」星期三一大早，洛荔問愛莉絲。她正要出門上班。

「喜歡」喬登？她的感情遠不只如此。「是啊！大概吧！」

「妳信任他嗎？」

她點頭，接著聳肩。「當然。」她很快又開始疑心。「妳知道什麼我不該信任他的事嗎？」

「沒有。」

「那妳幹嘛問？」她追問。

「不知道……我大概是希望妳不要犯下和我一樣的錯誤。妳以前一直警告我約翰不好，但我不肯聽，看我現在多慘。」她苦澀的語氣讓每個字都發酸。

看著洛荔，愛莉絲只看到一個油膩膩的肥女孩，留著一頭筆直金髮，幾乎每天都坐在電視機前。但只要洛荔分擔房租，愛莉絲一點都不在意她如何度日。

「妳和喬登去高級餐廳約會時都聊什麼？」室友追問不休。

洛荔最近突然對喬登很感興趣。「不知道，」她隨口回答。「隨便聊。」

「聊什麼？」

「妳幹嘛想知道？」這個話題讓她很不自在。

「我是說，和牧師能聊什麼？」

「他只是傳道人，」她糾正。「我小學就認識他了，妳知道。他跟其他人沒什麼不同。」他不只一次證明他只是凡人，會發脾氣也有熊熊熱情。目前一切都在控制中，但愛莉絲知道她讓他動情，而她也一樣。喬登雖然在教會工作，但他也是男人。

「告訴我，你們聊什麼嘛！」洛荔不罷休。愛莉絲不明白她為何一定要知道。

「我告訴他，我想當大廚或是自己開外燴公司。我們聊我想上烹飪學校的事，雖然不太可能成真。」他們聊的不只這些。喬登很會讓人吐露心事，讓人覺得彷彿是宇宙的中心。

「妳想當大廚？」

愛莉絲聳肩。她和洛荔同住了一年，她早該知道一二。所有像樣的料理都是愛莉絲下廚，洛荔只會囤積冰淇淋、鬆餅、洋芋片。但愛莉絲察覺她們從沒花時間認識對方，在此之前她從沒和洛荔談起她的希望及夢想，和其他人也沒有。愛莉絲沒幾個朋友，儘管她和編織班的同學感情不錯。

自從和約翰分手後，洛荔就整天搞自閉。她自怨自艾的情緒很快就讓愛莉絲嫌煩。她不認為失去那種男人有什麼大不了，但洛荔顯然另有想法。

「他知道妳媽的事嗎？」洛荔接著問。

愛莉絲很少讓人知道她媽媽在坐牢。「我說過。」她的事情喬登幾乎全知道。她不希望意外揭露的醜事破壞這段關係，他也知道愛莉絲的母親曾因為企圖謀殺丈夫而被關。

「妳想她嗎？」

「不太想。」這些問題問得愛莉絲有點煩，但洛荔最近很低落，她想鼓勵她多聊一點。

「妳愛她嗎？」

這個問題需要探究內心，但她決定誠實回答，或許洛荔也願意對她坦誠。「應該吧。我和她不常聯絡，因為她每次寫信只會要錢或香菸，從來不問我好不好，也不關心我的生活。我不需要她。」她不在意地說，彷彿大家都知道她不需要任何人。「我只擔心有一天會落得跟她一樣。」

「妳不會，」洛荔充滿信心地說。「妳夠堅強。」

愛莉絲不認為自己堅強，但很高興洛荔這麼想。

「妳從不讓人傷害妳或利用妳，像約翰利用我那樣。」她低語。

「忘了他吧！」愛莉絲說了幾千次了。她不懂洛荔為何對那男人念念不忘，他對她壞透了。一點道理也沒有，尤其他已好幾個月沒有露臉。

洛荔撇過頭。

「妳要多出去走走。」愛莉絲對她說。

室友悶悶不樂地嘆息。「我不想讓人看見這付肥樣。」

「那就別再吃了。」

「妳說得簡單，但其實不容易，妳知道。很難停下來。」

「那每天都出去走走吧！不要坐公車用走的，妳會驚訝地發現只要一點運動，脂肪就會快速消失。」

「妳根本不懂需要減肥的感覺！妳這麼完美。」

愛莉絲不知道室友這麼看得起她的身材，但她的身材絕對不算完美。

「妳會嫁給喬登嗎？」

愛莉絲乾笑兩聲閃過這個問題。「是喔，是喔。」她拿起皮包準備出門，轉動門把前猶豫了一下。「答應我，妳今天會出去走走，整天悶在家裡沒好處。」

「好啦！」

愛莉絲剛走出門又被洛荔叫住。「愛莉絲，謝謝妳。」

「謝什麼？」

洛荔顯然沒想到她會這麼問。「謝謝妳做我的朋友。」

「沒問題，不客氣。」

洛荔會感謝她真是怪透了，但愛莉絲去錄影帶店的路上決定不去想。少了洛荔作伴，上班時間變得好漫長。她相當自責最近沒和室友說話。愛莉絲自認不是稱職的朋友，但洛荔最近脾氣很大，所以她一直躲著她。愛莉絲偶爾想找她說話都被洛荔拒絕。室友唯一的安慰似乎來自冰淇淋。愛莉絲認為她意志薄弱，但她現在明白不該妄下斷語。今天早上是她們幾星期來第一次交談，她越來越同情她。

午休時，愛莉絲回家想勸洛荔出門。如果愛莉絲願意陪她走走，也許洛荔會願意運動一下。沒想到洛茘竟然不在。她不記得洛茘的班表，因為每個星期都不一樣。洛茘可能去上班了，不然就是終於聽了愛莉絲的勸告。

雖然洛茘不太可能出門散步，愛莉絲還是沿著繁花街走著，希望會遇到她。她終於找到洛茘，她身邊有人。

她和喬登在一起。

他們坐在教會外陰涼的長椅上，頭靠得很近，好像在談心。

愛莉絲的第一個反應是憤怒，接著是一陣醋意。原來她問那麼多是為了瞭解他，好搶走他。愛莉絲差點衝動地跑過去示威，讓室友明白她很不爽她這樣勾搭她男友。枉費她同情洛茘、想幫助她，好心沒好報。

接著她看到室友痛哭，手掩著臉往前縮。喬登的手放在她的背上，雖然愛莉絲聽不見，但他似乎在陪她禱告。

她愛的就是這樣的喬登，彷彿什麼都可以跟他說。他真心關懷他人，希望給人安慰。她沒有吃醋的權利，也沒有理由懷疑喬登。他不曾誤導她或濫用他們的友誼。

牧師的女兒那次之後，他們聊過信任的意義，他要她信任他。嘴巴說說容易，但當時他的手不在室友身上。她決心說到做到，轉身回去上班。

快打烊時，喬登到錄影帶店來。「下班一起去喝咖啡吧？」他說。

「好啊！」她不由得感到一陣歡喜。

他提議在安妮咖啡館見面，她答應了。愛莉絲到的時候他已經就坐，桌上擺著兩杯咖啡。

「今天好嗎？」他問。

「不錯。你呢？」雖然之前信誓旦旦，她還是銳利地看了他一眼。既然他和洛茘說過話，她想知道原因。

喬登沒有立刻回答。「妳在煩惱什麼嗎？」

「我該煩惱嗎？」她想打個哈哈混過去，但決定這樣不公平。她雙手握著馬克杯，凝視著熱氣。「我看到你和洛茘在一起。」

喬登沒有解釋。「妳覺得不舒服？」

她聳肩。「一開始，但後來我想……唉，那是你的事。我不能控制你。」

「妳只說對了一部分。」

「哪部分？」

他拉起她的手貼在唇上。「妳牢牢控制著我的心。」

「喔！」換做別的男人，這句話會顯得虛偽，但喬登不一樣。「你要告訴我，你和洛茘談些什麼嗎？」

他遲疑了一下，接著搖頭。「不，妳信任我嗎？」

她凝視著他許久。所有直覺都催促她追問下去，但同時，她很想相信他。終於她微笑點頭。

她希望這個決定沒錯。要是喬登背叛她，會比她一生經歷過的背叛傷她更深。

43

珈珞・傑羅

珈珞站在有名無實的育嬰室前，眼神落在空空的搖籃和吊飾上，小小的傘下掛著小小的動物，連著一個音樂盒。她也不懂何苦如此折磨自己。一切都不會改變。

道格過來站在她身後。「我會打電話去百貨公司安排退貨。」

「不……不要，求求你。」

「但……」

「我和領養機構約好了。」她匆匆說，彷彿想說服他這是最合理的下一步。

她察覺道格緊繃起來。

「我們不能現在放棄，」她懇求。她放不掉想要孩子的渴望。她已經接受不能有親生子女的事實，但還不能放棄夢想。「我好想當媽媽。我需要當媽媽，就像你需要當爸爸……」

道格垂頭喪氣沒說話。

「我一定要做。」她哀求。他們討論過領養的事情，但都當成最後的選擇。珈珞懷抱著最後一絲希望，但她擔心道格的反應。他最近好沉默；她感覺得到他的心在躲她，她無法忍受。

「妳確定要我陪妳去領養機構？」他問。

「當然！這很重要，我們要證明我們適合收養。」

她丈夫抿起嘴。

「我不認為搖籃和尿布台能讓領養機構的人選上我們。」

「我知道，但也沒害處。我想要他們看見我們都準備好了，隨時能帶寶寶回家。」

他轉身離開走進客廳，站在鳥瞰普捷灣的落地窗前。

「你不想去面談？」珈珞走到丈夫身邊問。他們並肩站在一起但沒有接觸對方。她的視線也像道格一樣，緊盯著海面。

「這要花多少錢？」

珈珞不知道答案。第一次面談就要五百元的保證金，至於真正領養她也不知道要多少錢。「要花多少錢都一樣。」她說。不管要多少錢她都不在乎。

他把手插進口袋。「妳知道為了要孩子我們已經花了多少錢嗎？」

她不知道、也不在乎。對她而言，錢無關緊要。「不清楚。」

「不能沒完沒了，」道格厲聲說：「坦白說，我受夠了。」

「好，」她大吼。「我回去工作，如果那就是你要的。我提議辭職是因為我認為領養機構會偏好全職媽媽，機會可能比較大。如果你要，我可以回去工作。」

道格轉身面對她。「妳就是這樣，」他大吼。「我們已經不像夫妻了，一切都繞著嬰兒打轉。我們以前會一起笑、一起出門、一起歡樂。」

「現在也一樣。」她反駁，但仔細回想才發現他說得對。

「整個過程我都盡量耐著性子。」憤怒從他身上爆發。「代價實在太大，我——」

「換句話說，你擔心的就是錢吧？」

「如果妳讓我把話說完，」他緩緩、一字一字說：「就會知道我的意思是感情上的代賈太太。」他搖頭。「我無法坐視妳受那些痛苦折磨，而療程根本沒效，一天注射五次，每四十八小時看一次醫生……妳的生活都沒了，我們的生活都沒了。」

她也同意他們的感情受了很多傷害，這幾個月更是難熬。她一下子滿心沮喪，一下子又隨著希望與樂觀起舞，尤其是認定可以領養瑞克的孩子時。領養是他們僅有的機會，他們一定要試。道格不可以喊停！

「現在妳又想把我們拉進妳情緒的泥淖，珈珞，雖然我很愛妳，但我做不到。」

「你一定要。」她大喊。

「為什麼？」他怒吼。「為什麼永遠要配合妳，還有妳想當媽媽的需求？」結婚這麼多年，她從沒聽過道格用這種語氣對她說話。「我——這是為了我們。」

「不到五分鐘前妳才說領養孩子是因為妳，因為妳需要當媽媽。妳、妳、妳。那我呢，珈珞？我的需要該怎麼辦？我的想法又怎麼辦？」

「我——」

「最少……老天，多少年了？五年、六年？我們的生活全集中在讓妳懷孕這件事上。既然已經不可能了，那好，我們接受，然後好好過日子。」

「但……」

「我不想領養。」

在痛苦與不相信中，世界被炸成粉碎。「你不是說真的。」道格是認真的嗎？不可能。他只是感情疲乏。她能理解，她之前也衰竭過，但她恢復了，假以時日，道格也會恢復。

「我說真的。」

「但……你剛才不是說要去面談？」那是珈珞唯一的指望。

「妳自己去，我不想去。」

「但……為什麼？」

「因為我已經看出這會把妳搞成怎樣。」

她不知道道格怎會這麼不講理。「會把我搞成怎樣？」

「我們得向陌生人證明我們是適任的父母，我覺得像個拿著帽子唱歌跳舞的乞丐，取悅根本不認識我的人，讓他們認為我是當爸爸的料。」

「你一定會是很棒的爸爸。」

「原本是。」他說。

他的話在她心上烙下很深的傷口。原本是。

「我不能這樣下去了，珈珞。我不是妳以為的那種男人，我放棄。」

「放棄婚姻？」她麻木的嘴唇問，幾乎說不出這些字。

「不是。我承諾過要愛妳，我會做到。」

「但你好像已經後悔那個承諾，」她痛苦地說：「要是知道我不能生，你還會娶我嗎？」

他的遲疑就是答案。

傷痛如此重，一時間天旋地轉，她搖搖欲墜。

道格摟住她，臉埋在她肩上。「結婚時我瘋狂愛妳，我現在依然瘋狂愛妳。我要這段婚姻，但我不能這樣下去。」

「我……我不能生育。」

「我知道也接受這個事實。」

「不，你騙人。」他嘴上說得好聽，但內心深處他會一直懊惱她不能給他孩子。

「我真的能接受，」他銳利地說：「但我需要妳也接受。放手吧，珈珞。接受事實，我們無法當爸媽。」

「但我們遲早會。只要去跟領養機構登記，然後——」

「然後怎樣？運氣好的話，三、四、五年後我們會中選，榮獲一個嬰兒？妳明白到時我已經四十五歲了嗎？孩子高中畢業我都六十了。」

珈珞把臉埋在丈夫胸口，這番話的衝擊讓她情緒翻湧。道格說得對，該放棄這個需求了。她從不輕易放棄，也不懂該如何放棄。她有心做到的事就一定能做到，除了這個。她為孩子付出的努力變成她生活的焦點；不只如此，還變成她生命的意義。她咬牙奮鬥的決心，快要毀掉他們的婚姻。

道格放開她，逕自走開。珈珞悲慘地呆立在原處，紛至沓來的情緒讓她顫抖，尤其是挫敗。

大門開了，她連忙轉身。「你要去哪？」

「出去，我得想想。」

「什麼時候回來？」她的眼神哀求他不要離開，卻又不肯開口要他留下。

「我……不知道。」

她點頭轉過身，雙手摀著嘴。

「我們都得想清楚，珈珞。」

她默默點頭。選擇很清楚。她只能選擇放棄這份需求，或是徹底毀了這段婚姻，讓他們的人生也隨之毀滅。

天黑之後道格才回來。珈珞坐在黑暗的客廳裡，在沙發上蜷成一團，雙手抱膝。

道格緩緩走進來。「妳還好吧？」

她不好，但會隨著時間慢慢調適。「我取消和領養機構的面試了。」

他雙手插進口袋。「妳能接受？」

她點頭，她不得不接受他們永遠不會有孩子。

道格坐在她對面往前傾，雙臂撐在膝頭，肩膀低垂。

「你上哪去了？」她問。

「走走。」

「走了三小時？」

他點頭。

「吃東西了嗎？」

他搖頭。

「我打電話給百貨公司了，他們下星期會來搬嬰兒用品。」

他呆望著地毯。「我很抱歉。」他低聲說。

「我也是。」比他想得到的更深。

道格對她伸出手。「我們會很好的，只有我們兩個也很好。」

「對！」她低語握住他的手。沒錯，會很好的。

非好不可。

44

「編織是一片天堂，一個安全的所在，在那兒人們能接觸歷史，與藝術共舞，創造和平的生活。」

——南希・布希，《民俗襪款》作者

❄莉蒂雅・霍夫曼❄

一開始我很氣布萊德沒再聯絡。他信誓旦旦說要陪我度過漫長的治療，結果仍像其他男人一樣棄我而去，唯一沒拋棄我的男人是父親。我萬分懊悔，多希望曾經看了他的信。終於我再也受不了，我一定要弄清楚。

我去找姊姊商量；我最近越來越倚賴她，尤其是感情問題。於是星期一我打電話給她。

「妳在哪？」我剛打完招呼瑪嘉莉就不客氣地問。

「在店裡。」

「今天星期一，妳不是休息嗎？」

「對啊，但我有一大堆事情要處理，而且，唉，我在店裡最舒服。」被毛線包圍時我的思緒最清晰。毛線在我眼中彷彿無限的承諾，有如畫家或作家看著白紙那樣。潛在的作品等著我去實現，充滿可能性的感覺令我興奮。

其實我常常拿這種想法來做比較。我和布萊德的關係也充滿潛力與可能性，但我因為恐懼而把他趕走。我沒把那個潛力和可能性實現出來。

「妳打來是為了布萊德的事，對吧？」

有時瑪嘉莉彷彿會讀心術。「如果妳堅持想知道……沒錯。他有和妳聯絡嗎？」

「我？妳怎以為他會跟我聯絡？」

「我只是希望。」即使隔著電話線，依然不難感覺姊姊覺得我的問題很可笑。

「妳到底要不要打電話給他？」

整個星期我滿腦子都在想這件事。「也許吧！」

「那妳幹嘛打給我？」她從前那種粗魯的語氣火力全開。

「不知道。」我承認。「也許我希望聽到妳說找他是對的，以及我不會自取其辱。」

瑪嘉莉只遲疑了一下。「如果我是妳，一定會放膽一試。」

「真的？」希望重新萌芽。

「打過他的電話後要告訴我，好嗎？」

「好。」我得停一下才能確定她親切的語氣是在對我說話。「瑪嘉莉……」我嚥著口水，很難繼續說下去。

「怎樣？」

「我想謝謝妳這幾個月對我這麼好。」

我的感謝一定嚇到她了，因為她好幾秒沒說話。時間彷彿凝滯，我隱約聽到一聲嘆息。

「有個姊妹其實很好。」她低語。

我無比贊同她的說法。

一旦下定決心要打電話給布萊德，我就一定會達成使命。我排練了好幾種說法，傍晚時終於打電話去他家。

電話響第二聲他兒子接起來。「你好，寇迪。」我說。

「嗨！」他好像沒認出我的聲音。

「我是莉蒂雅。記得我嗎？我們不久前見過。」

「我記得！妳是開毛線店的小姐。妳答應要幫我織一件很酷的毛衣，上面有黃綠色的恐龍。」

我暗自微笑。「我已經開始織了。」我住院時暫時停工，但專心趕工的話這個週末就能完成。「你爸爸在家嗎？」

「等一下，我去叫他。」

等布萊德接電話的這段時間，我的心死了好幾次。時間應該不到一分鐘，但彷彿過了一小時，我終於聽到熟悉的聲音。

「妳好。」

「嗨。」我的嘴發乾，舌頭不靈光。「我是莉蒂雅。」他的沉默幾乎讓我放棄，但我堅持下去，同時感謝又咒罵瑪嘉莉鼓勵我做這件事。

「有事嗎？」他終於問。

「我們可以見個面嗎？」我問。

「什麼時候？」

「你方便都可以。」我好想大喊越快越好，但我該配合他的時間。

「好吧，我安排好再跟妳聯絡。」

我等他多說點什麼，但他沒說話，這段對話只有劃下句點。「那我等你的消息。」

「再見。」

「再見。」電話斷了，我還呆站原地拿著話筒聽著嘟嘟聲。

這比我的想像更糟。我暗自希望布萊德聽到我的聲音會很開心，我造成的所有痛苦都自然煙消雲散。我竟然蠢到完全沒考量他的感受。

多年來，瑪嘉莉一直說我太自我中心。爸媽灌注所有關心陪伴我度過難關，我知道瑪嘉莉對這件事一直耿耿於懷。而我一直認為她無的放矢，認為她是因為嫉妒又缺乏安全感才這麼想，但現在我的看法改變了。

她一定覺得受騙和被遺棄。我首度懷疑她對我的想法或許是對的。我對癌症無能為力，但我可以改變態度。我打從心裡自憐到一種出神入化的地步。

我站在廚房反覆考慮要不要再打電話給瑪嘉莉，此時電話響了，我嚇了一跳抓起話筒。「喂？」

「我半小時後可以在暢飲酒吧跟妳見面。」

「今天？」

「對！」他理所當然地說。

「好吧！」他喀一聲掛斷電話。

我只花了五分鐘梳頭，在手腕抹了點父親幾年前送我、只在特殊場合才拿出來用的法國香水。出門前我臨時抓起一件薄毛衣。

我先找到座位，點了一壺啤酒，布萊德才走進酒吧。他四處張望，看到我後朝座位走來，在我對面坐下。

雖然努力克制，但我還是忍不住一直看著他。我的眼中忽然充滿淚水。萬一被他發現我一定會羞死，我盡力掩飾這副淚汪汪的可笑模樣，差點把頭塞進啤酒壺裡。

他當然發現了。

「莉蒂雅，妳在哭？」

我點頭，慌亂地翻皮包找面紙。「我很抱歉。」我啜泣，因為想忍住淚水反而打起嗝來。

「因為妳哭而抱歉？」

我點頭，沒必要地多點了好幾次。「因為所有的事情，因為我不該那樣對待你。」

「沒錯。」

「我好害怕又──」

「妳沒有看我的信。」

「我知道。」我暫停一下擤鼻子。「我沒辦法看，因為我知道一看了信，我會無法讓你離開。我一定要讓你走，為了保護你、也為了我。」

布萊德舉起酒壺添滿我的杯子。「我寧願自己做決定。」

「我知道，但……」我所有的藉口現在都顯得淺薄又虛假。「瑪嘉莉認為我太自我，她說得對。對不起，布萊德，我為所有事情道歉。」

「妳想跟我說的就是這個？所以才打電話給我約我出來？」

我再次點頭。那就是我想說的，但不只如此。我的喉嚨哽住，我們之間的沉默令人難以承受。

「還有別的。」

布萊德帶著期盼抬起頭。他不肯輕易放過我，但這是我活該。

「自從認識你，自從我們開始交往，我一直……很快樂。」

他聳肩。「妳的態度讓我很難相信。」

「我知道……聽我說，我明白自己不懂如何掌握人生，尤其是一切都那麼順利。我不習慣快樂，我不知道如何處理。所以我做了蠢事，毀掉一切。」

「這是妳自己領悟出來的？」

我搖頭。「瑪嘉莉幫了些忙。」雖然她的方式不太溫和，但他不需要知道。我和姊姊的關係依然糾葛，不過現在我知道她關心我。

「啊，對了，瑪嘉莉。紅娘小姐。」

「她是好人。」我很意外我竟然急著為她辯護。

「對，她很好——妳也不錯。」

我帶著淚微笑。「謝謝。」

他喝了一大口啤酒。「好啦，道歉也道完了，現在呢？」

我不知道該說什麼。「你希望我們的關係有怎樣的發展？」我的心跳得好大聲，幾乎聽不見自己的思緒。

「就像妳住院之前那樣發展。」他的表情越來越濃烈，越過桌子握住我的手。「那妳呢，莉蒂雅？妳希望怎樣？」

「我希望能把這一個月從記憶中抹去，希望重回以前的情況，而且……而且我希望我們能再次親近。」接著，因為該讓他知道，我補充一句：「但你一定要明白這段關係沒有保證。」

「妳姊姊都告訴我了。」

「所有事情？」那他都知道了。「而你還……」

「我比以前更想要妳，莉蒂雅，但我不希望妳只因為認定我無法面對妳的疾病，就再次把我趕出妳的生命。我的事情，讓我自己決定。」

要我交出控制權很難，但我知道他說得對。他不明白這是多大的要求。

「我不能保證什麼，」他接著說：「但我能告訴妳，我很在乎妳。」

「我也很在乎你。」

「這只是開始，接下來會怎樣我們都不知道。」他那雙迷死人的藍眼睛看著我微笑，我明白布萊德不會一有麻煩就逃之夭夭。我可以信任、倚靠這個男人，他在各方面都不輸給我父親。

賈桂琳・唐諾

賈桂琳明白該讓兒子、媳婦和孫女多相處，但她就是忍不住。小孫女填滿了她心中多年的深深缺憾，心中怒放的親情讓她再也無法忽視。只要一抱起孫女，祖孫間的牽繫就更強大、頻繁與持久。

賈桂琳搖著孫女哄她睡。她嗅著嬰兒純淨的香氣，悵然憶起當年也是這樣抱著保羅。

「妳看起來好祥和。」譚美帶著一包尿布走進育嬰室，她把尿布放在五斗櫃上轉身看著賈桂琳和艾美莉雅。

賈桂琳抬頭。「那是因為我覺得很祥和。」她好像該道歉，佔用了譚美這麼多時間。自從孫女從醫院回家，她每天都來報到，有時甚至一天來兩趟。

「不好意思一直賴著不走。」賈桂琳喃喃說，覺得自己的行為有些可恥。

「才不會。」譚美揮手要她不必擔心。「我覺得給寶寶的愛越多越好。」她走到五斗櫃拿出一件新的嬰兒裝。「不過衣服就不一樣了，妳買了這麼多，我怕她穿不完。」

賈桂琳忍住笑。「我的確有點忘形了。」

「保羅說他從沒看過妳這樣。」

「我沒想到會這麼愛她。」賈桂琳對以前那麼嫌棄媳婦很自責，聽到她懷孕的消息還曾那麼生氣。她以前真惡毒，竟然一口咬定譚美利用保羅，現在終於看見別人眼中真誠而善良的女子。

「妳可以連我媽媽的份一起愛她，」譚美小聲說：「我好希望她身體好一點能來看我們。」

想到要和親家分享孫女，讓她湧出驚人的佔有欲，但賈桂琳不能小氣到不讓譚美的媽媽來看寶貝外孫女。

「不過媽媽已經有五個孫女，還有三個孫子。」

「真有福氣。」

「我媽媽也這麼說。她老說她是世上最有福氣的女人，孫兒都那麼聰明又好看。」

「艾美莉雅是全宇宙最神奇的寶寶。」賈桂琳堅稱。譚美笑著，賈桂琳懶得解釋她不是開玩笑。這個特別的寶寶讓四個頭腦清醒的大人對她百依百順，絕不會拒絕這孩子任何事。

譚美在床尾坐下。「我敢說妳和保羅加起來，艾美莉雅一天二十四小時都有人抱。」

賈桂琳微笑看著沉睡的嬰兒，小小的嘴在熟睡中輕輕吸吮。

「連瑞斯也爭著要抱她。」

「瑞斯來過？」

「幾乎天天來，而且每次都帶禮物給她。你們兩個都這麼寵她真是太貼心了，艾美莉雅才一週大呢！」

聽到丈夫也來看孫女，賈桂琳緊抿著雙唇。她不知道瑞斯那麼常來，不過她本來就不太清楚他的行蹤。她決心不去想，看看錶，五點半，保羅快下班了，她也該走了。

「我該回家了。」她不情願地說。那棟房子在過去這幾星期更顯得冷清，她也比之前更加淒涼與寂寞。那晚瑞斯宣稱工地有急事突然離開，她很清楚他其實要去哪裡……她不願想像瑞斯和別的女人在一起。

「瑞斯和保羅很像嗎？他是不是也要一回家就看到晚餐在桌上？」

譚美打趣地問，賈桂琳應該也詼諧地回答，但此刻懷裡抱著孫女，她再也無法作假。她在謊言裡活了太久，說謊早該成為她的第二天性，但她沮喪地發現做不到。彷彿當她抱著純真的孩子時，她只能說實話。

「瑞斯星期二晚上都不回家，」她突兀地說

「噢，我沒聽說。他去打保齡球嗎？」

這個問題讓她笑了一下，只有譚美才會以為瑞斯去打保齡球。賈桂琳搖頭。

「媽？」

賈桂琳以前很不喜歡譚美叫她媽，現在卻彷彿是世上最自然的稱呼。

「他……在忙別的事，」她說。

譚美將近一分鐘沒有說話。接著她做了一件意料不到的事：她在搖椅旁邊的地上坐下，手放在賈桂琳膝上。這單純的撫慰讓她深深感動。

「我有沒有說過巴布叔叔和芙莉達嬸嬸的事？」她沒有等賈桂琳回答。「巴布，呃，其實他的名字是奧賽羅，不過大家都叫他巴布，這是南方風俗。總之，他看上了加油站咖啡店的女侍，整天都在那裡鬼混。」

六個月前賈桂琳一定會要她住嘴，但聽過譚美的故事後，她已漸漸習慣媳婦滿腹的草根智慧。

「總之，芙莉達嬸嬸氣炸了，事情鬧得很大。」

「她去教訓那個女侍？」

「芙莉達嬸嬸？才不呢。她給巴布叔叔好看。她說憑他那點本事只吃得消她一個女人，要是他不相信她只好證明給他看。她告訴我媽媽，既然她嫁給巴布就絕不會讓隨便一個女侍搶走他。接著，巴布叔叔就整天樂呵呵地，而且再也沒接近過加油站咖啡店。」

賈桂琳覺得這個故事很有趣，但她沒傻到以為去找瑞斯吵鬧能改變什麼。「妳芙莉達嬸嬸比我有力量。」她說。

「不，媽，」譚美注視著她說：「妳也有同樣的力量，只要妳願意運用它。」

開車回家的路上，媳婦的話一直在耳邊迴響。她把車停進車庫，走進漆黑死寂的家。瑪莎做了沙拉放在冰箱給她當晚餐，她坐在廚房桌邊有一口沒一口地吃。屋裡似乎充滿細碎的聲響，熱漲冷縮的噪音凸顯出房子的空，她放音樂轉移注意力。

二十分鐘後她終於放棄晚餐提早去洗澡。洗完澡，她通常會躺在床上看書，一邊聆聽瑞斯的動靜。有時她看書到清晨都沒聽到他回家。她從不承認在等他，但今晚這個事實卻彷彿霸佔臥房的入侵者。

雖然丈夫不忠多年，那份痛依然令她無法招架。此時此刻，他正和別的女人在一起，而她竟然放任他風流快活，若無其事地接受。賈桂琳發現她再也假裝不下去，不能也不要！

浴室的水開著，她衣衫不整地大步走進廚房，用力拉開櫥櫃抽屜找出俱樂部通訊錄。她把通訊錄重重扔在桌上，找出安得森的電話號碼，他們是多年好友，他也是全市最厲害的離婚律師。案子一旦交到他手裡，她丈夫就得為背叛她和這段婚姻付出慘痛代價。

忽然間，滿腔的怒氣消失，她闔上通訊錄，手還壓在上面。

老天爺，她在想什麼？她不想離婚，她想要丈夫回來。她想要瑞斯！

她一定得想辦法把他贏回來。

她滿懷思緒緩緩走回浴室關水。她坐在浴缸邊緣，雙手按著太陽穴思考該怎麼做。

車庫門關上的聲音嚇她一跳。賈桂琳站起來，心狂跳不止。不可能是瑞斯。時間太早，他很少在九點前回家。

「瑞斯，是你嗎？」她大喊，接著默默責備自己。還會有誰？小偷不會這麼明目張膽。

「我回來了。」她丈夫平淡地回答。

穿上浴袍，賈桂琳從浴室出來看到丈夫站在廚房流理檯前看信，看到她似乎很意外。

賈桂琳也不知哪來的勇氣，她毅然上前。

瑞斯不經意地抬頭看她。「有事？」

「夠了。我現在就要把話說清楚，我不想裝下去了。」

他眨眼呆望著她，幸好沒有裝作不知道她的意思。

「我不要！」她重複。

他依然呆望著她，一臉難以置信。

「首先，」她繼續，「這貶低了我，我終究是你的妻子。我再也不要睜一隻眼、閉一隻眼。我一直假裝不在意，我也以為我成功了，但我還是在意。我非常在意。」

「什麼——」

如果不趁有勇氣時一口氣說完，她很可能再也沒有機會。「我不是那種會下最後通牒或嚴格要求的妻子，但我現在要這麼做了。不管那女的是誰，快點甩了她，我不管要花多少錢。我要她從你我的生活中消失。」

瑞斯搖頭，顯然說不出話來。

「我不要讓孫兒孫女長大後，看我受這種羞辱。」真是的，她在做結婚以來最重要的一席談話，但她竟光腳站在廚房裡，身上只穿著一件浴袍。

瑞斯皺眉繼續看信。

譚美說的故事在心裡翻騰，賈桂琳深吸一口氣重振旗鼓。既然都說這麼多了，乾脆一次說完。「不只這樣。」她拿出全副尊嚴宣布。

她點頭上前。「事實上，遠不只這樣。我還愛你，瑞斯。我不知道我們之間到底怎麼回事……但我也有錯。我很寂寞，瑞斯，我要你回我的床上。」她的聲音哽住。瘋狂的一瞬間，賈桂琳想像自己是譚美的芙莉達嬸嬸。她一手插腰，挺起肩膀，壓低聲音沙啞地說：「我保證會讓你不需要其他的女人。」

她丈夫放下郵件，眼神難以形容。「賈桂琳？妳是認真的嗎？」

她笑著，希望足夠性感與魅惑。「口說無憑，你自己來驗證吧！」

瑞斯張目結舌，看著他一臉猴急的有趣模樣，賈桂琳差點笑出聲音。

「賈桂琳？」他伸手拉她，當他的唇貼上她的，感覺像二十來歲時一樣熱情。在分房前，他們的性愛早已變得索然無味。現在瑞斯急著脫掉她的浴袍，差點把它扯壞。

他們跌跌撞撞走進臥房摔在床上，兩人都像青少年般傻笑著。他們的性愛激烈、原始而興奮，只聽見呻吟和滿足的嘆息。

結束之後，賈桂琳窩在丈夫懷中眼睛濕潤，聽著瑞斯堅定平穩的心跳。他們有很多話要說，但在這滿足的時刻，一切彷彿都無關緊要了，最重要的是品味此刻，珍惜對方。和丈夫歡愛的這一夜讓賈桂琳記起她不但活著，而且從頭到腳都是女人。

「我不敢夢想會有這一天，」瑞斯在她耳邊低語。「我早已放棄希望，以為我們再也不會同床。我愛妳。我一直愛著妳，但我不知道該如何改變狀況。」

她嘆息吻著他的裸胸。「我從來沒有放棄你。」

「除了妳沒人要我。」

賈桂琳一怔。「什麼意思？」

他懊惱地嘆息。「我們一次把這件事情說清楚，從此不要再提了好嗎？」

「好。」

「我十年前出軌過一次，我知道妳發現了。那段關係結束得很快而且很不堪。我很難過，到現在都不相信我會那麼蠢。」

「但每週二晚上——」

他沒讓她說完。「我知道，我想讓妳以為那段關係還在。這種作法愚蠢又幼稚，但我想看妳的反應。什麼都好，只要妳還在乎。」

「我幫你煮晚餐那天，你接了電話就出門——」

「我知道妳的想法，但妳弄錯了。那真的是公事，工人把變電器燒壞了。我發誓那天晚上沒有別的女人，很久都沒有其他女人了。」

「這麼多年……」她很難接受。

「一旦開始假裝，就停不下來。」

「我們兩個都是大傻瓜。」賈桂琳摟住丈夫的脖子，不懂以前沒有丈夫的擁抱如何活過來的。這麼多年，擋在兩人之間的竟然只是面子。

「我不知道今晚怎會這樣，但我感謝上帝，」瑞斯說。

「你該感謝譚美的芙莉達嬸嬸。」

「誰？」

「不重要。」她把頭倚在他肩上微笑，每天她都發現更多該感謝媳婦的事。瑞斯說得對，她終於有了女兒，即使譚美的南方腔再重，她依然是她最親愛的媳婦，就像真正的女兒。

46

愛莉絲．湯森

愛莉絲被呻吟聲吵醒，她抬起頭望著黑暗專心聆聽。真奇怪，那痛苦的悶哼來自客廳。她的眼睛適應黑暗後發現另一件不尋常的事：洛荔的床是空的。

她的室友最近真的很可惡。那次短暫的友善談話之後，洛荔又開始不理她。她們幾乎

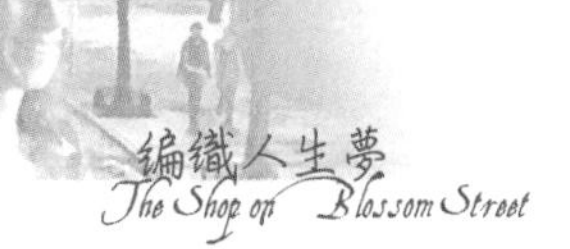

不說話，但那是洛荔造成的。愛莉絲努力維持文明的關係，但洛荔偶爾開口也一定夾槍帶棍。

愛莉絲最近沒聽說這棟公寓的下場，但看來她們很快會失去這個窩。哼，愛莉絲自有打算。一有機會，她就要甩掉這個所謂的朋友重找室友。

愛莉絲替洛荔頂罪之後，剛開始洛荔還滿懷歉意，要想辦法補償她。但後來一切都變了。大部分的時候就算她在家也躲著愛莉絲，整天只會坐在電視前面大吃。她已經整個星期沒去乾洗店上班了。

愛莉絲重新躺下，拉起被單蓋住肩膀閉上眼睛，決心繼續睡。就算洛荔生病了，也是因為吃太多冰淇淋。過去半年她至少胖了十五磅，所有牛仔褲的拉鍊都拉不起來。洛荔去勾搭喬登更讓她們的關係惡化。愛莉絲信任喬登，但可不信任洛荔。她顯然是想要他的同情，天知道她還想要什麼。

愛莉絲一直不知道那天到底怎麼回事。喬登不說她也就不問。她去找室友對質，洛荔叫她少管閒事。

愛莉絲決定裝作沒聽見客廳的怪聲音。如果洛荔要她幫忙，就得自己來找她。她才不要自討沒趣。

愛莉絲正要飄進夢鄉時聽到好大聲的哀嚎，洛荔好像非常痛。雖然很不情願，愛莉絲還是掀開被單下床。

客廳很黑，她過了一會兒才看見洛荔，她癱在沙發上靠著扶手，她彎著膝蓋，腿上蓋著一條毯子。

「妳怎麼了？」愛莉絲問，想要洛荔知道她被吵醒很不高興。

「沒事，回去睡。」

愛莉絲猶豫了一下，最後決定不管了。洛荔不要她幫忙，既然她那種態度就算了。

「隨妳。」愛莉絲剛踏進臥室又停下腳步。她隱約聽見洛荔在哽咽，彷彿喊著：噢、上帝，噢、上帝，噢、上帝。

愛莉絲走回客廳斷然開燈，雙手插腰大剌剌站著。「妳怎會沒事。到底怎麼了？」

洛荔的頭前後擺動，不肯回答，眼睛因為燈光刺眼而閉著，同時咬著下唇，一道血跡從嘴角流下。愛莉絲驚駭地看著她。

「洛荔。」她低聲說。

她的室友焦急地伸長手臂，愛莉絲握住她的手，她死命握住。「救我！」她哭喊。「我做不到……我以為……噢、上帝，好痛喔！」

愛莉絲跪在沙發旁，一切忽然都湊在一起了，早該發現的事情一下鑽進腦海。「妳在生孩子？」

洛荔點頭。「我不敢告訴妳，我誰都不敢說。」

「約翰知道嗎？」

淚水湧進洛荔眼眶。「不然妳以為他為什麼甩掉我？他說不想要孩子，也不要我。他答應出錢給我墮胎，但他沒有拿錢來，我也付不起。」

「妳怎麼都不說？」

「我怎麼說？」

「我們是朋友。」算是朋友。洛荔害她被逮捕卻不信任愛莉絲，連懷孕了都不告訴她。

洛荔閉著眼睛拱起背又開始哀嚎。

這些事情以後再說，現在得送洛荔去醫院。「我出去打電話求救。」

「不！」洛荔尖叫，緊捏住愛麗的手。「不要離開我。要不了多久了……不會的。我受不了這種痛，我沒辦法一個人面對。」

「我該怎麼做？」愛莉絲沒看過生產，一點都不懂該怎麼幫她。

「我也不知道，」洛荔抽一口氣，因為劇痛而喘氣翻滾。「我想快出來了，」她大叫，聲音滿是驚慌。「我該怎麼辦？噢、上帝，我該怎麼辦？」

「冷靜下來，」愛莉絲勉強裝出可信賴的語調，但她的心正以驚人的速度狂跳。她掀開毯子，看到洛荔在臀部下面墊了一堆毛巾。「我先去洗手。」

「不……不要離開我。」

「我馬上回來。」

「好吧，好吧。」洛荔又開始搖頭，臉上全是汗。

愛莉絲責備自己沒早猜出來。但洛荔本來就胖，懷孕了肚子也不明顯。她每天照常穿著牛仔褲，只是縫線都快爆開了，愛莉絲還以為她是因為大吃而變肥。

愛莉絲才離開一下，但一回來洛荔就緊抓著她的手。從洛荔的臉上，愛莉絲看出她承受著劇痛。

「去看看，」洛荔哀求。「出來了沒？」

愛莉絲覺得她完全不適合接生。「妳有幫孩子準備了什麼東西嗎？」

洛荔搖頭。「我不想要他。」

「洛荔，」她追問。「妳打算怎麼處理這個孩子？」洛荔簡直活在夢裡！她明知道孩子會需要衣服、毯子和奶瓶。

洛荔啜泣。「我打算殺死他。」

愛莉絲驚喘一聲。「不可以！」

「我不要這個嬰兒。」陣痛又來了，洛荔尖叫著再次拱起背。她的手指深深摳著沙發，緊閉著眼睛喘息。她大口吸著氣，肩膀因為用力而抬起。

愛莉絲坐在沙發邊緣，看到孩子的頭頂已經出來了，濃密的金髮黏成一片。又一陣收縮，愛莉絲小心把手放在小小的腦袋下。洛荔深吸一口氣低頭想看孩子，但做不到。

「很快就結束了。」愛莉絲保證。她害怕又無助，真希望沒有說錯。

不到一分鐘，洛荔又開始慘叫喘氣。突然間嬰兒滑了出來，幾乎正好滑進愛莉絲的手中，隨即湧出一灘血水。

愛莉絲眼中滿是淚水。「是個男孩。」她對洛荔說。他沒有哭，愛莉絲的心開始慌張地亂跳。她直覺地伸手進他嘴裡掏乾淨，接著把嬰兒翻轉過來拍他的背。他立刻有力地大哭，愛莉絲一陣狂喜，抬頭看著室友。「他好漂亮。」這神奇的一刻令她讚嘆，一個新生命降臨人間。

洛荔轉過臉不肯看他。「剪斷臍帶。」她冷冰冰地指示。

「我……不認為我該……」

「快，」洛荔催促，「不然我自己來。」

「好啦，好啦。」愛莉絲去廚房拿一把刀，因為擔心孩子或洛荔感染，趕緊放在一鍋水裡擱在爐子上燒開。她跑回客廳時胎盤剛好出來。

一割斷臍帶，愛莉絲把嬰兒抱進浴室清洗。接著用她在班上織的嬰兒毯包住他。生產結束了，愛莉絲肯定洛荔一定會改變心意，於是把嬰兒抱回客廳希望至少能勸室友看孩子一眼。

「看他一眼就好，」愛莉絲懇求。「他很完美，洛荔。」

洛荔再次搖頭拒絕。「把那個東西弄走。」

愛莉絲不相信有人會這麼狠心。「我做不到。」

「那就給我，我去處理。」

「妳……妳要怎麼處理？」愛莉絲抱緊孩子想保護他。

「我要把那個東西丟進垃圾堆。」

洛荔根本不認為這個嬰兒是個孩子，她叫他「那個東西」。

「妳是認真的，對吧？」她驚駭地說。「妳真的不要這個嬰兒。」

「我要說多少次？」洛荔大喊。「把那東西弄走。」

愛莉絲一手抱著初生的嬰兒，控制住頭腦裡混亂的思緒。既然洛荔不要，她知道誰會很想要。「簽個東西。」

「什麼？」洛荔茫然抬頭看她。

「我需要妳寫一份書面的聲明，自願放棄這個嬰兒。」

洛荔皺眉。「然後要給誰？」

「給一對夫妻領養。」愛莉絲深吸一口氣。「我知道有人極度想要和需要孩子，我想讓那對夫妻養育這個孩子。妳不愛他，但我知道珈珞會很愛他。我帶他來這個世界，我覺得對他有責任。就像妳說的，我把他弄走。」

「想怎麼做都隨妳，我不在乎。」

「妳不會改變心意？」

「不。」彷彿為了證明決心，她舉起刀子似乎要當場殺死嬰兒。「我要那東西死掉或從我人生中消失，懂嗎？我還要怎麼證明？快弄走就好！我不管妳要怎麼做，只要把他弄走。」

愛莉絲抱著尖聲大哭的嬰兒，抓起紙筆交給洛荔。「寫下來。」

洛荔坐起來，快速潦草地寫了幾行字後簽名。愛莉絲看過一遍，接著回到臥房。她把嬰兒放在床上，盡快穿好衣服，雙手不停地顫抖。嬰兒抬起視線看她，愛莉絲彎腰親吻他的額頭。

「多希望你來這個世界時有人溫暖的接待你，小寶貝，」她低語。「但我知道誰會愛你。」

愛莉絲沒再和洛荔說話，背起皮包走出公寓。這時是星期五凌晨，街上很黑、讓人發毛。她抱著嬰兒快步來到安妮咖啡館，那裡的門廊有公用電話。她找出硬幣，拿出寫著喬登電話號碼的紙張。

電話響了五聲喬登才接，愛莉絲差點沮喪又絕望地掛斷電話。

「最好有大事，」他嘀咕著。

「喬登，是我。」她好高興聽到他的聲音，開心到差點哭出來。「你說過有需要時，我可以隨時打電話給你，記得嗎？」

「妳惹上什麼麻煩了嗎？」

她不知道該怎麼回答。「我在安妮咖啡館……你能不能來一趟？」

「現在？」

「對，拜託快一點。」

「我十分鐘就到。」他沒有遲疑，連考慮都沒有。愛莉絲從不懷疑對他的感情，現在更是堅定。她知道生命中有個不分晝夜隨時可以求援的人，那就是喬登。

愛莉絲輕輕搖著寶寶。她哄著他，站在安妮咖啡館明亮的門廊等喬登的車。看到他從街角過來，她推開玻璃門走到街上。

喬登放慢速度停下，靠過去打開乘客座的門。

他呆望著她。「那……是嬰兒？」他因為睡意和驚愕而聲音沙啞。

「這是洛荔和那個爛人約翰的……我剛替他接生。」

「原來如此……」他頓了一下。「她不久前來找我聊過，說她有麻煩，但又不肯明白告訴我是什麼麻煩。」

愛莉絲點頭，她現在全懂了。

「要我送你們去醫院嗎？」他問。

「不是。」因為她的心好滿，因為她知道該怎麼做，她彎腰吻他。

「愛莉絲……妳不能留著這個嬰兒。」

「他是我接生的，我要幫他找一個家。」

喬登睜大眼睛。「妳在想什麼？」

「我認識非常需要孩子的人。」

「誰？」

「是誰都沒關係。現在，你要送我去還是要我坐計程車？」

「但這不合法——」

「我有洛荔簽字的聲明。她不想要孩子，而我死都不會把他交給政府。我說得夠清楚了嗎？」

他揚起眉毛，緩緩笑開。「提醒我不要惹妳生氣。」

「別擔心，未來的歲月我會經常提醒你。」

「未來？」

「這件事以後再說。」

「妳的朋友知道妳要去嗎？」

「還不知道。」

「那洛荔呢？」

「我要你先回來送她去醫院。」這樣一定會驚動當局，但這就交給珈珞和她先生處理。

「送她去瑞典醫院，好嗎？」

「在下隨時聽候差遣，愛莉絲公主，不管是要屠龍，還是運送小嬰兒。」

聽起來很不錯，愛莉絲想。

47

珈珞・傑羅

刺耳的鈴聲將珈珞從沉睡中驚醒。道格翻身看時鐘，珈珞看到現在剛過凌晨四點。這種時候不知道誰會打電話來，但想必有急事，不過她想不出來會有什麼事。

響到第三聲，道格拿起話筒。「喂？」他惺忪地說。

珈珞只聽到單向的對話，她還以為是打錯的。沒想到道格說：「她在，妳說妳是哪位？」片刻後他按著話筒：「妳認識一個叫愛莉絲・湯森的女孩嗎？」

珈珞點頭。「她有沒有說什麼事？」

「沒有，她只說要立刻見妳。」

珈珞遲疑了一下。

「要讓她上來嗎？」

愛莉絲半夜來找她一定有很要緊的事。「好，」她對丈夫說：「讓她上來。」

「妳確定？」

「她可能是需要找人說話，」珈珞說。

「一大早這種時候？」

珈珞親吻他的太陽穴。「對，親愛的。」

珈珞掀開毯子拿起放在床腳的睡袍。「你不用起來。」她想愛莉絲把她當朋友才會來找她，她可能遇到大難關需要建議。以珈珞目前的狀況，她不確定能幫上什麼忙，但說不定能……

她走出臥室時經過對門的育嬰室，今天早上百貨公司的人就要來把東西載走。隨著搖籃、尿布台、五斗櫃，她生育的希望也將遠離。經歷了那麼多挫折、失望、心痛，珈珞以為這次會比較容易放手。這場求子鬧劇差點扼殺他們的婚姻，道格說得對，不能這樣下去。但傷痛依舊。

聽到敲門聲，珈珞赤足過去打開保全鎖。她打開門驚愕地看到愛莉絲站在門外，懷裡抱著一個嬰兒。

「來，」她把嬰兒遞給珈珞。「這個孩子需要媽媽。」

珈珞低頭望著懷中扭動的新生兒說不出話來，她抬頭看著愛莉絲的眼睛，不知道該怎麼想，更不知道該說什麼。

「他是我接生的，」愛莉絲解釋。

「誰的……？」她說不出整個句子。

「我的室友要我把他處理掉。她說如果我不把他弄走，她就要把他扔進垃圾堆。他需要父母，他需要有人愛他。」

這一切都不像真的，這怎麼可能會是真的！珈珞只想大喊道格，但她的聲音細如蟲鳴。她以為他聽不見她的聲音，但只穿著睡褲的道格已從臥房衝出來。

「嗨，」愛莉絲的聲音不太自然，珈珞抬頭看她。「我是愛莉絲，你讓我上來的。」

「愛莉絲帶了個嬰兒來給我們。」珈珞含淚說。

道格來回看著她們。和她一樣，他也不知該如何反應，幸好他的腦袋及時清醒過來。「我們最好坐下來談。」

「是合法的，」愛莉絲保證。「我要洛荔寫下一切。」她從口袋掏出一張摺好的紙給道格。「洛荔必須去醫院，到時警方一定會發現，但我想你們應該有辦法解決。法律大多認定在誰手上就是誰的，現在孩子在你們手上。」

「我們先弄點咖啡。」珈珞提議。她的思緒亂成一團，很難掌握狀況。她只知道懷裡抱著一個剛出生的嬰兒。

「我去弄。」道格說。珈珞感激地點頭。她低頭望著熟睡的嬰兒，心裡一陣抽痛。他媽媽竟然要把他當垃圾扔掉！她無法理解怎麼有人會想那麼做。

「他沒有衣服，」愛莉絲說：「我幫他洗乾淨、用毯子包起來，但我沒有尿布。」

「我來幫他穿衣服，」珈珞說。這像一場夢，一點都不真實。她抱著他走進育嬰室，放在五斗櫃上，小心翼翼打開毯子，一手護著嬰兒，一手伸下去拿尿布。

今天早上，再過幾個鐘頭，她就得清空抽屜讓百貨公司的人把所有家具載走。幸好還來得及！她溫柔地清潔他的屁屁後包好尿布，接著是小小的棉衣。穿好衣服後，她把他包進又厚又軟的法蘭絨襁褓中。

他小貓似地輕叫一聲，她拿起清潔消毒過的奶瓶準備泡牛奶。她不敢讓自己把這孩子當成她的兒子。愛莉絲需要幫忙，而珈珞是最合理的人選。

「他到底多大了？」她回到客廳問。

愛莉絲看看手腕，不過她忘了戴錶。「大概一小時大。」

「你們怎麼來的？」

「喬登載我來的，他先回去送洛茘去醫院。」

珈珞去廚房找道格，愛莉絲也跟過去，他們等著咖啡滴進壺裡。「他得吃奶了。」珈珞的語氣彷彿新生兒權威。她問也沒問就把嬰兒交給道格，接著從櫥櫃裡找出一罐奶粉。她把奶瓶裝水放進微波爐加熱，泡好牛奶後滴在手腕上試溫度，接著抱起嬰兒。他立刻含住奶嘴，依偎在她懷中彷彿……彷彿她是他的母親。

「好啦，該談話了。」道格揮手要珈珞和愛莉絲去客廳，他隨後端著咖啡過來。珈珞坐在扶手椅上摸著嬰兒細軟的頭髮，嬰兒握住她的手指時她差點哭出來。他是我的，她好想大喊。她同時感受到深入靈魂的滿足與恐懼。

「我帶他來這個世界，」愛莉絲自豪地說：「洛茘不要他，我告訴她我認識會愛他的人。」她停了一下，顯然在等珈珞答覆。

「這不可能合法，」道格代她回答，語氣遲疑而困惑。「我從沒聽說過這種事……」

「孩子在你們手上，不是嗎？」愛莉絲說。「他現在是你們的了。」

「我知道，但……」

「她簽了字說明她不要他。」第一次，愛莉絲似乎也不確定有沒有做錯。「我以為你們會要他。」

「我要，」珈珞大喊。道格有疑慮，她也是，但這嬰兒填滿了她的懷抱，填滿了她內在的空虛。上帝垂憐，她絕不放棄他！她也不會向可能失去這孩子的恐懼投降。「道格？」她轉身看丈夫，眼神哀求他盡一切努力。

道格往前靠，手肘撐在膝蓋上，雙手支頤。

「你到底要不要？」珈珞質問。「因為我要。我會收下他，什麼都不問。我會愛他，我會養他，但我要知道你也有同樣的想法。」

丈夫和她對視著，珈珞看出他的憂慮。「我不知道我們能不能留住他，珈珞。我說過，這不可能合法。一個女人不可能把孩子隨便交給陌生人。」

珈珞不在乎要付出多少代價、要做多少犧牲，她願意拚上一切讓這個嬰兒變成她的。正當她放棄所有希望時，奇蹟發生了。她要接受這個奇蹟，不計代價。

「我們先找律師商量，」顯然道格已經做出決定。「愛莉絲說得對，洛茘一進醫院，警方一定會得到通知。我們必須弄得好像她一開始就打算讓我們領養。」

珈珞看出他的決心，開心得想哭。「我們有兒子了。」她淚眼婆娑地說。

「還沒，我們還沒得到他，」道格說：「不過快了。」現在由他主持大局，他站起來說，「給我幾分鐘穿衣服，打幾通電話。愛莉絲，妳等下要和我一起走。」

他回到臥室。

珈珞放下奶瓶讓寶寶倚在肩上。「我要怎麼感謝妳？」她邊拍嬰兒的背邊說。

愛莉絲指著托盤上的咖啡。「我真的很需要來杯咖啡。我可以自己動手嗎？」

「當然可以……抱歉。」

「妳要嗎？」

珈珞搖頭，愛莉絲倒了一杯咖啡加上奶精。「我不敢相信我不知道，」她喃喃說著喝了口咖啡，「洛荔的事，」她顯然深陷思緒中。「我完全沒想到她是懷孕。」

珈珞佔有地揉著嬰兒的背。和她在一起，他會很安全、受盡寵愛，他是她渴望已久的孩子。

「洛荔以前就很胖，她看起來只是更胖。」

「父親呢？」

「一個賣二手車的，他常租超限制級影片。我一直很不喜歡他，但他長得還不錯。」

「洛荔呢？」

愛莉絲聳肩。「她不壞。只是和不好的人混在一起，對世界很憤怒。我還以為孩子生出來，她就會改變心意，但沒有。」

道格出來了。「妳的朋友把生母送去哪家醫院？」

「瑞典醫院，」愛莉絲說。「還需要我和你一起去嗎？」

道格點頭。「我打了電話給賴利，」他說的是一位好朋友，也是道格工作的保險公司雇用的律師。「他要我先找到生母，然後從醫院打電話給他。」

「我該做什麼？」珈珞想知道。

「目前先待在家裡照顧他，我會盡快回來。」

「好吧。」珈珞不知道還能哺育照料這個孩子多久，但她要珍惜每一刻。

幾分鐘後，道格與愛莉絲匆匆出門。珈珞走進育嬰室，她用期盼和關愛精心布置的房間。每樣東西、每件家具都帶著希望與喜悅……後來卻變成她悲痛的象徵。

坐在鋪著椅墊的搖椅上，她搖著睏倦的嬰兒，為他唱搖籃曲。他來到世界的過程充滿驚惶和恐怖，但他現在安全了。要是她和道格能打點好一切，他會永遠安全。

珈珞搖著嬰兒忘了時間，幸福完全佔據她的心。

嬰兒醒來，沙啞地哭泣，珈珞換過尿布後再餵他一瓶奶。他又睡著了，珈珞把他放進搖籃裡，站在一旁守著他，一手按在他小小的背上。

道格八點多回來，但不見愛莉絲。他在育嬰室找到珈珞，那也是他第一個找的地方，他們一起凝視著熟睡的嬰兒。接著他將珈珞拉進懷中，用力抱緊她，她差點無法呼吸。

「怎麼了？」她問。

他的眼中閃著淚，他的聲音顫抖。「我們得帶他去醫院檢查，但看來我們有兒子了。洛茘欣然同意讓我們領養他，她向當局一再保證原本就這麼打算。」

淚水在她的眼中氾濫，他們依偎著、快樂地哭泣。孩子，生命的奇蹟，在最難以相信的時刻、由最意料不到的地方送來的禮物。

她第一次踏進毛線舖就知道，入門班的嬰兒毯是上帝給的預兆，祂果然沒有食言。

48

賈桂琳・唐諾

第二年

賈桂琳難掩興奮地開車去兒子家，她和瑞斯搭遊輪出遊三週剛回來，想要一解抱孫子的癮。小艾美莉雅正在學走路，賈桂琳認為孫女是全宇宙最可愛、最聰明的孩子。她可不是自誇喔……

她要先享受孫女的擁抱和親吻，接著去莉蒂雅的店裡。她在希臘一座島的小店找到非常漂亮的毛線，等不及要拿給她看。

賈桂琳到的時候譚美正在澆花，艾美莉雅搖搖晃晃地對蝴蝶揮著小肥手。她車上堆滿了她和瑞斯在旅途上買的禮物，但現在那一點也不重要。她只想盡快抱到孫女。

「艾美莉雅，艾美莉雅，奶奶回來嘍！」賈桂琳下車對小孫女張開懷抱。

艾美莉雅開心地尖叫。孫女正在長牙，下巴和名牌圍兜上都是口水，但她不在意。賈桂琳只想多抱抱這個美麗的寶貝。

「歡迎妳回家，」譚美熱烈地笑著。她彎腰關水收好水管，「妳和爸昨晚幾點到的？」

「很晚。」要不是那麼晚，賈桂琳絕對會飆車過來給孫女晚安吻，但瑞斯說大家應該都睡了。

「我還在調整時差。」她抱著孫女說。她現在真心喜歡譚美，和她越來越親。譚美自然而不造作，善良而慷慨，相信人性本善，在在都轉變了賈桂琳死板的人生觀，也將所有的家人凝聚在一起。她實用的智慧讓賈桂琳看清她對瑞斯和自己造成的傷害。幸虧有譚美，否則賈桂琳的婚姻恐怕撐不了多久。

「我們都好想念妳。」譚美從賈桂琳手上接過艾美莉雅，帶路回到屋裡。九個月大的小女孩立刻忙著在櫥櫃與角落探險。

譚美讓她在嬰兒餐椅坐下，拿出冰茶和兩個杯子。

艾美莉雅敲著桌子嘰哩咕嚕表達開心。她一直是個快樂而開朗的孩子，和她媽媽一樣。賈桂琳從餅乾罐裡拿出一片磨牙餅乾剝成小塊，艾美莉雅立刻抓住一塊，欣喜地塞進嘴裡，那付滿足的表情彷彿那是世上最美味的珍饈。

「回家真好。」賈桂琳喟嘆，接過一杯冰茶，裡面當然少不了一撮薄荷葉。

「快坐下來告訴我希臘小島的事，」譚美篤定地說：「我從沒聽過這麼浪漫的旅行。多希望我和保羅三十三年後還能像你們這樣相愛。感覺好像度蜜月喔！」

媳婦不知道她猜得多準。那天晚上和瑞斯攤牌，弄清楚其實週二情婦根本不存在後，賈桂琳的婚姻從此改觀。從那一刻起事情越來越順利，第二天他就搬回主臥房。他們一起發掘婚姻中的愛與喜悅，幾個月後他們漸漸找回當初差點毀掉的關係。

「希望保羅和他爸爸一樣浪漫，」賈桂琳邊說邊和孫女玩。「噢，才三個星期她怎麼長大這麼多。」

艾美莉雅毫不怯於成為關注的焦點，露出大大的笑容，滿臉餅乾屑。

「妳真是個小可愛。」賈桂琳輕柔地說。她對這孩子的愛是一種全新的體驗。艾美莉雅和她媽媽為賈桂琳的生命帶來許多意想不到的變化。

三十分鐘後，賈桂琳把車上的禮物都搬下來，和媳婦擁抱道別，在孫女剛擦乾淨的小臉上印滿寵愛的吻後依依不捨地離開。

她接著來到佳話編織。她運氣不錯，在店門口找到停車位。繁花街的改建工程完工了，愛莉絲以前住的紅磚建築已變成時髦新穎的華廈；房價貴到連賈桂琳也為之咋舌。不過愛莉絲很喜歡她的新家，理當如此，因為她就住在瑪莎退休前住的客用小屋。她們剛認識時誰想得到愛莉絲會變得像家人一樣。

「賈桂琳，」開門鈴一響，莉蒂雅大聲說：「歡迎回來！遊輪之旅好玩嗎？」

「棒透了，瑞斯和我每分鐘都很愉快。」她打開袋子拿出在希臘買的毛線，柔和的淺紫色開司米爾羊毛線上點綴著白色雪花。「我找到好東西了。」

莉蒂雅檢視毛線，纏在手指間拉動。她把毛線遞給瑪嘉莉。「摸摸看，」她說：「太神奇了。」

「我想織一件毛衣又不知道該買多少，所以全買下來了。用剩的再給妳。」

瑪嘉莉看完毛線後又輪到莉蒂雅。「妳在哪買的？」

「一座島上，我一下想不起名字。瑞斯陪我逛遍每家店找毛線。他的記性比我好，我改天問他。」

「瑞斯陪妳找毛線？」莉蒂雅笑著搖頭。「一般丈夫會覺得這種要求太過份。」

「我們現在做什麼都在一起。」賈桂琳坦承，雖然被人看見她絕不會承認，但她臉紅了。她和瑞斯的二度蜜月之旅所有夫妻都該至少試一次。

「妳比以前——」

「快樂多了！」賈桂琳接下去。所有親朋好友都這麼說。她不打算否認，她現在真的很快樂。

「其實我是想說曬黑很多。」莉蒂雅淘氣地說。

賈桂琳伸出兩隻手臂。「噢，這個呀。我和瑞斯打遍地中海所有高爾夫球場。」她笑著說。「不是我自誇，我的曲球很厲害，推桿更是所向無敵。」她看看錶。「我得快走了，我和瑞斯約好在鄉村俱樂部跟幾個老朋友喝一杯，我還得先回家一趟。」

「很高興妳回來，」莉蒂雅擁抱著她說。「妳星期五會來嗎？」

「當然！」賈桂琳理所當然地說。「絕對不會錯過。」

說完她就走了，等不及要和丈夫，她心愛的男人，盡快會合。

49

珈珞．傑羅

「卡邁隆．道格拉斯．傑羅，你在做什麼？」

卡邁隆坐在地板上翻爸爸放襪子的抽屜，抬頭對雙手插腰的珈珞天真地笑著，她努力裝出一臉嚴肅，其實正拚命忍住笑。「快過來。」她把寶寶抱起來，高高舉起他，用力吻他的小肚肚。卡邁隆開心叫著。放下來後，他靠在她肩上雙手握住她的頭髮發出嘰哩咕嚕的聲音。

過去這一年珈珞學會愛的新層次：兩個人能有多相愛，以及母親又能多愛孩子。儘管卡邁隆不是從她子宮出來，但他的的確確是她兒子。

「該去散步嘍！」她告訴他。

卡邁隆聽懂了，扭來扭去要下地。她放下他，把道格的襪子放回原處，接著帶他回房，為他穿上小小的牛仔褲和手工毛衣。褲子和成套的小外套是領養手續辦好時瑞克送的。穿好衣服後，卡邁隆快速爬到嬰兒車旁扶著車站起來，接著回頭確認她看到了他的豐

功偉業、讚嘆他多麼能幹。卡邁隆最愛出去散步。

「我們今天要去毛線店喔！」珈珞邊說邊扣好嬰兒車的安全帶。「我們要去看莉蒂雅阿姨。」

珈珞背好皮包把嬰兒車推到走廊等電梯。他們幾乎每天下午都走同一條路，經過兩條街外的公園去和其他年輕的媽媽聊天。

從離職到卡邁隆來到生命中，珈珞的交友圈變化很大。常去公園的媽媽們組成一個隨性的支持團體，每週固定集會一次喝咖啡。她們分享建議和經驗，交換育兒書籍和雜誌，把孩子用不到的衣服、玩具傳給用得到的人。珈珞是團體中年紀最大的媽媽，但她一點也不介意。

去過公園後，珈珞推著卡邁隆去毛線店。「珈珞，」莉蒂雅開朗地打招呼。「妳好，」她蹲下來看著卡邁隆。「你也是，卡邁隆。」

寶寶想抓一球鮮紫色的毛線，但珈珞眼明手快地把嬰兒車往後一拉遠離毛線的誘惑。

「我還要一球沛登牌的精編線。」

「橄欖綠的對吧？」莉蒂雅有本事一一記住誰買了哪些毛線、正在編織什麼作品。珈珞手裡有很多作品同時進行，有時連她也弄不清楚，但莉蒂雅完全沒有困難。

「妳有洛荔的消息嗎？」莉蒂雅問。

「完全沒有，卡邁隆出生後她就音訊全無。她一個人去了法院，簽完文件就走了，沒有跟我或道格說話。」

「那愛莉絲知不知道呢？她們以前是室友。」

「就算她有洛荔的消息也沒提過。」

「喬登呢？」

珈珞嘆息。「我聽說他幫她找了個社工，還在公寓賣掉時幫她找到地方住。」珈珞感到強烈的衝動想抱起卡邁隆保護他，但還是克制住。「她是個悲哀而誤入歧途的年輕人，有很多問題。」

「但她這輩子至少做對了一件事，就是把孩子交給妳和道格。」

「我祝福她，」珈珞低聲誠摯地說。

遲早有一天卡邁隆會想知道親生父母是誰，也許甚至會想找他們。那要由他自己做決定，但現在，在塑造人格的這個階段，這個寶寶是她和道格的。他們的愛和價值觀將左右他的發展。

莉蒂雅把毛線拿到櫃檯上算好帳。珈珞付過錢後把袋子放在嬰兒車後面的籃子向門口走去。「星期五見。」

莉蒂雅揮手道別，珈珞推著嬰兒車經過花店、咖啡館，往靠近濱水區的公寓走去。

她剛到家沒幾分鐘道格也回來了。他吻吻珈珞，彎腰抱起卡邁隆摟著。每次看到丈夫和兒子的互動，珈珞都很感動。卡邁隆看到爹地總是滿臉快樂地歡呼拍手。

這一刻深刻而真實。他們等了那麼久，吃了好多苦、犧牲了許多，但那些都是過眼雲煙了。他們有兒子。他們有完整的家庭。珈珞閉起眼睛不肯讓這一刻流逝，盡情地徹底品味。

道格坐在地上和卡邁隆玩，父子倆合力堆積木，珈珞看著他們，淚水濕潤了眼眶。她知道過幾年一切可能不再如此完美。沒關係。她覺得滿足又幸福，從前幾乎摧毀她的空虛不再存在。

她終於得到圓滿。

50

愛莉絲・湯森

愛莉絲在焦糖布蕾上做好最後修飾，後退一步等老師評分。戴蒙老師上前嚴格審視，敲敲上層的焦糖，試過味道後讚賞地點頭。「做得很好，愛莉絲，妳可以下課了。」

愛莉絲呆望著老師不確定有沒有聽錯。不過她沒呆多久，脫下帽子和圍裙快步離開教室。戴蒙老師很少稱讚人，那就像天上掉下錢來一樣稀奇。

課程要上兩年，她手頭很緊，明年也一樣。但錢再少愛莉絲都過得下去，沒錢也無所謂，她在做喜歡的事：烹飪。多年來她一直夢想能上烹飪學校，但學費很貴，和大學不相上下。要不是有賈桂琳和瑞斯幫忙，這依然是場遙不可及的夢。

珈珞和道格收養洛荔的孩子沒多久，愛莉絲見到瑞斯。瑞斯有很多有份量的朋友，他透過關係幫她爭取到一份獎學金。還不只如此，賈桂琳堅持要她在就學期間搬進她家的客用小屋。他們的管家正好離職，現在愛莉絲接任這份工作，薪水足以應付基本開銷。

這一切都太美好，簡直不像真的。三不五時，愛莉絲會捏自己一把，確定不是在作夢，確定這真的發生在她——愛莉絲．湯森的身上。

換下制服後，愛莉絲用更衣室的公用電話打給喬登。

「嗨！」她說。

「今天的課上完了？」他似乎在等她的電話。

「戴蒙老師說我可以下課了。」

「這麼早？一定是妳的表現很好。」

「或許！」她咬著下唇忍住炫耀，等其他同學聽不到再慢慢說。

「怎樣才能收買妳烤焦糖布蕾給我吃呢？」他調皮地說：「那是我最喜歡的甜點。」

「不知道耶，不過我應該想得出來。」

「想必可以，要我去接妳嗎？」

「如果你想來。」他很忙，不能太要求他。她通常不會打電話吵他，但她一直在擔心這次考試，他要她一考完就通知他。「我坐公車也行。」

「我馬上到。」

她在西雅圖廚藝學院門外等，大約十分鐘後喬登的車來了。他們交往已快一年，她已經習慣生活中有他，以及其他很多事情。他甚至說服她固定去教會。

有生以來第一次，她覺得自己是正常人，過著正常的生活，身邊的人關心她、希望她成功。看來喬登說得對，上帝並沒有放棄她。

喬登停下車，靠過去打開乘客座的門。愛莉絲上車後他們互吻一下。喬登看看後照鏡，接著開上馬路。

「我猜妳一定不記得今天是什麼日子吧？」他淡淡地問。

愛莉絲想破頭也想不出來。「五月六日有什麼特殊意義嗎？」

「對妳沒有意義？」他露出小男孩受傷的眼神。

「顯然沒有。」

喬登苦笑，假裝專心注意市中心繁忙的交通。「去年這天妳第一次在錄影帶店用那雙天藍色的眼睛看我。」

「我的眼睛是棕色的！」

「沒差啦！」他學著她常用的輕率語氣說。「妳當真不記得？去年五月六日我在錄影帶店外面看到妳，妳在抽菸。我想著自己的事情，妳找了個爛藉口叫住我。」

「我幫你留了片子。」

「妳一直對我拋媚眼。」

「對你拋媚眼？」她輕哼一聲。「你作夢。」她故做輕蔑地看他，其實很高興他記得交往過程中的小細節。

「所以我想今天應該算是我們的紀念日。」

「我們，是嗎？」她問，好愛這樣和他抬槓。

「妳是我女朋友沒錯吧？」

「也是你的大廚。」

「沒錯。」

她一副無關緊要的模樣聳肩。「算是吧！」

「這樣的話，也許妳會想看看置物匣裡的小盒子。」

一時間他們彷彿不是在開車而是飛了起來。「置物匣裡有個小盒子要給我？」

「快看。」

她雙手顫抖打開置物匣。裡面的確有個黑色小珠寶盒，繫著大紅色的蝴蝶結，就擠在使用手冊和行照之間。她拿出來放在掌心。

「裡面是什麼？」她問，無法克制地有些喘息。

「打開看看！」喬登說。

鬥嘴的氣氛不見了，車裡越來越悶熱。

看到她沒有立刻打開，他催促：「怎麼了？為什麼不打開？快打開！」

「這盒子好漂亮。」

「謝謝，但裡面的東西更漂亮。」

愛莉絲解開蝴蝶結，誇張地小心打開蓋子。裡面有一只戒指，鑲著一顆紅寶石，左右各有兩顆小鑽石。

「喬登。」她嘆息著叫他的名字。「好美。」

「我同意。」

「但……為什麼？」

「我不是才提醒妳，我們交往滿一年了嗎？」

「我知道，但……」要是他害她哭，愛莉絲永遠不會原諒他。

「戴戴看。」

她拿出戒指戴上，大小剛好。

「現在是正式的了。」喬登說。

「什麼？」

「我和妳。」

她想告訴他不需要戒指來證明，但她只是微笑。

「明年紀念日的時候，」他繼續說，「等妳從烹飪學校畢業，我想用鑽石訂婚戒指取代它。妳覺得呢？」

眼淚湧了出來。「我想應該不錯，」她低語。「現在，能不能麻煩你把車停下來？我想讓你知道我有多愛你。」

「那個嘛，」喬登說，「可以安排。」

51

「學習編織需要初學者的雙手和態度。編織是一項嗜好，吸口氣、放輕鬆，享受其中的樂趣。」

——堂娜．朱楚納，編織網站負責人

莉蒂雅．霍夫曼

很難相信佳話編織開幕已經一年了。我決定要辦一次週年慶特賣，希望以後還有很多次。瑪嘉莉在店裡兼差，她幫我做了傳單和廣告。姊姊很有藝術天份，不過她不肯承認。

這一年實在很精彩。我的生意很不錯，原本設定的目標都達成了，甚至還超過。編織班也增班了。原本的三位學員都繼續上課，現在也都和我有很深的感情。我們是朋友，星期五的課程變成編織社交活動。我也開了新班。過去一年來我的營收加倍並持續成長，布萊德對我很好，他和我姊夫合力幫我做了放新毛線的架子。

這個星期有天早上我在書桌前處理過期的文件。抬頭看見瑪嘉莉在店裡招呼客人；光是看著她，就讓我更珍惜這家店。我很慶幸踏出這一步。佳話編織使我所有的夢想成真。我根本不覺得自己在工作，因為我樂在其中，而且還能和別人分享我對編織的熱愛。

我能有勇氣在人生路上大步前進，都要感謝我父親。他的死讓我學會很多重要的事。最諷刺的是，他的死也讓我學會活下去。我一直很倚賴他，但過去一年我學會從內在尋找他種下的力量。說他在天上對我微笑可能有點傻氣，但我真的這麼想。

父親也會對瑪嘉莉微笑。姊姊和我好不容易修復手足之情，我們越來越親密，一開始像姊妹，後來像朋友。一年前，要是有人說我姊姊和我會一起在我的毛線舖裡並肩工作，我一定會倒地昏死。瑪嘉莉和我？噢，省省吧。但現在正是如此。

去年虛驚一場的腫瘤事件後，瑪嘉莉開始幫我代班。威爾森醫生的療法雖然不像化療或放射治療那麼重，但也不輕鬆。我經常需要離開一整天，瑪嘉莉雖然經驗不足還是常來幫忙。我好感謝姊姊。一開始她比較熟悉鉤蕾絲而不會編織，但最近幾個月她也變成編織高手了。現在她是店裡不可或缺的一份子，客人也和她很熟。瑪嘉莉永遠不會推銷，但她很會做生意，我很慶幸能雇用她。媽也很高興我們的關係改善。

也許我人生中最大的改變是布萊德和寇迪。我們只要有時間就盡量在一起，我深愛這個獨特的男人和他兒子。

「傳單印好了，」瑪嘉莉走進小辦公室打斷我的思緒。「妳什麼時候要送去寄？」

我抬起頭。「如果可以今天就送。」

她點頭。「我去送。」

「謝謝。」我想讓她知道我多感激她為我做的一切。「我欠妳好多，瑪嘉莉。」一如意料，她搖頭否認。我的感謝似乎讓她很尷尬。「妳確定妳的身體狀況可以去看棒球賽？」雖然越來越少，但有時候，瑪嘉莉仍會變成呵護過度的姊姊。

「我很好！」我讓她明白我很清楚自己的極限。無論如何，我不想讓布萊德和寇迪失望。我們幾週前就買好票了。

「好吧。」

「那妳、麥特、媽和妳女兒呢？你們都會去吧？」

「當然！」瑪嘉莉睜大眼睛。「我們絕不會錯過。」

「只要妳的身體狀況夠好。」我打趣地說。

瑪嘉莉裝作沒聽見，探頭看櫥窗。「我們最喜歡的快遞員來了。」

五分鐘後，布萊德走進店裡，吹著口哨推進一堆箱子，裡面都是我新進的貨。

「早啊，瑪嘉莉。」他把簽收板交給她。

姊姊簽收後，他到後面來找我。

「嘿，美女。」

每次布萊德這樣叫，我都會臉紅。我可能永遠不會習慣他的愛。我是人間最幸運的女人。布萊德和我談過結婚的事，有所遲疑的人是我。我很確定我愛他，但我要確定癌症不會復發。我現在沒事，但未來像一張等著寫上故事的白紙，或一球等待編織的毛線……

我愛布萊德和寇迪。我很努力和布萊德的兒子建立良好關係。他母親和我聊過幾次；她很愛兒子，但目前仍須專注於自己的需求。好笑的是，她似乎很高興我介入。

但人生依舊沒有保證。布萊德和我常聊起這件事，我已經接受了他的求婚。我知道那是我想要的。

布萊德摟著我的腰。「妳今天早上讓人好想親一下。」

我微笑吻了他，嘴唇在他唇上流連。我通常不會吻得這麼深，尤其是在開店時間。但有時一不留神我就忘了身在何處。

「我做了什麼值得這麼熱情的吻？」他沙啞地在我耳邊問。

「只因為我愛你。」我對他說。

「我也愛妳。」

我拍拍他的背。「今晚見，別忘了買熱狗和花生喔！」

「沒問題，親愛的。」

他走出店門，我站在瑪嘉莉身旁看著他離開。「他是個好男人，」姊姊說。

「是啊，我知道。」

「妳要嫁給他嗎？」

我瞥了瑪嘉莉一眼，不知道她聽見我的決定會怎麼說。「要。」

她對我大大地微笑。「也該是時候了。」

「是啊，我想也是。我愛他。妳知道最棒的是什麼嗎？我和布萊德可以一起歡笑。」

姊姊依然滿面笑容。「人生就是歡笑和眼淚編織而成的呀！」

我想她不是刻意說雙關語，但我打從心底贊同。

～全文完

國家圖書館出版品預行編目資料

愛情夢－繁花街上的織夢小舖／黛比·瑪康珀
(Debbie Macomber)著.
－－第一版－－ 台北市：宇河文化 出版；
紅螞蟻圖書發行，2010.8
面　　公分－－(典藏小說；7)
ISBN 978-957-659-795-4（平裝）

874.57　　　　99013740

典藏小說 07

愛情夢－繁花街上的織夢小舖

作　　者／黛比·瑪康珀（Debbie Macomber）
翻　　譯／杜苑苓
美術構成／葉若蒂
校　　對／鍾佳穎、周英嬌、楊安妮
發 行 人／賴秀珍
榮譽總監／張錦基
總 編 輯／何南輝
出　　版／宇河文化出版有限公司
發　　行／紅螞蟻圖書有限公司
地　　址／台北市內湖區舊宗路二段121巷28號4F
網　　站／www.e-redant.com
郵撥帳號／1604621-1　紅螞蟻圖書有限公司
電　　話／(02)2795-3656（代表號）
傳　　眞／(02)2795-4100
登 記 證／局版北市業字第1446號
港澳總經銷／和平圖書有限公司
地　　址／香港柴灣嘉業街12號百樂門大廈17F
電　　話／(852)2804-6687
法律顧問／許晏賓律師
印 刷 廠／鴻運彩色印刷有限公司
出版日期／2010年 8 月　第一版第一刷

定價 280 元　港幣 93 元

ISBN　978-957-659-795-4　　　　**Printed in Taiwan**